# 조선시대 문헌설화의 승상僧像

박 상 란  저

한국학자료원

# 머리말

어떤 계기로 한국서사문학 중 불교 관련 자료를 수집하게 되었다. 한 5년쯤 전의 일이다. 시대별로, 장르별로 여러 사람이 그 일에 참여하였는데 그 중 필자는 조선시대의 잡록, 야담 부분을 맡게 되었다. 먼저 잡은 것이 『대동야승』 수록 작품집들이었다. 그리고 『어우야담』을 비롯해서 조선후기의 여러 야담집을 대상으로 자료를 수집하고 입력하고 번역을 하였다.

그 자료집을 만들면서 '조선시대 문헌설화에 등장하는 승려의 유형과 형상화 방식'이라는 테마에 관심을 두게 되었고 그것을 2006년에 한국연구재단의 개인과제로 신청하여 선정되었다. 이 책은 그 과제의 최종 결과물이다. 워낙 방대한 양이라 연구 대상을 이 책에서 다룬 대로 『용재총화』, 『어우야담』, 조선후기 3대 야담집으로 한정하여 세 편의 논문으로 발표를 하였고 그것을 최종 결과물로 제출할 생각이었다. 그런데 최종 결과물은 연구계획서의 내용이 한편의 저작물에 모두 들어가야 한다기에 이번에 단행본으로 엮게 된 것이다. 이상이 이 책이 나오기까지의 전말이고, 조선시대의 문헌설화를 대상으로 승상에 대해 논의하게 된 계기이다.

조선시대 문헌설화에는 전체 이야기 분량에 비해 승려가 많이 나오지는 않는다. 그리고 당시의 불교사적, 정치적 상황 속에서 철저히 타자화되어 부정적인 모습으로 등장한다. 승려는 종교적 인물이므로 본질적으로 성스러운 면모를 지니고 있기 마련이다. 따라서 이들을 부정적으로 다루는 것은 그 성스러운 면모에 흠집을 내어 세속적인 인물로 분장하는 것일 터이다.

이 글에서는 설화에서 승려를 악의적으로 대하는 방식을 '세속화'라는 측면에서 논의하였다. 그 가장 효과적인 방식은 부도덕한 인물로 만드는 것이다. 그리고 그러한 방식은 부정적인 승상으로 실현되는데 그 대표적인 예가 완승과 같은 존재이다. 물론 이러한 설화의 세속화는 현실적으로 몰락한 승려의 처지 내지 사대부 찬자의 승려관을 반영하는 것으로 볼 수 있다.

조선 전기 『용재총화』에는 불완전하긴 하지만 승전 형태의 고승 이야기가 더러 나온다. 고승에 대한 탄압이 가장 극심할 때이기도 하지만 그만큼 현실적으로 고승들이 존재했고 그 활약이 유자들에겐 위협적이기도 했던, 현실을 반영하는 것으로 볼 수 있다. 본론 첫 번째 장의 제목을 '『용재총화』와 고승의 잔영'이라 한 것은 이 때문이다. 조선 중기 『어우야담』에서 중요한 승상은 승장이다. 현실적으로도 이들을 통해 불교의 사회적 영향력도 커졌지만 이들의 활약을 계기로 불교의 중흥 가능성을 엿볼 수 있는 시기이기도 했다. 따라서 본론 두 번째 장의 제목을 '『어우야담』과 승장의 재기'라고 붙여 보았다. 마지막으로 3대 야담집에 오면 완승의 면모가 문제적이다. 물론 이러한 승상은 『어우야담』에서부터 나오기 시작하지만, 이때에 들어 그 부정적인 면모가 더욱 강하게 나타나기 때문이다. 완승은 조선 후기의 대표적인 승상으로 이를 통해 조선 후기의 승려 내지 불교의 위상을 짐작할 수 있다. 따라서 마지막 장의 제목을 '3대 야담집과 완승의 문제'라고 하였다.

주요 분석 대상인 세 가지 잡록, 야담집 외에 다른 자료들도 논의에 포함시키려 했는데 뜻대로 되지 않았다. 물론 전승 배경과 관련되는 구비설화 쪽도 충분히 살폈다고 할 수 없다. 이런 점에서 아쉬움이 남는다. 더욱이 불교사에 대한 얕은 지식 때문에 많은 오류가 있을 것인데 이는 두렵다는 생각조차 든다. 앞으로 많은 시간을 갖고 차근차근 검토하여 최대한 오류를 줄이도록 할 생각이다.

　이 글은 이미 초고인 채로 완성되어 있었고 그것을 「조선시대 문헌설화에 나타난 불승의 존재방식과 속화현상 -『용재총화』를 중심으로」, 「『어우야담』의 승려들 - 속화의 양상과 의미를 중심으로」, 「조선후기 3대 야담집의 승려들」이라는 제목의 논문으로 발표한 바 있다. 논문의 분량 문제 때문에 상당히 축약했고 따라서 논의가 많이 엉성하였다. 다시 그 셋을 묶고 빠뜨린 부분을 얽어 넣어 책으로 내게 되었다. 불교사와 관련된 오류도 몇 가지 고쳤다. 따라서 위 논문 세 편의 최종본은 이 글임을 밝혀 둔다.


2009년 10월 15일

박 상 란

# 차 례

# I. 들어가는 말*

이 글은 조선시대 사대부 찬집 문헌에 수습된 승려 이야기에 대한 것이다. 이들 이야기에서는 승려의 삶이 세속적인 면모로 그려져 있다. 고승대덕을 대상으로 불교적 세계관을 천양하고자 했던 이전 시대와는 다른 것이다. 물론 그 요인으로는 당시 불교사의 특수성으로 인한, 승려의 현실적인 세속화 현상을 꼽을 수 있다. 사원 경제(寺院經濟) 감축, 도첩제(度牒制) 폐지 등에 따른 승려의 사회적 천민화 내지 유랑, 고승에 대한 핍박 등을 그 예로 들 수 있다.

하지만 조선시대 문헌설화에 나타나는 승려의 세속화 현상이 이러한 현실적인 승려의 처지에만 기인한다고 할 수 없다. 문헌설화에 나타나는 승려의 면모에 관한한 해당 문맥을 액면 그대로 받아들이기보다 이야기가 찬집되는 과정에서 생겼을 굴절 내지 개변을 고려할 필요가 있다.

주지하는 바 조선시대는 척불을 국시로 내걸었고 문헌설화는 그 지배층인 사대부 문인의 손에서 찬집되었다. 이 두 가지 조건이 조선시대의 승려 이야기에 예사롭지 않은 영향을 끼쳐 그 면모를 크게 바꾸어 놓았다고 할 수 있다. 따라서 조선시대 문헌설화에서 승려 이야기를 별도로 고찰해 척

* 이 저서는 2006년도 정부재원(교육인적자원부 학술연구조성사업비)으로 한국학술진흥재단의 지원을 받아 연구되었음(KRF-2006-321-A00700).

불이라는 불교사의 특수한 조건하에서 승려가 형상화된 방식을 검토할 필요가 있다.

이 글은 조선시대 문헌설화를 통해 이 문제 즉, 승려를 세속적인 면모로 그리는 문제를 체계적으로 논의하기 위해 시도되었다. 그 구체적인 연구 대상은 조선 초기의 『용재총화』, 중기의 『어우야담』 그리고 『동야휘집』·『청구야담』·『계서야담』 등 조선후기 3대 야담집이다. 이들 잡록, 야담집에서 승려에 대한 이야기를 수집해 이를 유형별로 나누고 그 각각의 서사적 특징, 전승 배경, 찬집 의식을 규명하려고 한다.

먼저 각 유형의 작품을 들어 서사적 특징을 분석한 후 서사적 차원에서 승려가 어떻게 세속화의 양상을 띠는지 살피려고 한다. 그리고 전승 배경에서는 구비전승과 문헌전승에서 관련 이야기를 수집해 본 이야기의 전승상의 위상을 검토할 것이다. 해당 이야기에 나타나는 승상이 전승의 영향인지, 아니면 찬자의 의식이 간여한 결과인지 가늠하기 위해서이다. 또한 찬자가 사대부 내지 호불 유자라는 점을 들어 이야기에 끼친 그 계층적, 개인적 영향을 찬집 의식의 측면에서 검토할 것이다. 그리고 전체 유형을 중심으로 각 잡록, 야담집에서 승려가 세속화된 양상에 대해 종합적으로 논의하려고 한다.

마지막으로 세 잡록, 야담집을 통틀어 종합적인 논의할 차례이다. 여기에서는 세 자료집 전체에서 논의를 끌어와 조선시대 문헌설화를 대상으로 승려의 세속화 양상과 방식, 시대별 특징을 거론하려고 한다.

# Ⅱ. 『용재총화』와 고승의 잔영

　『용재총화』는 조선 초기의 대표적인 잡록이고 동시대 다른 문헌에 비해 승려 이야기를 많이 수록하고 있다. 그리고 여기에는 비록 단편적인 서사를 통해서이지만 여말선초의 고승들이 더러 등장한다. 이는 승군장을 제외하면 고승의 행적이 거의 나타나지 않는 후대의 야담집과 다른 점이다.

　우선 『용재총화』에서 승려에 대한 이야기를 수집해 이를 유형별로 나눈 후 각 유형의 서사적 특징을 분석하여 이를 세속화의 문제와 관련하여 논의하려고 한다. 그리고 구전과 문헌에서 관련 이야기를 수집해 해당 이야기의 전승상의 위상을 검토한 후 찬자의 계층적, 개인적 영향을 중심으로 찬집 의식을 밝히려고 한다. 마지막으로 전체 유형을 중심으로 승려가 세속화되는 방식과 원인 등을 정리하려고 한다. 본론에 들어가기에 앞서 『용재총화』에 수록된 관련 설화 일람표를 제시하면 다음과 같다.[1]

---

[1] 유형과 편명은 이야기에서 승려의 기능과 의미를 중심으로 필자가 자의적으로 붙인 것임.

# [관련 설화 일람표]

| 유 형 | 편 수 | 세부<br>유형 | 편 명 | 출 처 |
|---|---|---|---|---|
| 고승 | 5 | | 효심 깊은 혼수대사 | 권6 |
| | | | 유생 세 명을 압도한 나옹화상 | 권6 |
| | | | 낙산사 중 해초의 반격 | 권6 |
| | | 시승 | 학문과 시작에 능한 고승 둔우 | 권6 |
| | | | 문사들의 사랑을 받은 학전 스님 | 권7 |
| 기승 | 4 | | 키 큰 중 장원심 | 권6 |
| | | | 닭중의 노래 | 권6 |
| | | | 파계승 신수의 울부짖음 | 권6 |
| | | | 천한 일 하는 자비라는 중 | 권7 |
| 요승 | 1 | | 신돈의 음행 | 권3 |
| 우승 | 5 | | 광대놀이꾼 영태에게 속은 중 | 권3 |
| | | | 윤통선생에게 속아 절을 빼앗긴 중 | 권5 |
| | | | 상좌에게 골탕먹은 중 1 | 권5 |
| | | | 상좌에게 골탕먹은 중 2 | 권5 |
| | | | 물 건넌 중의 유래 | 권5 |
| 파계승 | 2 | | 재상집 과부와 사통한 중 | 권5 |
| | | | 뱀이 된 중 | 권5 |
| 속승 | 2 | | 글씨를 잘 쓰는 축구라는 중 | 권3 |
| | | | 토목공사에 동원된 중 | 권9 |

# 1. 유형별 검토

## 1.1. 고승

고승(高僧)을 소재로 한 이야기의 대표적 장르는 승전(僧傳)이다. 승전은 현세에서 불교적 덕성을 구현한 인물, 주로 고승의 일대기를 서사화하여 불타의 유지를 천양한 것이다.[2] 이 승전이 활발하게 전승, 유통되기는 고려시대까지이다. 조선시대에 들어서서는 이렇다 할 승전을 찾아보기 힘들다. 물론 이 때에도 승려 개인의 비명(碑銘)이나 행장(行狀)의 형태로 승전이 전승되었겠지만 그것이 『해동고승전』이나 『삼국유사』와 같은 집록 형태로 수렴되지는 않았다는 것이다. 그만큼 개인 승전의 전승이 활발하지 않았던 것이고 이러한 사정은 조선 후기에 각안(覺岸, 1820~1894)이 『동사열전(東師列傳)』을 찬술할 때까지 계속되었다고 할 수 있다.[3] 이에 대해 척불의 조선시대에는 고승의 존재 자체를 기대하기 어렵고, 무엇보다 그의 삶을 통해 천양해야 할 불교적 세계가 현실적 기반을 잃었기 때문이라는 해석을 하기 쉽다. 입전 대상과 목적 등 승전 유통의 요소가 존재하지 않았다는 것이다.

하지만 상하층에서 수백 년을 이어 온 불교 신앙이 일시에 사라졌다고 보기는 힘들다. 역시 불리한 처지지만 고승이 현실적으로 존재하지 않았다고도 할 수 없다. 당시 불교사의 특수성으로 인해 그 전모가 드러나지 않았거나 왜곡되었을 뿐이다.[4] 본격적인 승전은 아니더라도 고승에 대한

---

2) 승전의 전반적인 성격에 대해서는 김승호, 『한국승전문학의 연구』, 민족사, 1992 참조.
3) 『동사열전(東師列傳)』의 찬술 과정과 불교사적 의의에 대해서는 오경후, 『조선후기 승전과 사지의 편찬』, 동국대학교 박사논문, 2003 참조.

이야기가 조선시대에도 전승되었음은 물론이다. 구비설화, 사지(寺誌)와 비명(碑銘)의 형태로 전하던 것은 차치하고라도 『용재총화』, 『천예록』, 『어우야담』 등 사대부 문인에 의해 편찬된 잡록, 야담집에도 고승에 대한 일화 내지 전설이 더러 수록되어 있는 것이다. 이는 조선시대에, 그것도 사대부 문인에 의해 찬집되었다는 점에서 주목할 만하다.

그간 잡록, 야담집에 수록된 고승담과 관련하여 사대부 찬자의 손에 승상이 왜곡되었다는 대략적인 논의가 있었는데[5] 그 실상과 맥락을 서사적인 측면에서 세심하게 따져 볼 필요가 있다. 그리고 지금까지는 잡록, 야담의 찬자를 막연하게 사대부라고 하면서 이러한 논의를 펴 왔는데[6] 사대부 중에서도 구체적인 인물을 들어 그 찬집 의식과 해당 이야기를 대조할 필요가 있다.


## 1.1.1. 사례

### 혼수(混脩)

고승의 삶을 가장 고승답게 그리는 것은 승전이다. 그런데 『용재총화』에서 고승을 승전식으로 서술한 것은 〈효심 깊은 혼수대사〉가 유일하다. 이 이야기는 여말선초의 고승 환암(幻庵) 혼수(混脩)[7]의 삶을 그린 것으로

---

4) 이에 대해서는 황인규, 『고려말·조선전기 불교계와 고승 연구』, 혜안, 2005 참조.

5) 장덕순, 『한국설화문학연구』, 서울대학교 출판부, 1978, 74~75면.

6) 김승호, 「野談所載 僧의 인물기능과 분화」, 『불교민속학의 세계』, 집문당, 1996.

7) 혼수(混脩): 1320~1392. 고려 말기 승려. 속성은 조씨(趙氏), 자는 무작(無作), 호는 환암(幻庵). 12세에 출가하여 계송선사(繼松禪師)에게서 불법을 전수받았다. 1341년 승과에 급제한 뒤 금강산에 들어가 2년 동안 공부하다가 경산(京山)에서 5~6년을 지냈다. 선원사(禪源寺)에서 『능엄경(楞嚴經)』을 연구하고 1370년 공부선(功夫選)에 뽑혔고 1374년 내불당에서 왕에게 법요(法要)를 가르쳤다. 1383년

대략적이나마 전래 승전의 형태를 갖추었다. '탄생(誕生)-성장(成長)-출가(出家)-구도(求道)-오도(悟道)-이타행(利他行)-열반(涅槃)'이 전형적인 승전의 구조라면 이 이야기는 대체로 승전의 구조에 부합되기 때문이다. 따라서 승전의 구조를 염두에 두고 이 이야기의 서사적 특징을 논의하기로 한다.

　　㉠ 사냥 관련 일화
　　㉡ 출가하여 정진함
　　㉢ 게를 남기고 열반에 듦
　　㉣ 관련 시화

　이는 승전의 구조상 '성장-출가-구도-열반'에 해당한다고 할 수 있다. 우선 ㉠은 성장 과정이다. 불전을 포함해 승전에서 성장 과정은 출가의 계기와 긴밀하게 관련되는데[8] 여기에서도 이러한 점이 확인된다.

　혼수는 13세 때 사냥을 하다가 어미 사슴과 새끼 사슴의 애틋한 동정을 목격하고 돌아가신 아버지를 생각하여 사냥을 중지했다고 하였다. 혼수의 효심이 강조된 것이다. 이 부분을 인용하면 다음과 같다.

　　어려서 아버지를 잃고 나이 겨우 13세 때 숙부 영(鴒)을 따라 교외에서 사냥을 하고 있었다. 사슴 한 마리가 앞으로 달리다가 돌아보며 무엇을 기다리는 듯하니 잠시 후 사슴 새끼 한 마리가 쫓아왔다. 혼수는 이것을 보고 깊이 느껴, '짐승이 그 새끼를 생각하는 것이 사람과 무엇이 다른고!' 하며 탄식하고는 돌

---

국사로 책봉되었다. 시호는 보각(普覺), 탑호는 정혜원융(定慧圓融).

8) 주지하는 바 불전의 경우 사문유관(四門遊觀)하여 생로병사(生老病死)를 목격한 것이 이에 해당된다. 나옹(懶翁)의 경우 약관일 때 이웃 벗이 죽은 것을 계기로 출가하게 된다.(이색(李穡), 〈보제존자시선각탑명병서(普濟尊者諡禪覺塔銘并序)〉, 『동문선』 권119)

아가신 아버지를 생각하여 즉시 사냥을 그만 두었다. 혼수가 곧 머리 깎고 중이
되어 …

그런데 당시 혼수의 아버지는 죽지 않았기 때문에 '돌아가신 아버지를
생각하여' 사냥을 그만 두었다는 것은 실상에 맞지 않는다. 이 이야기를
수록한 성현(成俔)이 혼수 아버지의 휘(諱)가 숙령(叔鴒)인 것을 '숙부[叔]
영(鴒)'으로 잘못 본 데서 온 착오인 듯하다. 정작 사냥을 가서 사슴의 모
정을 목격한 것은 그 아버지였고 이는 혼수가 갓 태어났을 때의 일이다.
이에 대한 것은 혼수의 승전이라 할 만한 다음 글에서도 확인된다.

> 아버지의 휘는 숙령(叔鴒)으로 헌부(憲府)의 산랑(散郎)이요, 어머니는 경씨
> (慶氏)로서 본관이 청주(淸州)이니, 모두 사족(士族)이다. 헌부가 용주(龍州)의 원
> 으로 나가 연우(延祐) 경신(庚申)년 3월 13일에 선사를 관사에서 낳았다.
> 하루는 사냥을 나갔는데, 사슴 한 마리가 달아나다가 우뚝 서 두 번씩이나 뒤
> 돌아보는 것을 보고 활을 당기려 하다가 이상한 생각이 들어 뒤돌아보니, 사슴
> 새끼가 그 어미를 뒤따라오고 있었다. 헌부는 곧 '짐승이 새끼를 생각하는 것이
> 사람과 무엇이 다르랴.' 하고 탄식하면서 곧 사냥을 그만두었는데, 몇 달 안 되
> 어 임소인 용주에서 병으로 세상을 떠났다. …
> 나이 겨우 12세가 되자 그 어머니께서 선사에게 이르기를
> "네가 갓 태어났을 때 너의 아버지가 몹시 귀여워하였다. 그리하여 사슴의
> 모정(母情)에 감동되어 곧 사냥을 그만두었으니, 이는 너의 살리기 좋아하는 인
> 자한 도의가 이미 강보(襁褓)에 있을 때부터 나타난 것이다. …"
> 하고, 대선사(大禪師)인 계송(繼松)에게 보내 머리 깎고 내외 경전을 익히게
> 하였다.9)

---

9) "考諱叔鴒, 憲部散郎, 妣慶氏, 本淸州, 皆士族也. 憲部出宰龍州, 以延祐庚申三月十
三日, 生師于治所. 嘗一日出田, 見一鹿走且止而顧視者再, 欲發矢. 異而顧之, 有其兒
追母而來, 乃嘆曰: '獸之念兒, 與人何別?' 卽罷獵,. 不數月, 病終于州. … 年甫逾
一紀, 妣謂師曰: '汝生之初, 汝父以憐汝, 故感鹿母兒, 以休其獵, 是汝慈仁護生之道,
已現於襁褓之日矣. …' 令投大禪師繼松祝髮, 訓習　內外典."(권근(權近), 『양촌선생
문집(陽村先生文集)』　권37, 〈유명조선국보각국사비명(有明朝鮮國普覺國師碑銘)〉)

그리고 아버지가 사슴의 모정을 목격하고 사냥을 그만 둔 것은 당시 갓 난아기인 혼수를 생각해서이고, 구체적으로는 그 아기가 생래적으로 지닌, '살리기 좋아하는 인자한 도의 [慈仁護生之道]'가 작용해서이다. 따라서 '돌아가신 아버지를 생각하여' 사냥을 그만 두었다고 하고 이를 혼수의 효심과 관련시킨 것은 실상에 맞지 않는다.

다만 혼수는 금강산에 들어가 2년 동안 공부 하다가 어머니를 위하여 귀가해 5~6년을 지내고 어머니가 죽자 대자법화경을 써서 명복을 빈 것으로 알려져 있다.[10) 그만큼 어머니에 대한 효심으로 유명하다. 이러한 점은 본 이야기에도 나온다. 바로 어머니에 대한 염려 때문에 협불점석(脇不霑席)의 정진을 중단하였다 했으니 그의 효심은 각별한 데가 있는 것이다. 이러한 그의 효심이 성장 과정에 반영되어 돌아가신 아버지를 생각하여 사냥을 중지했다고 한 것이 아닌가 한다.

그렇다면 돌아가신 아버지, 사냥 중지, 출가 이 셋은 어떤 관계에 있을 까? 어미 사슴의 모정을 목격하고 '짐승이 그 새끼를 생각하는 것이 사람과 무엇이 다른고!' 라고 했으니 짐승에게도 사람과 같이 자식을 생각하는 정이 있음을 깨달았다고 할 수 있다. 따라서 혼수는 그러한 미물을 죽이는 행위 내지 그것을 포함한 세속의 삶에 깊은 회의를 느끼고 사냥을 중지했다고 보아야 한다. 즉, 각별히 부모 자식 간의 관계를 중시하는 혼수에게 있어 그러한 점에서는 인간 세계와 다를 바 없는 짐승들에게 사냥이라는 명목으로 폭력을 행사하는 것은 매우 참담한 일이었을 것이다. 따라

---

〈유명조선국보각국사비명〉은 청룡사터에 현전하는 〈청룡사보각국사정혜원융탑비(靑龍寺碑普覺國師定慧圓融塔碑)〉(1394년)를 권근의 문집에 수록한 것으로 혼수 승전의 대표작이라 할 수 있다. 조선 후기의 승전인 각안(覺岸, 1820~1894) 범해(梵海)의 『동사열전(東師列傳)』〈환암국사(幻庵國師)〉는 이를 바탕으로 쓰여진 듯하고 성현 역시 착오와 변개를 감안하더라도 기본적으로는 이 글을 참조한 듯하다.
10) 〈유명조선국보각국사비명〉.

서 혼수는 사냥을 포함한 세속의 폭력에 회의를 느끼고 출가한 것으로 보인다.[11]

ⓛ은 출가한 혼수가 불경을 배우는 데 뛰어났다는 점, 그리고 산중에서 일생동안 정진할 듯 하다가 어머니를 생각하여 일시 귀가했다는 점 등 그 출가 이후 구도 과정에 대한 것이다. 여기에서 그가 구도를 위해 얼마나 노력했는가 하는 점은 갈비뼈가 자리에 붙어 있지 않을 정도로 앉아서 공부만 한다는, '협불점석'의 태도에서 알 수 있다. 다만 그에게는 이러한 각고의 구도 과정에 비해 별다른 오도(悟道)의 순간이 없다. 고승의 영험을 적시하기에 좋은 오도 대목이 생략된 것은 그만큼 혼수의 이야기가 탈신비화 되었음을 시사한다.

마지막으로 ⓒ의 열반과 관련해서는 다음과 같이 열반 일시를 예측하고 게를 남기는, 일반적인 승전식의 신비한 일화로 바뀌어 있다.

> 청룡사에 있을 때 대사는 병이 들어 있었는데 하루는 제자를 불러 나중 일을 부탁하고는 말하기를,
> "저녁에 갈 것이니 저물녘에 담을 기대 서 있거라."
> 하고 게를 지어 이르기를,
>
> 任運騰騰度一生　천운에 맡기고 기세등등하게 일생을 보냈으니
> 病中消息更惺惺　병이 든 것 또한 당연하구나.
> 無人識得吾歸處　내가 돌아가는 곳을 알 사람 없을 것이니
> 窓外白雲橫翠屛　창밖의 흰 구름 푸른 병풍에 비꼈도다.
>
> 하고 엄숙히 숨을 거뒀다.

---

11) 〈유명조선국보각국사비명〉에는 "항상 생명의 환화(幻化)가 일정하지 못함을 탄식하며 초연히 명리의 굴레에서 벗어나려는 생각을 두었다. 그러자 갑자기 외가 동네에 비명에 죽은 자가 있다는 소문을 듣고 더욱 비감(悲感)한 생각이 들어 입산하기로 결심하였다.[每歎身命幻化靡常, 超然有脫棄名韁之想, 忽聞母鄰有暴亡者, 益自悲感, 決意入山.]" 하였다.

그 일시와 가는 길목을 예측하고 있다는 점에서 이는 고승의 죽음에 부합되는 열반 장면이라 할 수 있다. 더욱이 이 때 지은 게를 구체적으로 소개한 것은 게를 지은 사실만 전하는, 같은 대목의 승전에 비해서 고승의 열반 장면에 큰 의미를 부여한 데 따른 것이다.

다만 승전에는 다음과 같이, 입멸 후 다비 내지 하관과 관련된 영묘한 삽화들이 있었는데 이것이 생략되어 있다.

> 25일 계묘에 문인들이 연회암 북쪽 산기슭에 섶을 쌓고 다비(茶毗) 하였는데, 전날 밤에 비가 오기 시작하여 아침까지 그치지 않다가 다비를 시작할 무렵에 구름이 걷히고 맑게 개므로 신명의 도움이 있는 듯하였다. 다음날 새벽에 뼈를 모으니 그 빛이 눈과 같이 희었는데, 정골(頂骨)이 더욱 두텁고 정결하였다. …
>
> 그해 연말 12월 갑신일에 청룡사 북쪽 봉우리에 하관하는데, 전날 밤 청명하여 별빛이 빛나더니 계명(鷄鳴) 때부터 비가 내리다가 돌을 쌓아올릴 무렵에 이르러 그치므로, 뭇사람들은 기이한 일이라고들 말하였다.12)

이상의 분석을 종합하면 혼수의 승상은 불경을 배우는 데 뛰어나고 수행에 열심이었다는 것으로 요약된다. 승전의 일반적인 구조에 따르면 '구도'에 초점이 맞추어진 것이다. 여기에 효심이 깊다는 점이 강조되었다. 이는 돌아가신 아버지를 생각하여 사냥을 그만 두었다는 성장 과정의 일화뿐 아니라 구도 과정에서 어머니를 생각하여 정진을 중단하였다는 점에서도 확인된다. 이에 비해 삼세에 걸친 불교적 생의 의미를 응축하고 있는, 신비한 탄생담이 없는데다 오도의 신묘한 경지가 상세히 서술되어 있지 않다. 결정적으로 열반에 수반되는 신묘한 일화가 생략되어 있다. 따라

---

12) "考至二十五日癸卯, 門人積薪茶毗于宴晦之北麓, 是夜有雨, 崇朝不止, 方下大, 雲開天霽, 若有神助. 厥明拾骨, 色白如雪, 其頂骨尤厚且淨. … 以其年後十二月甲申, 窆于靑龍寺之北峯, 是夜星朗, 鷄鳴雨作, 迨累石乃歇, 衆以謂異."(〈유명조선국보각국사비명〉)

서 혼수의 승상은 구도 내지 효심으로 압축된다고 할 수 있다. 일반적인 승전의 구조에서 볼 때 구도가 두드러진 요소이며 여기에 일반인도 공감할 수 있는 효가 큰 비중을 차지하는 것이다.

이러한 점은 사대부가 승려를 '입전'할 경우 어디에 초점을 두는지 시사한다.13) 바로 현실주의적인 관점에서 사대부도 충분히 공감할 수 있는, 구도 자세이다. 그 '도'가 무엇인가보다 그것에 이르고자 하는, 각고의 정진 자세를 인정하고, 찬미하는 것이다. 그 외 탄생, 오도, 열반과 관련되는, 고승의 생애에 있어 본질적인 부분이면서 영험성과 관련되는 항목은 간과했다고 할 수 있다. 여기에다 유교 일반에서 큰 덕목으로 치는 효심과 관련된 일화는 사대부에게도 큰 공감을 일으킬 만한 것인데 혼수는 사대부들에게 바로 이 효심으로 정평이 나 있는 것이다. 어쩌면 이 때문에 승전식의 고승담으로서는 거의 유일하게 혼수 이야기가 『용재총화』에 수록된 것이 아닌가 한다.

게다가 이러한 승전식 이야기 전개와 별개의, 시화(詩話)가 후반부에 나온다. 즉, 혼수가 윤소종(尹紹宗)14)의 시를 마땅찮다 하고 목은(牧隱)의 시를 극찬하고는 보물로 여겼다는 것이다. 찬자 성현 역시 문제의, 목은의 시를 칭송함으로써 혼수의 시안(詩眼)을 높이 평가한다. 그러다 보니 전반부에서는 구도 자세 내지 효심에 초점이 맞추어지면서 승전의 전형적인 구조에서 다소 벗어나 있고15) 후반부에선 시안이 부각되면서 이러한 현상

---

13) 물론 권근 역시 사대부이기 때문에 그가 쓴 혼수 행장도 이렇게 볼 수 있지만 그 글이 쓰여질 당시(1394년)와 『용재총화』가 쓰여진 당시(1504년)는 불교의 위상, 그리고 사대부와 불교의 관계에 있어서 사정이 같지 않은 것이다. 따라서 권근의 행장도 불교 내부의 혼수 관련 자료와 대조할 필요가 있지만 현재로서는 이것을 기본 자료로 보고 『용재총화』는 그 전승 과정에서 산출된 것으로 파악할 필요가 있다.

14) 윤소종(尹紹宗): 1345~1393. 고려 말 조선 초 문신, 자는 헌숙(憲叔), 호는 동정(桐亭), 본관은 무송(茂松), 이색(李穡)의 문인.

15) 『삼국유사』 등 고려 승전에 이르러 이미 인상적인 사건을 중심으로 승전의 전형

이 심화되었다고 할 수 있다.

[전승 배경]

혼수에 대한 이야기 중 전반부의 승전식 서사는 널리 알려져 있는 편이다. 특히, 나옹선사가 주관한 공부선에 합격했다는 일화는 『동사열전』에도 수습되어 있다. 다만 이미 지적한 바와 같이 전래 승전에서 고승의 탄생, 오도, 열반과 관련된 신비한 사건이 간과되었다는 특징이 있다. 그리고 후반부의, 시안과 관련된 일화는 전대에 유명 사대부 문인들과 교류하며 문인으로서의 덕목을 발휘한 면모가 전승된 것이다.

따라서 혼수 이야기에는 전래의 고승담에서 보이는 승상처럼, 불교적 덕목을 치열하게 추구하고 이를 대중에게 베푸는, 그리고 그 과정에서 불교적 영험을 시현한 내용이 보이지 않는다. 문제는 이러한 승상이 혼수의 실제 모습이었는지, 아니면 사대부 문인인 찬자의 시선에 걸러져 다소 세속적으로 변개된 것인지 하는 것이다. 이를 위해 혼수 승전을 간단히 요약하면 다음과 같다.

· 가계와 탄생
  － 사슴의 모정 일화
· 출가와 수행
  － 점쟁이의 예언
· 행적
  － 『수능엄경(首楞嚴經)』 강연과 청룡사 주석
  － 나옹(懶翁)과의 교류

---

적인 구조에서 많이 벗어나 있다는 점에 대해서는, 김승호, 앞의 책, 172면 참조.

- 서운사(瑞雲寺) 선회(禪會) 주관
        - 공부선장(功夫選場)에 뽑힘
        - 내불당(內佛堂) 주석
        - 국사(國師)에 임명됨
        - 백산개도량(白傘蓋道場) 설치
        - 보국사(輔國寺) 불정회(佛頂會) 설치
        - 수창궁(壽昌宮) 소재석(消災席) 주관
        - 서운사 경회(慶會) 설치
      · 시적(示寂)과 사시(賜諡)
      · 명(銘)


　　혼수 승전에는 특히, 공민왕 때 공부선장에 뽑힌 이래 창왕에 이르기까
지 왕실의 배려를 사절하는 일화가 많이 나온다. 왕이 내불당에 머물게 하
거나 어느 절의 주지로 임명하면 밤중에 도망을 치면서까지 이에 응하지
않은 것이다. 이러한 내용이 『용재총화』에 와서 "우왕이 드디어 국사로 삼
으니 대사가 이 소문을 듣고 기뻐하지 아니"한 것으로 전승되었다 할 수
있는데 승전에 비하면 그 내용이 극히 소략하다. 특히, 승전에는 우왕 11
년에 백산개도량(白傘蓋道場)16)을 베풀어 천지재변을 물리치도록 빌었으
며 이듬해에는 대비의 주선으로 공민왕의 명복을 빌기 위해 불정회(佛頂
會)를 베풀었다는 점, 또 왕명에 의해 수창궁(壽昌宮)에서 소재(消災)를 주
관했다고 하여 고승으로서의 행적에 부합되는 양상을 보인다. 이러한 점
이 『용재총화』에서 간과된 것은 성현이 현실주의적인 관점에서 고승의 행

---

16) 백산개도량(白傘蓋道場): 오불정(五佛頂)의 하나. 결백 청정한 자비로써 널리 법
　　계 중생에게 두루 덮어 주는 것이, 마치 일산이 사람을 덮는 것과 같다 하여 백
　　산개라 한다.

적을 선별하여 수습했음을 시사한다고 할 수 있다.

이로써 성현의 찬술을 거친 혼수는 자신의 도를 이루기 위해 각고의 노력을 했으며 효심이 깊고 시안이 뛰어나다는 승상을 갖게 되었다. 그러면서 고승으로서의 행적, 본분사의 많은 부분이 생략되었고 그만큼 세속화된 승상을 지니게 되었다고 할 수 있다. 특히 시안은 뒤에 나오는 둔우(屯雨), 학전(學專) 등 조선 초기의 시승(詩僧)에 대한 이야기와 연결되는데 이 점에서 혼수 이야기는 일반적인 의미의 승전에서 시승의 일화로 넘어가는 징검다리 역할을 한다고 할 수 있다.

### 나옹(懶翁)과 해초(海超)

승전은 불교적 감화를 목적으로 고승의 일대기를 엮은 것이다. 그런데 고승이 이렇게 승전식으로만 그려지는 것은 아니다. 물론 혼수의 경우처럼 일반적인 승전의 구조에서는 다소 벗어나 있다고 해도 그 고승으로서의 훌륭한 삶을 찬미하고, 궁극적으로는 불도를 천양하는 데 이바지하는 경우도 승전식 이야기에 해당한다. 그런데 조선 초기에는 혼수의 이야기만한 고승담도 기대하기 힘들다. 대신 승려가 부정적으로 그려진 것은 아니지만 고승으로서의 삶 전체와 그 의의보다는 단편적인 사건을 중심으로 생성된 일화들이 있다. 그리고 이러한 일화의 서사 대상은 전대와 당대의 유명한 고승이다. 먼저 전대의 고승을 다룬, 〈유생 세 명을 압도한 나옹화상〉을 예로 들어 논의하기로 한다.

· 나옹이 크게 숭앙을 받음
· 유생 셋이 나옹을 압도하기 위해서 방문함
· 나옹이 유생들을 압도함

·유생들이 놀라서 절하고 물러남

이 이야기의 핵심은 나옹(懶翁)[17]을 압도하고자 했던 유생들이 오히려 그에게 압도되었다는 것이다. 그리고 이 과정에서 나옹의 고승으로서의 풍모가 함축적으로 드러난다는 특징이 있다.

우선 나옹이 회암사(檜巖寺) 주지로 있을 때 그를 숭앙하는 남녀가 물결처럼 모여 들었다고 한다. 그만큼 고승으로서 진면목이 사방에 알려져 일반 대중이 그의 법문을 듣고자 몰려 온 것으로 보인다. 이러한 점은 "불법의 지혜에 걸림이 없이 통달하여 자취가 기이하고 행적이 이상스러워 이름이 천하에 떨쳤으나 혹세무민하며 진실을 크게 어지럽혔다."[18]는 조선 초기의, 나옹에 대한 평가에서도 보인다. 평가가 부정적인 데로 기운 것은 당시의, 불교에 대한 관점을 반영한 것이지만 이를 통해서도 전대에 나옹의 신망이 얼마나 두터웠는지 알 수 있다.

이와 관련하여 대중으로부터의 신망은 나옹 관련 기록에서 핵심적인 요소라고 할 수 있다. 이색의 〈윤필암기(潤筆菴記)〉·〈향산안심사사리석종기(香山安心寺舍利石鐘記)〉,[19] 권근의 〈월강기(月江記)〉,[20] 이달충(李達衷)의 〈나옹화상어록발(懶翁和尙語錄跋)〉[21] 등에서 상하를 막론하고 사람들이

---

17) 나옹(懶翁): 1320~1376. 고려 후기의 승려. 성은 아씨(牙氏), 속명은 원혜(元惠), 호는 나옹(懶翁)·강월헌(江月軒)·혜근(慧勤). 요연선사(了然禪師) 밑에서 승려가 된 뒤 양주 회암사(檜巖寺)에서 득도함. 1347년 연경 법원사(法源寺)에서 인도 승려 지공(指空)에게 가르침을 받음. 귀국 후 회암사의 주지가 되고, 1371년 왕사(王師)가 됨. 여주 신륵사(神勒寺)에서 입적. 혼란해진 고려 말 불교계에 임제종(臨濟宗)의 선풍(禪風)을 도입하여 새로운 바람을 일으켰고, 보우(普雨)와 함께 조선시대 불교의 기초를 세운 승려로 평가받음. 시호는 선각(禪覺).
18) "法慧圓融, 奇蹤異迹, 名聞天下, 惑世誣民, 大亂眞矣."(『교정경상도지리지(校訂慶尙道地理誌)』, 영해도호부(寧海都護府). 조선총독부중추원, 1938, 88면)
19) 이상 『동문선』 권74.
20) 『동문선』 권80.
21) 『동문선』 권102.

나옹을 왕사로서 깊이 신봉했음을 알 수 있다.

문제는 물색 모르는 유생들에게는 그러한 현상이 '요술'로 사람들을 현혹하는 것처럼 보인 것이다. "저 머리 깎은 것이 무슨 요술이 있어서 사람을 이처럼 놀랍게 하는고? 우리가 가서 보고 눌러버리리라." 하고 들이닥친 것은 이 때문이다. 따라서 대중들로부터의 크나큰 '신망'은 유생들의 공격을 발동한 계기이자, 고승으로서 나옹의 면모를 시사하는 중요한 서사적 요소라고 할 수 있다.

다음으로 유생들이 막상 가서 보니 나옹의 용모가 '훌륭하고 눈빛이 밝았으며 씩씩하고 점잖아 보였다.' 하였다. 이는 '요술'로 논단했을 뿐인 나옹의 위대한 면모를 유생들이 직접 목격했다는 점에서 큰 의의가 있다. 사상적 토대가 전혀 다른, 더구나 허황되다고 믿어왔던 불교 성직자의 면모가 유생들이 보기에도 훌륭했다는 점에서 나옹의 행적이 보편적인 설득력을 획득하였기 때문이다.

뿐만 아니라 "세 사람이 함께 다니면 그 중에는 반드시 슬기로운 사람이 하나는 있겠지만 지혜로써도 이르지 못하는 곳의 한 구절을 가지고 와서 말하라." 하는 큰 소리가 났다 하였다. 물론 이는 『논어』〈술이(述而)〉편에 나오는 '삼인행필유아사(三人行, 必有我師)'의 논조를 빌려 유생들을 상대한 것으로 나옹은 이들이 이미 올 줄 알고 그들의 신분, 식견에 맞는 설법을 마련해 두고 있었던 것이다. 그리고 이러한 설법은 궁극적으로는 불교의 진리는 유학의 '지혜' 이상이라는 점을 시사하여 불교의 본질적인 가치를 천양했다는 의미가 있다. 즉, 나옹은 그들의 수준에 맞는 유학의 논법으로 시작하되 불교의 근본 이치를 내세워 유생들을 감화시킨 것이다. 앞에서 유생들은 그 훌륭한 풍모를 목격하고 고승으로서 나옹의 면모를 인정했다고 하였다. 그러던 것이 여기에서는 사건을 미리 예측하는 신이한 면모를, 그리고 대중의 수준에 맞게 설법을 베풀고 공격적인 성향의 상대방까지 감싸 안는 불보살의 면모를 나옹에게서 발견하고 경탄했다고 할 수 있다.

따라서 이 이야기는 나옹의 고승으로서의 위상, 풍모 등을 함축적으로 보여주었다는 의의가 있다. 하지만 유생들의 공격에 맞서는 나옹의 대응 방식을 단편적으로 다루었다는 점에서 그 고승으로서의 면모를 충분히 나타내지 못했다는 한계가 있다.

[전승 배경]

나옹의 승전으로는 각굉(覺宏)이 쓴 〈나옹화상행장(懶翁和尙行狀)〉이 전한다.

스님의 휘는 혜근(慧勤)이고 호는 나옹(懶翁)이며 본명은 원혜(元慧)이다. 거처하는 방은 강월헌(江月軒)이며, 속성은 아(牙)씨로 영해부(寧海府) 사람이다. 아버지의 휘는 서구(瑞具)로 선관서령(膳官署令) 벼슬을 지냈고, 어머니는 정(鄭)씨이다. 정씨가 꿈에 금빛 새매가 날아와 머리를 쪼다가 떨어뜨린 알이 품 안에 드는 것을 보고 아기를 가져 연우(延祐) 경신년(1320) 1월 15일에 스님을 낳았다.

스님은 날 때부터 골상이 보통 아이와 달랐고, 자라서는 근기가 매우 뛰어나 출가하기를 청하였으나 부모가 허락하지 않았다. 20세에 이웃 동무가 죽는 것을 보고 여러 어른에게 죽으면 어디로 가는가 하고 물었으나 모두들 모른다 하였다. 매우 슬픈 심정으로 공덕산 묘적암(妙寂巖)의 요연(了然) 스님에게 가서 머리를 깎았다. …

스님이 돌아가실 때, 그 고을 사람들은 멀리 오색구름이 산꼭대기를 덮는 것을 보았고, 또 스님이 타시던 흰 말은 3일 전부터 풀을 먹지 않은 채 머리를 떨구고 슬피 울었다. 화장을 마쳤는데 머리뼈 다섯 조각과 이 40개가 타지 않았으므로 향수로 씻었다. 이때에 그 지방에는 구름도 없이 비가 내렸다. 사리가 부지기수로 나왔고, 사부대중이 남은 재와 흙을 헤치고 얻은 것도 이루 셀 수 없었다. 그때 그 고을 사람들은 모두 산 위에서 환히 빛나는 신비한 광채를 보았고,

> 그 절의 스님 달여(達如)는 꿈에 신룡(神龍)이 다비하는 자리에 서려 있다가 강
> 으로 들어가는 것을 보았는데 그 모습이 말과 같았다. …22)

이상 나옹의 행장에는 휘호, 속성, 출신, 가계 등에 대한 인정식 기술에 이어 탄생, 출가, 열반에 대한 이야기가 전형적인 승전식 구조에 따라 서사화되어 있음을 알 수 있다. 이외 중국에 건너가서 지공(指空)을 비롯한 여러 스님들에게 도를 구한 청익담, 그 과정에서 다채롭게 펼쳐지는 선문답, 국내로 돌아와 궁중과 대중에 행한 설법과 공부선 주관, 회암사에서 강제로 영원사(瑩源寺)로 옮겨가면서 있었던 고난에 대한 일화가 나온다. 이와 같은 나옹의 승전은 조선 후기의 『동사열전』에 가서도 크게 달라지지 않는다. 이 중 특히, 신화적인 요소가 돋보이는, 신비한 탄생담, 생사의 고뇌를 이기지 못해 산중으로 떠나는 출가담 등은 고승으로서 나옹의 삶을 특징적으로 보여주는 대목이다.

이러한 나옹의 승전은 그의 사후 줄곧 전승되어 왔을 것인데 성현은 혼수의 경우와 다르게 『용재총화』에 나옹 이야기를 수습하면서 이러한 승전식 서술을 취하지 않았다. 그보다는 나옹이 불법으로 한창 대중의 신망을 받을 때 유생들과 대립한 사건을 일화의 형태로 찬술해 놓았다.

한편 나옹 이야기 바로 앞에도 어리석은 세 유생에 대한 일화가 수록되어 있다. 유생 세 사람이 과거를 앞두고 각각 꿈을 꾸고는 해몽하는 사람의 집으로 갔는데 그의 아들만 있으므로 물으니 낙방할 꿈이라고 풀이해 주었다는 것, 조금 있다가 해몽하는 사람이 와서 정반대로 해몽해 주었는데 세 사람이 모두 과거에 급제하였다는 이야기다.23) 딱히 어리석다고는 할 수 없지만 자신들의 운세를 알아보기 위해 해몽가에게 찾아갔다는 것,

---

22) 『한국고승집』(고려시대 3), 경인문화사, 1974.
23) 『용재총화』 권6.

더구나 해몽가가 없다고 해서 그 아들에게 자신들의 운명을 물었다는 것은 의식 있는 유생으로서 흠 있는 행위라 할 수 있다. 당시 유생들에게 과거 급제는 최우선의 과제요, 따라서 그 당락과 관련된 일화가 유생들 주변과 일반에 널리 알려져 있었을 것이다. 이 이야기는 이러한 현실을 반영하면서 특히, 해몽가에게 자신의 운세를 묻는, 통속적인 유생의 실상을 다룬 것이라 할 수 있다.

비록 초점은 다르지만 세 유생의 이러한 행태는 이어지는 나옹 화상의 이야기에서도 크게 다르지 않다. 고승으로서 나옹의 신망에 도전하되 도리어 그에게 압도당한다는 점에서 유생으로서의 품위가 실추된 것이다. 혹, 찬자는 세 유생의 헛된 행태라는 공통점에 착안하여 이 이야기에 연이어 나옹의 이야기를 찬집한 것이 아닌가 한다. 따라서 성현이 나옹을 다루는 방식은 그것이 비록 고승의 풍모를 그린 것이라 할지라도 어디까지나 자신의 주변에서 듣기 마련인 유생과의 관계에 초점을 두었다는 특징이 있다.

이러한 점은 구전설화에 수습된 나옹의 면모와 대조할 때 더 명확해질 것으로 보인다. 구전설화에서 나옹은 가난한 하급관리의 아들로서, 태어날 때부터 죽을 고비를 맞는 인물로 나온다. 즉, 빚 독촉에 시달려 아버지는 도망가고 어머니가 나옹을 임신한 채로 대신 관가에 잡혀가는 도중 해산을 하고는 아기를 버려두었다. 그런데 다시 가 보니 까치들이 보호하여 아이가 죽지 않고 살아 있었다 하였다. 이것이 '까치소' 이야기[24]로 나옹 전설 중 가장 왕성하게 전승되고 있다. 나옹의 일생과 관련해서는 그 탄생담이라 할 수 있는데 영웅으로서의 고승이 비정상적으로 탄생한 후 시련을 이겨내고 성공적인 삶을 이루었다고 하면 그뿐이지만 이러한 탄생담은 고

---

24) 조동일, 『인물전설의 의미와 기능』(영남대학교 민족문화연구소, 1980)에 나옹 전설이 7편 실려 있는데 그 중 5편에 이 이야기가 들어 있다.

승의 일생과 썩 어울리지 않는 것이 사실이다. 나옹의 가계에서부터 그 탄생담에 이르기까지 너무 각박한, 삶의 현실이 반영되어 있기 때문이다. 그리고 이는 그 가계의 실상과도 맞지 않는다. 오히려 〈나옹화상행장〉에 보이는, "정씨가 꿈에 금빛 매새가 날아와 머리를 쪼다가 떨어뜨린 알이 품 안에 드는 것을 보고서 아이를 배어" 나옹을 낳았다고 하는 탄생담이 그의 실제 삶에 부합될 뿐더러 고승으로서 그 탄생의 신비함을 더 명확히 보여준다고 할 수 있다. 버린 아이를 날짐승들이 보호해 살렸다는 신비한 이야기가 들어 있지만 이 역시 신화 등 오랜 서사문학의 전통 속에 있던 것을 수용한 것으로 딱히 고승으로서 나옹의 삶의 궤적을 뚜렷이 보여주는 역할을 하지는 못한다.

반면 출가할 무렵 중이 찾아와 오이라도 시주하라고 하자 오이가 덜 익었다고 한 점, 그 뒤 중을 따라 나옹이 출가했다고 하는 이야기25)는 고승의 출가담으로서 손색이 없다. 불보살에 의해 고승으로서 나옹의 미래가 예견되었다는 점에서, 그리고 나옹 자신이 이미 그 일을 꿰뚫고 있다는 점에서 신이한 사건으로 볼 수 있기 때문이다. 또한 나옹이 살던 지역을 떠나가면서 막대기(혹은 지팡이)를 꽂아 놓고 그 나무가 죽으면 자신이 죽은 줄 알고 그 나무가 살아 있으면 자신이 살아 있는 줄로 알라고 했다는 '반송' 이야기 역시 고승으로서 나옹의 신통력을 암시한다고 할 수 있다.26) 이상 출가와, 반송 관련 이야기는 나옹이 이미 일정한 도의 경지에 이르렀음을 암시한다. 따라서 이는 위대한 고승에 대해 민간에서 기대하는, 그 신통력과 긴밀히 관련된 것이다.

---

25) 조동일, 앞의 책에서 채록본 7편 중 2편이 이와 관련됨.

26) 조동일, 앞의 책에 실려 있는 전설 7편 중 6편이 이와 관련되어 있고, 『한국구비문학대계』(7-6)에 실려 있는 나옹 관련 전설 6편 중 4편이 이와 관련되어 있다. 이하 『한국구비문학대계』는 『대계』로 약칭하고 구전설화 자료는 별다른 언급이 없으면 이 책에서 인용하였음을 밝혀둔다.

이렇게 볼 때 구전에 수습된 나옹의 인물상은 태어날 때부터 극심한 고난을 겪고 그것을 이겨낸 후 성공적인 삶을 영위한, 민중적 영웅에 다름 아니다.[27] 여기에서 성공은 이야기에서 암시되고, 역사적으로 입증되듯이 신통력을 갖추고 시공을 꿰뚫어보는, 위대한 고승으로서의 삶이다. 성공에 따른 위대한 삶의 경지를 강조하느라 그 고난을 극단적인 지경에까지 몰고 갔다고 할 수 있으며, 혹 자신들의 각박한 삶의 현실을 반영하느라 참담한 탄생담을 결구했다고도 할 수 있다. 요컨대 구전에 나타나는 나옹의 인물상은 그것을 전승한 민중들의 관심사와 기대에 따라 태어나면서부터 경제적인 문제로 극심한 고난을 겪다 성공한 위대한 고승이라고 할 수 있다.

요컨대 나옹의 승상은 승전에서는 고승으로서의 면모가 강조되고 구전 설화에서는 여기에 더하여 고난을 겪고 이를 이겨내는, 민중적 영웅의 면모가 부각되었다고 할 수 있다. 이를 성현의 찬술과 비교해 보면 전자의, 고승으로서의 면모를 강조하되 이것이 승전식보다 일화의 형태로 결구됨으로써 그 본분사의 의미가 충분히 구현되지 못했고, 그만큼 나옹의 승상이 세속화되었다고 할 수 있다.

다음으로 〈낙산사 중 해초의 반격〉은 대선사(大禪師) 해초(海超)[28]가 찬자 성현의 조카 유본(有本)과 실랑이를 벌이는 이야기다.

· 해초가 공양을 구함
· 유본이 불교의 공양을 조롱함
· 해초가 유교의 제사를 조롱함

---

27) 이에 대해서는 조동일, 앞의 책, 103면 참조.
28) 해초(海超): 판교종도대사(判敎宗都大師). 설준(雪峻), 기화(己和)의 제자. 당호는 송월헌(松月軒), 호는 절암(絶菴). 설잠 김시습과 교유하였으며 세종대 이후 간경 사업에 주도적으로 참여했다. 성종 8년에 은그릇 사건에 연루되어 시해되었다.

· 유본이 대답하지 못함

　해초가 공양을 바라자 유본은 "집을 높이 지어 단청을 칠하고 나무에다 진흙을 칠해 부처를 만들고는 밤낮으로 정성을 다해 공양하면 무슨 이익이 있는고?" 하고 시비를 걸었다. 이에 대하여 해초는 "집을 높이 지어 단청을 칠하고 밤나무를 깎아 신주를 만들고는 사중월에 정성을 다하여 음식을 바친들 무슨 이익이 있는고?"라고 함으로써 똑 같은 구조로 맞대응을 했다. 그리고 유본은 이에 아무런 말도 못했다고 했다. 여기서 사건의 단초는 공양에 대한 것이지만 궁극적으로 양자는 불교 신앙 자체와 역시 유교 의식의 공허함을 지적했다고 할 수 있다.

　물론 먼저 시비를 걸고 상대방의 대응에 대답하지 못했다고 했으니 유본의 경우 괜한 문제를 들추어 본전도 못 찾는 꼴이 되었다. 유학자답게 현실적인 차원에서 '이익'을 들어 현실 너머의 도를 추구하는 불교를 비난하고자 했지만 당대의 고승 해초를 상대하기는 역부족인 것이다. 무엇보다 해초가 이를 직접 방어하기보다 상대방의 사상적 토대인 유교 의식의 비현실적인 측면을 공격했기 때문이다. 해초의 입장에선 불교 자체의 본질적인 측면을 들어 논박하기보다 상대방의 현실 의식에 기대어 유교 의식의 비현실적인 측면을 꼬집었는데 이것이 유학자를 공박하는 데 더 유효했을 것이다.

　이 이야기는 공양 문제로 당대의 고승이 유학자에게 비난 받을 정도로 불교의 세가 약하다는 점, 배불 내지 척불의 근거가 단지 불교 자체에 있는 것이 아니라 다른 문제 즉, 현실적인 무익함에 있음을 암시한다. 하지만 이 이야기는 그렇게 공격하는 상대방의 사상적 기반에도 문제가 있음을 들어 당당히, 논리적으로 유학자를 상대하는 고승의 기개를 보여주었다는 데 큰 의미가 있다.

　　물론 여기에서 해초는 신이한 면모로 주변을 감화시키는, 신승의 면모를 보이지 않는다. 편자가 그에게 붙여진 칭호는 대선사가 아니라, 문사의 집에 자주 드나들며 공양을 구하는, '낙산사 중 해초'이다. 해초가 낙산사에 주석하고 있다는 사실만을 전하고 그의 대선사로서의 면모에 대해서는 무관심하다는 것이다. 게다가 논리적으로 상대방을 굴복시키긴 했지만 기껏해야 유자와 입씨름을 하는 것으로 나온다. 부정적으로 다루어진 것은 아니지만 고승으로서의 면모가 미미하다고 할 수 있다. 그 신이한 풍모로 유생을 압도한 나옹만한 면모도 없는 것이다.

　　해초는 당시의 고승인 설준(雪峻), 기화(己和)의 제자이며 판교종도대사(判敎宗都大師)를 지낸 대선사로 세종대 이후 간경 사업에 주도적으로 참여하며 내외에 고승으로 알려져 있었다. 그런데 그는 조계종의 은그릇을 빼돌렸다는 죄목으로 세종 8년(1426)에 직첩을 삭탈 당하고[29] 금교참(金郊站)에 정속(定屬)되더니, 세조 14년(1468)에는 이치(李禾致)의 아내였던 과부 정씨(鄭氏)와의 사통 문제가 불거졌고[30] 성종 8년(1477)에는 시해를 당하고 말았다.[31] 불교계에서는 이러한 해초의 죽음을 순교라고 평가하고 있다. 물론 조선 초기 특히, 세종대와 성종대에 삼화상(三和尙)이라 불리며 왕실과 민중들로부터 크게 숭앙을 받던 신미(信眉), 학조(學祖), 학열(學悅) 등을 비롯해 많은 승려들이 장형, 환속, 참형 등의 형벌에 처해졌다. 해초도 각돈(覺頓), 학전(學專), 설준(雪峻) 등의 고승과 함께 이러한 여파에 순교를 당한 것이다.[32]

　　성현은 위의 이야기에서 "낙산사 중 해초가 우리 집에 드나든 지 오래되었다."라고 하였으니 성종 8년 이전에는 성현과 해초의 관계가 그리 나

---

29) 『조선왕조실록』 세종 8년 3월 9일조.
30) 『조선왕조실록』 세조 14년 1월 17일조.
31) 황인규, 앞의 책, 182~184면.
32) 이에 대해서는 황인규, 앞의 책, 165~192면.

쓰지만은 않았음을 알 수 있다. 게다가 이야기 속에서도 성현은 해초와 유
본의 다툼을 객관적으로 바라보고 있다. 다만 유본의 조롱에서 보듯이 이
미 승려에 대해 문사들이 곱지 않은 시선으로 보고 있음을 알 수 있다.

어쨌든 고승이 탄압 받는 시절에 해초는 대선사로서의 직첩을 박탈당했
을 뿐만 아니라 금교참에 정속된 바 있다. 그리고 이후 문사들의 집에 전
전하며 공양을 얻으러 다닌 것으로 보인다. 성현의 찬술에서는 그러한 후
기의 전락한 모습이 포착된 것이다. 따라서 이야기에서 신승으로서의 해
초의 면모가 드러나지 않은 것은 당시 많은 고승이 그러하듯이 이러한 불
교 내지 승려에 대한 탄압의 결과로 보인다.

또한 이 이야기가 성현이 목격한 단편적인 사건을 대상으로 일화로 기
술되었다는 점도 고승의 전모를 드러내기에는 많은 한계가 있다. 고승 해
초가 유자의 조롱을 받아 넘기는, 그런 정도의 평범하지만 날카로운 비판
력을 갖고 있는 승려로 그려진 것은 이러한 이유들 때문이다. 즉, 해초는
신이한 면모보다는 적극적으로 탄압 세력에 맞서는 모습으로 형상화되었
다고 할 수 있다.


[전승 배경]

해초 이야기는 당대의 일로 찬자가 직접 목격한 일을 서술한 것이다.
이와 관련하여 당시 구변 좋기로 유명한 흥덕사(興德寺)의 승려 일운(一
雲)과 술사 최양선(崔揚善)이 말재주를 겨루었는데 일운이 졌다는 이야기
가 있다.33) 또한 경전에 해박하고 사물에 민첩한 대화상 행호(行乎)34)와

---

33) 『태평한화골계전』 188화.(번역과 화순은 박경신, 『대교·역주 태평한화골계전』,
   국학자료원, 1998을 참고했으며 이하 같음.)
34) 행호(行乎): 조선 초기의 선승(禪僧). 본관은 해주(海州), 속성은 최씨(崔氏). 어
   려서 출가하여 엄격한 계행(戒行)으로 『법화경』의 이치를 깨달아 천태종의 지도
   자가 되었다. 태종이 세운 치악산 각림사(覺林寺)의 낙성식을 주재하였다. 세종

최양선이 구변 겨루기를 한 결과 후자가 이겼다는 이야기도 있다.[35] 물론 이들 이야기에서는 승려와 술사(術士)가 종교와 무관하게 구변 솜씨를 겨루는 것으로 되어 있지만 구변 겨루기를 통해 상대방을 제압한다는 점에서 해초 이야기의 구조 내지 문제의식과 같은 맥락을 지닌다고 할 만하다.

한편, 당대 고승인 혜진(惠眞)과 서운판사 이양달(李陽達)이 책력을 둘러싸고 다투는 이야기[36]는 다툼의 양상 및 의의 면에서 특이한 면모를 보인다. 기지로써 한 번씩 상대방을 골탕 먹인 후 길에서 만나 '늙은 까까머리', '늙은 오랑캐'라고 하면서 서로 욕을 하고는 웃었다 하였으니 이들의 목적이 싸워서 상대방을 제압하는 데 있지 않음을 알 수 있다. 당대 고승과 지관(地官)이 말솜씨로 대결한다는 점에서는 위의 이야기들과 같으나 다툼 자체보다 호방한 성격의 두 사람이 각자의 신분을 넘어 격의 없는 사이임을 드러낸 점이 다르다고 할 수 있다.

해초의 경우와 문제 의식면에서 가장 근접해 있는 경우는 늙은 승려가 선비의 조롱에 적절히 응대함으로써 그를 탄복시켰다는 이야기다.

> 어떤 늙은 중이 겉모습은 비록 쇠락(衰落)했으나 안으로는 맑은 수양을 했고 아울러 내외의 경전에 통했다. 어느 날 길에서 암소에 닭 둥우리를 싣고 성 안 시장으로 들어가는 한 시골 늙은이를 만나 함께 가게 되었는데, 소가 갑자기 오줌을 누기 위해 멈추어 서자 늙은 중도 소 뒤에 서 있게 되었다. 어떤 조대(措大: 선비)가 놀려서 말하기를,
> "옛사람이 이르기를, '차라리 닭 주둥이가 될지언정 소꼬리가 되지 말라'

---

즉위 초에 판천태종사(判天台宗事)가 되었으나 얼마 뒤 벼슬을 버리고 두류산에 금대사(金臺寺)·안국사(安國寺), 천관산에 수정사(修淨寺)를 지었다. 왜적의 침입으로 불타버린 백련사(白蓮社)를 효령대군(孝寧大君)의 도움을 받아 1436년에 준공하는 등 조선 초기 유생들의 강한 척불론 속에서도 왕실에 대한 불교 보급에 힘썼다.

35) 『태평한화골계전』 258화.
36) 『태평한화골계전』 201화.

고 했는데, 그대는 어찌해서 소꼬리가 되었는가? 이제 그대를 우후선사(牛後禪師)라 부르고자 하노라."

했다. 늙은 중이 그 소리에 응해서 말하기를,

"늙은 중이 조대를 위해 한 번 칭찬하고자 하노라. 옛날 조하(趙嘏)의 시에 이르기를, '긴 피리 한 소리에 사람이 다락에 의지하도다'라고 했는데, 이 글귀가 매우 묘해서 세상에서 조의루(趙依樓)라고 불렀고, 구장로(龜長老)의 시에 이르기를, '소나무 늙은 바윗가의 달은 예나 지금이나 같네.'라고 했는데, 이 글귀가 또한 묘해서 세상에서 월고금장로(月古今長老)라 불렀다. 이제 조대 또한 이 말이 좋으니, 이 말을 써서 나 또한 그대를 우후조대(牛後措大)라 부르고자 하노라."

라고 했다. 조대가 탄복하고 마침내 방외의 벗으로 정했다.[37]


종교를 놓고 시비한 것은 아니지만 조롱하는 상대방의 말을 받아 되받아치되 역시 상대방의 전공인 유명한 옛 시를 들어 응대하여 정곡을 찔렀다는 점에서 해초의 경우와 같다고 할 수 있다. 물론 해초의 경우 일시적으로 상대방의 말문을 막은 데서 그쳤지만 여기서는 상대방을 탄복시켰을 뿐만 아니라 '방외의 벗'이 되었다는 점에서 지속적으로 감화력을 발휘했다고 할 수 있다.


시승(詩僧)들의 경우

시승은 승려로서의 본분사보다 시작(詩作) 내지 시구(詩求) 행위를 통해 문사들과 교류함으로써 행세하는 승상을 말한다. 이러한 시승에 대한 이야기로는 둔우(屯雨),[38] 학전(學專)[39] 대한 것이 있다. 먼저 〈학문과 시작

---

37) 『태평한화골계전』 203화.
38) 둔우(屯雨): 여말선초의 승려 만우(卍雨, 1357~?)를 말함. 처음 이름은 둔우이며 호는 천봉(千峰). 혼수의 대표적 제자. 어려서 경전(經典)에 통달하였고 시를 잘하여 이색(李穡)·이숭인(李崇仁) 등과 사귀는 한편 집현전 학사들과도 교유하였다. 『동문선』에 이색이 만우에 대해서 적은 〈천봉설(千峰說)〉이 실려

에 능한 고승 둔우)를 중심으로 논의하기로 한다.

'환암의 뛰어난 제자[幻庵之高弟]'라고 서두에 소개된 둔우의 승상은 다음과 같다.

    ·어려서부터 내전과 외전을 탐구함
    ·시를 잘 써 유학의 대가들과 교류함
    ·유불(儒佛)의 사표(師表)가 됨
    ·노년기의 수행
    ·첨언-시화(詩話), 문집 소개

이 이야기에는 고승으로서 둔우의 신비한 탄생이나 성장 과정에 대한 일화, 그리고 출가담이 생략되어 있다. 다만 어려서부터 내전과 외전을 정밀히 탐구하였다 하였는데 이는 둔우가 후에 유불의 사표가 되는 데 있어 중요한 징표라고 할 만한 것이다.

다음은 청장년기의 활동에 대한 것으로 시를 잘 써 유학의 대가들과 교류했고, 문장에 있어 불가뿐만 아니라 널리 학자들의 존경을 받아 유불의 사표가 되었다 하였다. "나이가 젊어도 학식이 많고 정신적인 풍모가 있었으며 말이 씩씩하며 맑은 바람"[40]과 같았다고 하듯이 그 식견과 풍모로 해서 조선 초기 배불의 상황에서도 둔우는 문사들로부터 큰 신망을 받았다고 할 수 있다. 그런데 둔우가 이렇게 된 데에는 당시 불교사의 특수성이 적지 않은 영향을 끼쳤다.

---

있다.

39) 학전(學專): 개경사 주지를 지낸 바 있고 인사(印師), 덕상(德尙), 계호(戒浩) 등이 그의 제자였다. 성종대에 흥천사 중창의 일로 시해된 것으로 추정된다.

40) 황인규, 앞의 책, 331면.

나라에서 불교를 숭상하지 않아 문벌 있는 집안의 자식들은 중이 될 수 없었다. 이 때문에 중의 무리로서 글을 아는 자가 없어 대사의 이름이 더욱 두드러졌다. 사방의 학자가 구름같이 모여들었고 집현전의 선비들도 앞에 나아가 글을 물으니 대사는 유교와 불교를 통틀어 널리 학자들의 스승이 되어 사람들이 모두 존경하였다.

즉, 배불의 상황에서 문벌가의 자식이 출가할 수 없어서 불가에 글을 아는 자가 없던 터에 외전에 밝은 둔우의 학식이 빛을 발하게 된 것이다. 그리고 그러한 명성이 일반 문사들로부터의 인정과 숭앙으로 이어져 유불의 사표가 된 것으로 볼 수 있다. 이렇게 보면 둔우는 오히려 배불의 불리한 상황에서 최고 시승의 영예를 얻게 되었다고 할 수 있다. 문제는 그러한 점이 부각되면서 구도를 위해 정진하다가 오도와 열반에 이르는, 그의 고승으로서의 본질적인 행각이 제대로 포착되지 않았다는 점이다. 이러한 점은 그나마 고승으로서의 수행 면모가 보이는 노년기의 기사에서도 크게 달라지지 않는다.

　　㉠ 대사는 90여세로 호리호리하여 고상한 모습이었는데 기운은 오히려 강했다고 한다. ㉡ 혹 여러 날 밥을 먹지 않아도 심하게 배고파하지 않고, 밥을 올리면 여러 그릇을 다 먹기도 하는데 또한 배부른 것 같지도 않고 여러 날이 되어도 변소에 가지 않았다. ㉢ 항상 빈방에 단정히 앉아서 등불을 매달고 깨끗한 책상을 펴놓고는 밤새도록 책을 보았는데 작은 글자 하나라도 일일이 연구하며 졸거나 눕는 일이 없었다. ㉣ 또한 대사는 사람들이 곁에 있는 것을 허락하지 않고 부를 일이 있으면 손으로 작은 징을 쳐서 제자들을 오게 하고 큰 소리로 부르지는 않았다.

㉠은 90여세의 나이로도 고상한 풍모와 강성한 기운을 간직하고 있다는 것으로 내면과 외면에 걸친 그에 대한 총평이다. 이는 부단한 수행의 결과로 보이는데 이어지는 글은 그에 대한 근거로서 ㉡은 육체적인 욕구에서

초탈한 모습, ©은 부단한 탐구의 면모, @은 정적 속에서 정진하는 모습에 대한 것이다. 청장년기의 면모에 비하면 수행 정진 내지 불경 탐구에 몰두하는 고승으로서의 면모가 십분 드러난 것으로 볼 수 있다. 하지만 여기에서 고승으로서의 신이한 면모를 볼 수 있는 것은 아니다. 자신이 신봉하는 도를 이루기 위해 정진하는 모습으로 치면 이러한 면모는 딱히 고승에게 고유한 것은 아니기 때문이다. ©의 경우가 다소 신이한 면모이지만 이도 또한 현실적으로 불가능한 현상은 아니다.

요컨대 노년기의 기사는 유일하게 고승으로서 둔우의 면모를 보여주지만 이마저도 '구도-오도'에 따른 신비한 면모가 생략되어 있어 본질적인 면에서 고승담으로서 많은 한계가 있다. 더구나 노년기에 있기 마련인 신비한 열반에 대한 기사마저 생략되어 있어 이러한 점은 한층 명백해진다. 이렇게 보면 둔우의 경우는 '탄생-성장-출가-구도-오도-열반'의 일반적 승전식 기술을 기준으로 할 때 '구도' 중 불경 탐구와 일상적인 수행담을 제외하곤 어느 것 하나도 충족시키지 못했다고 할 수 있다. 그마저도 '협불점석'의 치열한 구도 과정을 보여준 혼수에 비하면 너무도 평이한 수행담이라 할 수 있다.

그리고 시화 관련 기사가 일대기식 서술 후에 첨부되어 있는 것은 혼수의 경우와 같지만 둔우의 경우 노년기를 빼면 전체가 시승으로서의 행적에 대한 것이기 때문에 그 정도가 심하다고 할 수 있다. 더욱이 혼수의 경우 남의 시에 대한 안목이 뛰어나다는 점이 시화의 핵심 사항이라면 둔우의 경우 직접 자신이 쓴 시를 놓고 적극적으로 시안을 발휘한다는 점에서 차이가 난다. 조선 초기 최고의 시승으로서 그의 면모가 가장 잘 드러나는 부분이다. 결정적으로 그의 문집인 『천봉집(千峯集)』이 세상에 전한다는 첨언은 그가 당시 문사로서도 넉넉한 솜씨를 지니고 있으며 그 점에서 명망이 높다는 점을 입증하는 것이다.

요컨대 둔우의 경우 외전에 밝고 시작에 능해 대학자들과 교류할 뿐만 아니라 유불의 사표가 되었다는 점이 강조되고 마지막으로 자작시에 대한 일화가 제시됨으로써 전체적으로 시승으로서 위대한 면모가 강조되었다고 할 수 있다. 그러면서 일반적 승전에 따른 고승으로서의 면모는 크게 약화되었다. 따라서 최고 시승으로서의 솜씨, 명망, 결과물, 이것이 고승 둔우를 세속적인 인물로 전환시킨 주요 요소이다.

다음은 〈문사들의 사랑을 받은 학전 스님〉의 경우이다.


· 순수하고 신중하고 솔직한 풍모
  - 시작(詩作), 불경 탐구, 수행, 기예에 있어 중도적 태도
  - 호방하고 평등한 인간관계
· 관련 시화
· 시구 행위


학전의 경우 서두에 순수함, 신중함, 솔직함 등의 풍모가 제시되고 뒤이은 기사는 이에 대한 근거로서 동원된 것이다. 즉, 다음과 같은 그의 면모는 순수하고 솔직한 그 풍모에 기인한 것이다.


시를 지을 줄 아나 그 시에는 교훈적인 글귀가 없고, 불경을 알기는 하나 그 근본을 깊이 탐구하지 않고, 산에 들어가 불도를 닦지는 않았으나 허랑한 자취가 없었다. 바둑 두기를 좋아하나 항상 이기지 못하여도 성내지 않았다.


또한 사람을 대함에 귀천이 없고 서로 마음을 터놓고 사귀었다는 것도 그 풍모에 기인한 것이고 이로 인해 신숙주(申叔舟), 성삼문(成三問) 등 당대의 문사들과 교류할 뿐만 아니라 그들로부터 애호를 받게 된 것이다. 뒤

이어 문사들과의 관계에 대한 두 가지 일화가 소개되는데 이 역시 그들로부터 애호를 받았다는 사실을 구체적으로 전하기 위해 동원된 것이다.

요컨대 학전의 경우 '순수하고 신중'하다는 그 사람됨이 강조되고 이를 입증하기 위해 시작(詩作)과 불경 탐구에 있어 절도 있는 태도, 인간관계에 있어서의 호탕한 면모 등이 제시되었다고 할 수 있다.

이렇게 볼 때 학전의 면모는 딱히 고승이기보다 위대한 인간상에 가깝게 형상화된 것이다. 특히 절도 있는 행위, 폭넓고 호탕한 인간관계에 있어 주변 사람들의 신망을 받기에 충분한 인물로 그려져 있다고 할 수 있다. 그가 얼마나 문사들의 사랑을 받았는지 하는 점을 알려주기 위해 이어지는 시화 관련 삽화가 동원된 것이다. 그 과정에서 즉, 그가 한 사람의 위대한 인간상으로 평가되는 과정에서 고승으로서의 면모가 약화되었다는 데 주목할 필요가 있다. 즉, 학전은 고승에서 위대한 인품의 소유자로 전환되면서 고승으로서의 면모가 거세되었다고 할 수 있다.

다음은 시구 행위에 대한 것이다.

> 일암이 높은 벼슬아치들에게 시를 구하여 그 소장하고 있는 시권이 책상과 상자에 가득 찼으니, 당시의 정묘한 시가 모두 여기에 모여 있었다.

이렇게 주변 인사들에게 열심히 시를 구하는 모습은 시에 대한 애호 차원을 넘어 지나치게 벼슬아치들에게 몸을 굽히는, 구차한 모습으로 보일 소지가 있어 고승으로서 그의 면모를 약화시키는 데 결정적인 역할을 한다. 즉, 시 내지 시작을 애호하거나, 시안을 발휘하는 데서 그치는 것이 아니라 벼슬아치들에게 몸을 굽히면서 시를 구하는 행위는 승려라는 본분을 잊고 권력 주변에서 삶의 방도를 꾀하고 더 나아가서 그것에 영합하는 일로 보이기 때문이다.

　요컨대 학전의 경우 문사들이 사람을 평가하는 기준 즉, 위대한 인간으로서의 풍모를 중심으로 삶의 족적을 수습하고 벼슬아치들에게 시구하는 행위를 강조함으로써 고승으로서의 면모를 약화시켰다고 할 수 있다.

[전승 배경]

　둔우와 학전 스님은 찬자 당대에 유명 사대부 문인들과 교류하며 문인으로서의 덕목을 발휘한 이들로 그려져 있다. 둔우 스님의 경우『용재총화』권8에 우리나라는 문장가가 적고 저서는 더욱 적다고 하면서 찬자 당시까지의 문장가와 저서를 소개하는 중에 "『천봉집(千峰集)』한 질은 중 둔우(屯雨)가 지은 것"이라는 대목이 나온다. 당대 문장가의 대열에 둔우가 끼어 있다는 점, 더구나 승려로서 문재가 출중하여 문인들 사이에 이름이 높았음을 알 수 있다. 이로써 보면 둔우는 고승보다는 문재가 출중하고 인품이 훌륭한 이로 문사들 사이에 널리 알려져 있었고 이러한 정황에서 위와 같은 이야기가 전승된 것으로 보인다.

　『용재총화』권4에 당시 유명한 문인들이 삼각산 진관사(津寬寺)에 들어 공부하면서 증답한 시가 상당수 수록되어 있는데 찬자는 이에 대해 "일암(一庵)이라는 중이 항상 이들을 따라다니다가 얻어 전한 것[有釋一庵恒隨之, 得傳寫焉.]"이라는 말을 덧붙였다. 여기서 일암 즉, 학전은 당시의 유명한 문인들을 따라다니며 시를 얻어 전하는, 즉 시구 행위를 일삼는 이로 그려져 있다. 그가 시구 행위를 열심히 하는 승려로 유명했다는 점을 알 수 있거니와 이러한 점에서 위와 같은 이야기가 전승된 것으로 보인다. 같은 책 권7에는 찬자가 일암(一庵)과 더불어 백형을 모시고 관동에서 놀 때에 일암이 항시 제자를 불러 밤에 나가 대변을 보니 그 백형이 조롱조로 시를 읊었다는 일화가 전한다.41) 이를 통해 일암이 문사들과 교류를 많이 했다는 것, 겉으로는 훌륭한 인품을 지니고 있지만 일상적인 생활에서는 제자를 귀찮게 하는 존재라는 것을 알 수 있다. 더구나 찬자의 백형이 이러한 행위를 시를 통해 조롱하는 것을 보면 그가 시 내지 시작에 얼마나 익숙한가 하는 점도 알 수 있다. 일암이 문사들과 자주 교류하면서 그의 인간적인 면모가 노출되었다는 점, 시에 대한 관심이 지대하다는 점이 문사들 사이에서 널리 알려지면서 이상과 같은 이야기가 전승되었으리라 본다.

## 1.1.2. 찬집 의식

성현은 당시 조정의 인사들 중에서도 강도 높은 배불론자로 알려져 있다. 그런데 그 근거가 대개 『용재총화』 등에 나오는, 불교의 폐단을 지적하는 일화나 논설,[42] 그리고 뒤에서 다룰, 악행과 우행을 일삼는 승려를 그린 설화이다.[43] 전자는 불교 자체보다는 그 폐해를 지적하는 글이고[44] 후자는 구비전승적 성격이 강한 설화이다. 물론 전자와 관련하여 당시 대사간으로서 성현을 비롯해 일부 문신들이 차자(箚子)를 올려 설준(雪俊)이라는 고승을 논단한 일이 있다.[45] 하지만 이는 어디까지나 성현이 당시 사간으로서 배불 여론을 수렴한 선상에서 이해될 필요가 있다. 후자의 경우 이들 설화는 현재까지도 구전되는 것으로 색욕을 멀리해야 하는 승려를 둘러싸고 민간에서 형성된, 해학적인 성격의 것이다.

성현은 고승 신미(信眉)의 아우이자 승려처럼 살았던 김수온(金守溫)과

---

41) "余與一庵陪伯氏, 東遊關東, 一庵每呼弟子, 夜出遺矢, 伯氏唱曰, '一庵雖屢見馬, 能給馬蒭乎?' 弟子之厄而, 尨狗之宴食."
42) 대표적으로 『용재총화』 권8에 나오는 '승사의 나쁜 풍속에 대한 논설'을 들 수 있다.
43) 대표적으로 『용재총화』 권5에 나오는 '상좌무사승(上座誣師僧)'에 대한 3편의 이야기를 들 수 있다.
44) 홍순석, 『성현문학연구』, 한국문화사, 1992, 128면.
45) 『성종실록』, 10년 4월 13일조.

사제지간의 관계에 있었다. 척불의 시대에 살았지만 성현은 이러한 사제지간의 친연성을 통해 고승의 면모를 좀 더 가까이서 접하며 그들의 삶에 대해 전해 들은 것이 많았을 것이다. 당시 망각되기 쉬운, 혼수라는 고승의 족적을 수습한 것은 이러한 성현의, 승려에 대한 안목에 기인한 것으로 보인다.

다만 혼수의 경우 승전에서 전승되지 않는 시화가 수습되었다는 점에 주의할 필요가 있다. 승전과 『용재총화』와 같은 잡록에서 혼수의 형상은 다소 다른데 특히 후자에 나타나는 시화는 찬자 내지 장르의 성향을 일정하게 반영한 것으로 볼 수 있다.

승전 역시 있는 그대로의 사실보다 불교적 취의를 천양하여 대중을 계도한다는 목적 하에 서술하다 보니 승상이 다소 과장되고 비현실적인 면모가 강조될 여지가 있다. 이에 비해 견문한 사실을 중심으로 하는 잡록에서는 같은 고승이라도 사대부 문인들 사이에서 전승되는 모습이 부각되기 마련이다. 더 나아가서 사대부들이 갖기 마련인, 현실주의적인 관점에서 승상이 포착될 가능성이 높다. 승려의 삶을 호의적으로 다루었다 하더라도 사대부의 손에서는 승상이 제한적으로 묘파될 가능성이 있다는 것이다. 이러한 점이 혼수의 경우 사대부 주변의 승려를 입전하고, 무엇보다 승상을 세속적인 모습으로 그려낸 것으로 나타난 것이다.

나옹과 해초의 경우, 이야기 내의 시대적 배경과 그에 따른 유불의 갈등 양상에 있어선 다소 차이가 나지만 두 이야기 모두 유생에게 당당히 맞서는 승상을 제시했다는 의의가 있다. 그리고 이것이 척불의 시대에 성현이라는 사대부 문인의 손에서 이루어졌다는 점에 주목할 필요가 있다.

조선 초기 무명씨의 〈벽불소(闢佛疏)〉46)를 보면,

---

46) 『동문선』 권56.

　　전 왕조의 말경에 나옹이란 중이 적멸(寂滅)의 교로써 어리석은 백성을 미혹
시켜 당시 사람들에게 생불(生佛)로 추대 받아 천승(千乘)의 존엄을 굽혀 천한
필부(匹夫)에게 부질없이 절한 일까지 있었사옵고, 이리하여 나라의 형세는 기울
어지고 유학의 도는 쇠퇴되었사옵니다. 다행스럽게도 도를 지닌 선비들에 힘입
어 그 뿌리를 뽑아 마침내 스스로 죽게 만들었사오니, 실로 기울어지려는 나라에
서 큰 다행이었던 것이옵니다.

　　이상은 특히, 나옹을 주목하여 다룬 것이지만, 이와 같은 성격의 배불론
적 의론은 당시 문사들 주변에서 일반적인 현상이었을 것이다. 고승이 요
승 혹은, 악승으로 지목될 정도로 승려 내지 불교에 대한 태도가 극도로
부정적이었던 것이다. 이러할 때 성현이 유생에게 당당히 맞서는 승상을
제시했다는 것은 앞서 말한 그의 호불적 배경과 관련하여 납득할 수 있지
만 그 과정에서 고승의 신이한 면모가 소거된 것은 그의 신분적 특성에서
비롯된 한계라고 할 수 있다.

　　우선, 여기 고승들은 유학의 논법으로 대응하면서 정작 불도로 상대방
을 감화시키는 데 일정한 한계를 보인다. 물론 이는 상대방의 처지와 수준
에 맞게 감화시키는, 불보살의 태도로 해석될 수도 있지만 당시 그들에겐
그 외엔 다른 방도가 없을 만큼 위기 상황에 직면해 있다는 것이 문제다.
선택의 여지가 없는 것이다. 제압하느냐 제압당하느냐의 순간에 그들이
할 수 있는 것은 상대방의 인식론적 바탕에서 논리를 찾거나 그 약점을
들어 맞대응하는 것일 뿐이다. 따라서 여기서 고승이라는 존재는 기껏해
야 현실적인 논리에 바탕을 둔, 화법으로 유생들을 제압하는 논객 정도로
보인다.

　　다음으로 해초의 경우 논객의 형상 외에 문사의 집에 전전하며 공양을
얻으러 다니는 평범한 승려의 모습으로 포착된 것에 주목할 필요가 있다.
이는 해초가 대선사로서의 직첩을 박탈당하고 금교참에 정속된 당시의 현

실적인 처지가 반영된 것으로 어디까지나 불교 내지 승려에 대한 억압과 탄합의 일환으로 볼 필요가 있는데 이를 고려하지 않은 것이 문제이다. 해초는 현실 정치의 논리에 따르면 금교참에 정속된 죄인의 신분이지만 본래의 면목은 대선사 그대로인 것이다. 따라서 그 전체적인 승상을 고려하지 않고 탁발 공양하는 천한 처지를 그대로 인정하는 듯한 서술에 의해 해초는 고승으로서의 면모를 잃게 되었다고 할 수 있다. 여기에서 고승의 신이한 면모 내지 그로 인한 감화력은 기다할 수 없는 것이다. 또한 이들 이야기의 경우 찬자가 목격한, 혹은 전문한 단편적인 사건에 대한 일화란 점도 고승의 전모를 드러내기에는 많은 한계가 있다.

시승의 경우 앞의 고승보다 신이한 면모가 한층 심하게 손상되었다고 할 수 있다. 이들 시승은 내외전에 밝으면서 문사들의 기예인 시작에 능할 뿐만 아니라 그로써 주변에 이름을 얻었으니 이름만 고승이지 문사들과 다를 바가 없기 때문이다. 더욱이 유명 문사들의 시를 구하는 모습은 이들이 단순히 시문을 애호하는 정도가 아니라 그를 통해 당시 권력층에 빌붙는 것으로 보이기 때문에 그 세속화 현상은 심화되었다고 할 수 있다.

이와 관련하여 둔우의 노년기 면모는 찬자의 맏형과 둘째형[47]이 각기 22살과 16살에 회암사에 가서 글을 읽을 따 직접 목격한 것이다.[48] 그런데 이들 젊은 유생의 눈에 둔우의 면모는 훌륭한 인품의 소유자 그 이상도 이하도 아니다. 고승으로서 둔우의 신이한 면모가 포착되지 않은 것이다. 이러한 면모가 성장 후 찬자인 성현에게도 전해져 그 역시 경험적 차원에서 둔우의 인간상을 수습한 것으로 보인다.

이상 고승의 경우 사대부 찬자인 성현의 손을 거치면서 본래의 면모가 다소간 상실되었을 뿐 아니라 세속적인 면모가 가미된, 승상으로 귀결되

---

47) 성임(成任, 1421~1484)과 성간(成侃, 1427~1456)을 말한다.
48) 둔우가 회암사에 주석한 것은 세종 25년(1443)이다.

었음을 알 수 있다. 따라서 고승의 전모가 드러나기는커녕 그 실상이 왜곡되는 결과를 낳았다고 할 수 있다.

## 1.2. 기승

기승(畜僧)은 기이한 행적을 일삼는다는 측면에서 그 용례가 다양하지만 이 글에서는 수행자로서 비정상적인 삶을 살지만 본질적으로는 승려로서의 삶을 지향하는 이들에 한해 편의상 기승이라 지칭하기로 한다. 이와 유사한 명칭으로 이승(異僧)이 있는데 이는 겉보기에는 승려이지만 실제적으로는 기이한 술법과 신술을 구사하여 도교의 도사에 가까운 이들을 지칭한다. 즉, 기이한 술법과 신술 자체를 구사하는 점에 초점이 맞추어진 것이고 본질적으로는 불교와 무관한 경우가 많다. 기이한 행적은 공통되지만 그 취의가 다르기 때문에 이들 이승은 기승의 범주에서 제외시키기로 한다.

### 1.2.1. 사례

장원심(長遠心)

먼저 〈키 큰 중 장원심〉을 보기로 한다.

· 유별난 신체적 특징
· 익살스럽고 무심한 성격, 무지거처의 생활
· 국가적 재해를 기도로 구한 일

· 물질에 대해 무심하고 보시를 즐겨 행함

· 차별 없이 사람을 대함.

· 소신공양에 실패한 일화


처음 부분은 키가 유난히 크다는 신체적 특징에 대한 것이다. 이는 그를 대중 속에서 특이한 존재로 각인시키는 동시에 뒤에 이어지는 그의 무심(無心)함을 더 도드라지게 하는 역할을 한다. 즉, 그는 익살스러운데다가 일정한 거처 없이 떠돌며 한데서 잠을 잘 정도로 사사로운 욕심이 없어 대중의 삶의 방식과 현격히 다른데 이러한 점이 그 장대한 신체적 특징 때문에 더욱 부각된다는 것이다. 그에게 벼슬아치를 비롯해서 대중들이 기꺼이 공양하는 것은 이러한 그의 무심함에 대한 보답의 성격으로 이해될 필요가 있다. 이렇게 보면 처음 부분은 무심함이라는 그의 성격적 특징을 신체적 특징과 삶의 방식을 통해 요약적으로 보여주었다고 할 수 있다.

두 번째 부분에선 이러한 그의 풍모가 어떻게 구현되는가 하는 점을 보여준다. 우선 원심은 나라에 재해가 있으면 제자를 모아 정성껏 빌어 이를 구제한다고 하였다. 또한 물질에 대해 초연한 태도를 취할 뿐만 아니라 무엇보다 대중들에게 많은 것을 베풀었다는 점이 강조된다. 이는 앞서 말한 그의 무심한 성품에서 비롯된 것이면서 대중 보시를 통한 보살행을 시사하는 것이다. 마지막으로 지위고하를 막론하고 사람들을 차별 없이 대했는데 이러한 점이 극단적으로 나타난 것이 버려진 시체를 업고 가서 묻어주는 일이다.

이렇게 보면 장원심은 한없는 무심한 성격을 지니고 국가 혹은 대중에게 헌신하는 모습으로 그려져 있다. 전반적으로 '이타행'이 부각되어 있는 것이다. 이는 '탄생-성장-출가-구도-오도-열반'이라는 전형적인 승전의 구조에서 보면 '오도' 이후, 대중에 대한 보살행을 집중적으로 보여준 형식이라 할 수 있다. 그리고 이러한 이타행은 불보살의 자비 행위라는 점에서 영험담의 성격을 띨 여지가 있다.

그런데 여기서의 이타행은 다소 불충분하게 실현되거나 진정한 의미를 획득하지 못한 것으로 보인다. 예컨대 국가적 재해 때 기도를 드려 구한 경우도 있다고 하는 것은 그렇지 못한 경우가 더 많았다는 인상을 준다. 게다가 기도의 결과 성취되었을 영험담이 생략되었다. 또한 자비심으로 시체를 업었는데 떨어지지 않아 곤란을 겪다가 제자들의 기도에 힘입어 겨우 해결되었다는 대목에선 그의 보살행이 희화화되었다. 결정적으로, '열반' 대목에선, 승려로서의 본질이 의심스러울 정도로 소신공양(燒身供養)의 고통을 참지 못할 뿐더러 거짓으로 제자들을 무마하는 행위까지 한다. 이로써 소신공양 내지 열반 대목에서 기대하기 마련인 영험담이 소거되었을 뿐만 아니라 그 소신공양을 통한 열반 자체가 희화화되었다.

요컨대 장원심은 그 무심한 성품과 한없는 자비심으로 대중을 비롯한 세속의 삶을 감싸 안으려고 했지만 그것이 뜻대로 되지 않았을 뿐만 아니라 오히려 그 과정에서 곤란을 겪는 승상으로 구조화되었다. 그러면서 그의 한없는 자비심, 그에 따른 이타행이 다소 희화화되었음도 부정할 수 없다. 이는 영험이 통하지 않는 시대에 있기 마련인, 승려의 이타행에 대한 회의감을 반영한 것이지만 결과적으로 승려로서의 법력이 부족하다는 의미로 읽힐 소지가 있다. 즉, 장원심의 경우 대중에 대한 자비행이 불충분하거나, 어긋나거나, 희화화되는 방식으로 승려로서의 면모를 상실하였고 이 점에서 다소 세속적인 의미를 띠게 되었다고 할 수 있다.

닭중

〈닭중의 노래〉에 그려진 닭중의 면모는 다음과 같다.

· 신체적 결함
· 하루일과
  - 부잣집이나 벼슬아치 집을 즐겨 찾음
  - 닭 시늉 내기
· 탁발공양


  닭중은 키가 유난히 작다는, 그리고 발을 전다는 신체적 결함을 갖고 있다. 길의 현판을 만지고 다닐 만큼 키가 큰 장원심과 정반대이다. 그리고 고관대작보다 민간의 부녀자들과 이야기하기를 더 즐기는 장원심과 달리 부잣집이나 벼슬아치의 집을 즐겨 찾는다는 특징이 있다. 말미에 "하루의 소득이 많으면 곡식 열 말이나 되었는데"라고 하듯이 아마도 부잣집과 벼슬아치 집을 찾아다니는 것은 탁발공양을 하기 위해서인 듯하다.

  그의 하루 일과는 상류층 사람들 집을 찾아다니는 일로 그치지 않는다. 대중의 이목을 끌 만큼 능숙하게 닭 흉내를 내는 것이 그의 또 다른 일과이자 장기이다. 그리고 이러한 장기 덕에 길에서도 탁발 공양이 이루어진 것으로 보인다. 장원심이 자비심으로 대중에게 물질을 보시하는 것과 정반대로 닭중은 그들로부터 공양을 얻어내거나, 장기를 팔아서조차 자신의 생계를 꾸려나가는 승상을 취한다. 그렇다고 그가 세속적인 부귀영화를 추구한 것으로 보이지는 않는다. 탁발로 하루 벌어 먹고산다고 했으니 그 또한 생계지책의 일환일 터이다. 또한 닭중의 행위에서 생계지책 이상의, 대중 포교의 의미를 찾을 수 있다. 이는 그가 대중의 이목을 끌며 부른 다음과 같은 노래를 보면 알 수 있다.


此生此生,        이승 이승에선
一間第屋心可樂.    한 칸 집이라도 즐겁고.

此生此生,　　　　　이승 이승에선

懸鶉百結亦不惡.　　누덕누덕 기운 옷도 싫지 않도다.

閻羅使者若來迓,　　염라대왕의 사자가 잡으러 오면

雖欲住世那可得.　　여기서 살고자 한들 어찌 할 수 있겠는가?


觀音帝釋,　　　　　관음제석이여!

帝釋觀音.　　　　　제석관음이여!

此身若淪化,　　　　이 몸이 죽으면

全墮地獄間.　　　　온전히 지옥에 떨어지리라.


가난해도 이승이 좋다고 하고선 죽으면 이승을 떠나야 하지 않겠는가 하면서 그 세속적인 삶의 무상함을 역설한다. 그리고 자신이 죽으면 온전히 지옥에 떨어지지 않겠는가 하면서 기이한 재주로 물질을 취하는 자신의 삶을 부정적으로 봄으로써 이를 듣는 대중에게 물질의 공허함, 세속적 삶의 무상함을 일러준다. 즉, 닭중은 자신의 신세를 비꼬고 한탄하는 노래를 통해 대중에게 물질적 삶 너머에 있는, 올바른 삶의 방식을 추구하도록 이끌었다고 할 수 있다. 여기에서 기이한 구경거리로 이목을 끌면서 대중과 밀착되어 살아갈 뿐만 아니라, 그들에게 불도의 이치를 전파하는 기승의 가능성을 엿볼 수 있다. 환속하여 무애춤을 추며 방방곡곡을 누빈 원효의 이타행과 크게 다르지 않기 때문이다.

요컨대 닭중은 신체적 결함을 들어 구차하게 상류층 사람들에게 공양을 얻어내거나 장기를 팔아 생계를 꾸려 나감으로써 떠돌이 승려의 형상을 띤다. 무엇보다 장원심에게서 보이는 자비심이 없는 것이 큰 결격 사유이다. 하지만 닭중은 이러한 세속적인 삶의 양식을 비꼬고, 부정하는 행위를 통해 대중에게 물질의 공허함, 세속적인 삶의 무상함을 확인시켜 준다는 점에서 대중 포교의 일선에 선 것으로 보인다. 이는 자신의 삶 자체를 대중 포교의 수단으로 삼았다는 점에서, 무엇보다 대중들이 쉽게 알 수 있는 노래를 통해 대중의 정서에 호소했다는 점에서 크나큰 자비심의 발로가 아닐 수 없다. 이렇게 볼 때 닭중의 행위는 생계지책보다 무애행에 가깝다고 할 수 있다. 다만 당시, 승려의 몰락한 처지와 결부되어, 그리고 그 행위의 깊은 의미를 간과한 찬자 내지 대중의 시선에 의해 이러한 행위가 무애행보다는 생계지책으로 비친다는 점에서 승려가 세속화되는 한 양상을 여기서 확인할 수 있다.

신수(信修)

〈파계승 신수의 울부짖음〉에 보이는 신수의 면모는 다음과 같다.

- 방탕하고 익살맞은 성격
- 물질에 구애받지 않는 태도
- 연기와 흉내 내기에 능하고 지위에 구애받지 않음
- 노인의 아내와 사통하여 함께 삶
- 음주와 육식을 공공연히 함
- 자신의 속된 행위를 비탄함

처음 부분은 신수의 방탕하고 익살맞은 성격과 물질에 구애받지 않는 태도를 요약적으로 서술한 것으로 이어지는 삽화는 이러한 그의 성격이 현실적으로 드러난 예이다.

우선 그의 익살맞은 성격은 보는 사람들이 배를 움켜쥐고 웃을 만큼 연기를 잘 하는 것으로 나타난다. 또한 사람들의 행동거지를 능숙하게 흉내 내는 것도 그의 이러한 성격에 기인한 것으로 이를 보고 사람들은 크게 즐거워했을 것이다. 고관대작을 이름으로 부른다든지 '너'라고 부르는, 지

위에 구애받지 않는 태도는 물질에 초연한 그의 성품과 무관하지 않다고
본다.

무엇보다 신수의 특징적인 면모는 유부녀와 사통하며 함께 살 뿐만 아
니라 음주, 육식을 공공연히 하는 것인데 이러한 그의 파계행위는 앞의,
방탕한 성격에 기인한 것으로 보인다. 그런데 이러한 대처(帶妻), 음주, 육
식 등의 행위로 인해 신수는 상당히 문제적인 승상을 취한다. 승려로서 불
교의 주요 계율을 모두 어길 뿐만 아니라 이를 드러내 놓고 당당히 하기
때문이다. 그는 연기 내지 흉내 내기뿐만 아니라 이러한 파계 행위로 저자
거리에서 유명인사가 된 것으로 보인다.

> 중이 술 마시기를 좋아하여 많은 술을 고래가 물마시듯 하니 사람들이 혹 속
> 여서 다른 것을 갖다 주는데 쇠오줌이나 흙탕물 같은 것을 주어도 한 번에 쾌히
> 마시고 나선,
> "이 술은 아주 쓰다."
> 하였다.

이를 보면 사람들은 승려로서 그의 괴이한 행위를 즐겨 볼 뿐만 아니라,
그것을 부추기며 혹은, 비웃고 시비를 가리는 것을 하나의 파적거리로 삼
지 않았나 싶다. 또한 쇠오줌이나 흙탕물 같은 것을 술이라고 하며 준다고
하였으니 그러한 약점을 이용해 신수를 골탕 먹이는 일도 서슴지 않았던
것으로 보인다. 그런데 신수는 이러한 대중들의 악행을 담담히 받아들일
뿐만 아니라 파계 행위에 대해서도 당당히 자기변호를 한다.

> 혹 어떤 사람이,
> "무슨 까닭으로 아내를 두고 고기를 먹는가?"
> 하고 물으면 중은 말하기를,
> "요즘 사람들은 망령되게 사사로운 생각을 일으켜서 이익을 탐내느라 서로

싸우며 혹은 마음속에 사납고 악독함을 감추고 혹은 번뇌에서 벗어나지 못하니 저 출가했다고 하는 이들도 또한 모두 이와 같다. 향기로운 고기 냄새를 맡고도 억지로 침만 흘리며 아름다운 여인을 보고도 음란한 마음을 애써 다잡는다. 나는 이와 달라 맛있는 음식이 있으면 먹고 아름다운 여자를 보면 곧 취하여 물이 세차게 흘러가듯이, 흙이 구덩이에 쌓이듯이 하여 물건에 대해 욕심이 없고 사사로운 것은 아주 적은 것일지라도 남아 있지 않다. 이러니 내가 다음 세상에서 부처가 되지 못하면 반드시 나한이 될 것이다. …"

하였다.


탐욕을 감추느라 번뇌에서 벗어나지 못하는 것보다 욕구를 바로바로 충족시켜 사사로운 욕심이 남아 있지 않게 하기 위해서 파계행위를 한다는 것이다. 물론 이것이 성공하면 부처가 되고 실패하면 나한이 된다는 것은 같은 행위를 하더라도 마음가짐이 중요하다는 것, 그리고 그만큼 쉽지 않은 일임을 의미한다.

따라서 그의 파계 행위는 단순한 탐욕에서 비롯된 것 같지 않다. 자신의 삶을 던져 '성불'에 이르는 도박을 하는 과정에서 불가피하게 파계 행위를 즐겨 한 것으로 보인다. 이는 다음과 같이 자신의 신세를 비탄하는 읊조림에서도 알 수 있다.

신수여! 신수여! 죽어서 정토에 태어 나거라. 살아서는 비록 도리에 어긋난 짓을 하고 난폭하게 행동했으나 죽어선 마땅히 진실하여라.


밥을 앞에 놓고 방울을 흔들고 경을 외면서 자신의 혼을 부르며 하는 말이라고 하니 이는 자신을 죽은 것으로 놓고 제사하는 행위로 보인다. 파계 행위를 일상적으로 하면서 이러한 자신을 죽은 것으로 친다는 것은 파계 행위를 덧없는 것으로, 무상한 것으로 인지하고 있음을 의미한다. 또한 닭중은 자신의 신세를 비탄하는 노래를 불렀지만 신수는 울부짖는다고 하였으니 그의 파계 행위 내지 이를 죄악시하는 의식은 죽어 정토에 태어나고자 하는 간절한 비원의 몸짓으로 보인다. 더 나아가서 이러한 그의 모든 행위가 대중에게 그대로 보여진다고 할 때, 이는 자신의 역설적인 행위를 통해 대중에게 삶의 무상감, 그를 극복하기 위한 영원한 진리, 안식처를 각인시켜 주는 역할을 했다는 의미가 있다. 이런 점에서 그의 파계 행위는 어떠한 것에도 구애 받지 않는 무애행으로서의 의미뿐 아니라 대중 포교의 의미가 있다고 본다. 다만 파계 행위 자체가 부각됨으로써 이러한 무애행이 다소간 그 본래의 의미를 상실했다는 점에서 신수의 승상이 세속화되었다고 할 수 있다.

### 자비(慈悲)

마지막으로 〈천한 일 하는 자비라는 중〉에 등장하는 자비승에 대한 것이다.

- 곧은 성품으로 지위에 구애 받지 않음
- 물질에 초연한 태도
- 모든 물건의 격을 높임
- 자비심을 베풀다 해를 입음
- 공덕을 끼치기 위해 천한 일에 종사함

자비승의 경우 곧은 성품으로 지위와 물질에 구애 받지 않는 것이 특징적인 면모이다. 이어지는 것은 이러한 그의 곧은 성품이 현실에 나타난 양상이다.

우선 고관대작을 만나면 모두 이름으로 불렀다 함은 그의 굽힘 없는 곧은 성격이 현실에 나타난 예이다. 이는 모든 물건에 '님'자를 붙여 그 격을 높이는 것과 함께 세속의 질서를 뛰어넘어 모든 것을 평등하게 대하는, 자비심의 발로에 다름 아니다. 또한 불가의 습속에 따른, 오랜 기간의 수행이 덧없으니 그보다는 대중에게 공덕을 끼치고자 다리 공사 등 천한 일에 종사한다고 한 것도 같은 맥락이다. 이런 점에서 그는 세속적인 의미에서는 어수룩하고 천해 보여도 승려로서의 본분에 충실했다고 할 수 있다.

그런데 자비심이 지나쳐 오히려 탐욕의 의혹을 받는다거나 웃음거리가 되는 것이 문제다. 모든 물건에 '님'자를 붙이는 습관에 따라 "여승의 암자에 가서 좆님의 집을 찾으려 하오."라는 말을 하였으니 사람들에게 탐욕의 의혹을 받을 뿐만 아니라 웃음거리가 되었던 것이다. 또한 호랑이와 곰의 싸움을 화해시키려다 곰의 해코지를 당한 사건도 자비심이 지나쳐 목숨까지 잃을 뻔한 어리석은 행위로 비치기 마련이다. 더구나 수행의 효험이 없어 천한 일로써 사람들에게 공덕을 끼친다고 한 점에서는 법력이 의심스러울 지경이다. 따라서 이들 행위는 자비승의 순진하고 솔직한 면모를 부각시키는 동시에 승려로서 그의 면모를 세속화시키거나 희화화하는 역할을 한다고 할 수 있다. 사람들이 그를 좋게 여기는 것도 자비심 등 승려로서의 품성보다 솔직한 심성 때문이라 한 것도 이와 무관하지 않다.


[전승 배경]

닭중의 경우 『어우야담』 권2에 나오는, 닭이나 소 울음 흉내를 잘 내는 동윤(洞允)이라는 중의 형상과 유사하다. 동윤은 문장과 서예, 광대 노릇 잘 하기로 유명했는데 정사룡(鄭士龍)이 말했듯이 특히, 소와 닭 울음소리 흉내 내기로 유명했다. "뒷날 조정에서 선종과 교종 두 종파를 세워 사방 팔방으로 이름난 승려를 뽑았다. 동윤이 선발에 참여하여 판사에 임명될 즈음 이 일이 말이 되어 드디어 배척당했다."[49]라고 하였는데 불교 종파를 선교 양종으로 통폐합한 것은 세종 6년(1403)의 일이므로 동윤 이야기는 성현 당시부터 전승되어 왔을 가능성이 있다. "당시 사람들은 요사스런 중이 정사를 어지럽힌다고 분하게 여겨 중만 보면 욕하였던 것이다."[50]라는 부분도 조선 전기 대불 의식에 가깝다.

자비승의 경우 이륙(李陸)의 『청파극담(靑坡劇談)』에 나오는 자비수좌(慈悲首座)와 동일 인물일 가능성이 높다.

남루한 차림으로 수행하는 중이 있었는데 자기가 입고 있는 옷이라도 헐벗은 자를 만나면 반드시 벗어 주었다. 성품이 순후하고 굽은 데가 없어 사람을 보면 귀천을 가리지 않고 모두 '너'라고 하였다. 호는 자비수좌이다. 항상 관청이나 절에서 매를 맞아야 할 자가 있으면 반드시 대신 맞겠다고 청하였다.

일찍이 원각사에 머물 때 마침 절에 큰 행사가 있어 왕의 일가붙이 재상들이 일시에 다 모였는데 자비가 무릎을 꿇고 앉아서 인산부원군(人山府院君) 홍윤성(洪允成)에게,

"너는 지금 귀한 몸이 되었구나."

하였다. 홍윤성이 무례하다 하여 주먹을 불끈 쥐고 치니 자비는 웃으면서,

"홍윤성아. 때리지 마라. 아프다. 아프다!"

하였다.

그 후 내가 대사성이 되어 연성부원군(延城府院君) 이석형(李石亨)과 여러 정승들을 따라가다 틈을 내 절의 못 위에서 잠깐 쉬는데, 자비가 부원군을 눈여겨 보면서 말하기를,

"얼굴은 익은데 이름은 잊었다."

하더니 한참 후에야,

"이석형씨로다!"

하였다. 절의 중들이 모두 말하기를,

"자비의 천성이 그러하니 괴이하게 여기지 마십시오."

하였다.

---

49) "後朝家設禪敎兩宗, 選八方名釋, 允與其選將除判事, 有以其事言遂斥之."
50) "時人憤妖僧亂政. 見髡徒則折辱之."

특히, 재물을 모두 내어준다는 점과, 귀천을 가리지 않고 모두 '너'라고 한다는 점에서 고관대작도 모두 이름으로 부르고 물욕이 없다는 자비승과 동일한 형상이라 할 수 있다. 다만 자비수좌의 경우 고관대작의 이름을 함부로 부르는 점에 초점이 맞추어져 있다면 자비의 경우 물건에도 '님'자를 붙이면서 생긴 해프닝, 자비심이 지나쳐 오히려 해를 입은 일, 천한 일로 공덕을 삼게 된 계기가 부각된 점이 다르다.

### 1.2.2. 찬집 의식

이상 기승은 무심한 성격으로 이타행을 실천했다는 특징이 있다. 따라서 기승은 유학자로서는 드물게 도학만을 중시하지 않고 불교, 잡기에도 깊은 관심을 보이며 무엇보다 노장적 의미의 무위(無爲)의 삶을 추구하며 내심 유불의 경계를 넘어선 성현으로서는[51] 의미 있는 승상일 터이다.

그런데 이들 기승의 경우 이타행, 무애행 등이 소기의 목적을 이루지 못할 뿐만 아니라 그로 인해 곤란을 겪거나, 해를 입기도 한다. 혹은 무애행이 생계지책의 일환으로 그려져 있기도 하고 단순한 파계행위로 비치기도 한다. 심지어 그로 인해 탐욕의 의혹을 받거나, 어리석다는 인상을 주면서 그 법력이 의심 받는다. 이런 점에서 이들의 무애행은 진정한 의미를 부여받지 못하였으며 이들 기승은 희화화되어 다소 우스꽝스러운 승상을 갖게 되었다.

한편 이들 기승은 모두 찬집 당시 시중에 알려진 승려들이다. 또한 일부 기승은 찬자 성현과도 직접 만난 적이 있으니 이들의 면모는 찬자가 직접 목도한 것이기도 하다. 신수는 파주에서 생장했는데 성현이 상을 당

---

51) 홍순석, 앞의 책, 51~54면; 이내종, 「성현의 시론과 작품세계」, 고려대 석사논문, 1986, 41~42면.

해 파주에 있을 때 늘 왕래하는 사이였다고 하였다. 자비의 경우 "내가 일찍이 높은 벼슬아치들과 한곳에 모여 있는데 그 중도 또한 와 있었다."고 하는 대목을 보면 성현과 한 자리에 있는 기회가 있었음을 알 수 있다.

물론 직접 만나지 않았더라도 그 행적에 벼슬아치들에 대한 태도가 모두 나타나는 것52)으로 보아 이들은 성현을 비롯한 사대부들과 같은 자리에 있는 일이 많았음을 알 수 있다. 따라서 성현이 직접 만나거나 목격한 일이 아니라도 사대부 사이에서 전해지는 일화를 중심으로 이상의 이야기가 찬집된 것으로 보인다. 즉, 이들의 이야기는 사대부 사이에서 특히, 성현의 근거리에서 활동하던 족적을 중심으로 찬집되었다고 할 수 있다.

이렇게 보면 성현은 자기 주변에서 회자되던, 그리고 직접 체험한 바를 토대로 이상의 이야기들을 찬술했을 것이다. 따라서 이들 기승의 형상은 성현을 비롯한 사대부의 시각에서 걸러진, 승상일 가능성이 높다. 무애행, 이타행이 진지하다거나 불교적 영험을 현시하기보다 다소 우스꽝스럽고 어리석은, 일그러진 모습으로 그려진 것은 이 때문이다.53) 찬자를 비롯한 사대부들은 겉으로 드러난 행위만을 보고 판단하여 무애행의 진정한 의미를 간파하지 못했을 것이기 때문이다. 불교와 불교 아닌 것의 경계에만 집착하여 무애행이 진정한 보살행임을 눈치 채지 못한 채 그 파계 행위 내지 현실적인 무익함만을 포착한 것이다. 즉, 기승의 경우 사대부 주변의 승려들이 입전되었다는 점에서 승상이 세속화되었다고 할 수 있다.

---

52) 장원심의 경우, "見公卿, 不必敬"; 닭중의 경우, "朱門貴宅, 無不歷到"; 신수의 경우, "雖達官, 素不相識者. 一見如舊. 呼名相爾汝."; 자비승의 경우, "雖公卿大相, 皆以名呼之."

53) 김상현은 이들 승려에 대해 배불의 폭력 앞에 웃음과 익살, 자비심으로 즉, 비폭력으로 저항을 한 이들로 평가했다.(『한국 불교사 산책』, 우리출판사, 1995, 120~126면)

## 1.3. 요승

요승(妖僧)은 권력을 전횡하고 혹세무민하는 승려를 말한다. 그런데 요
승이 이렇게만 나타나는 것은 아니다. 대개 권력을 빙자해 음행을 일삼는
모습으로 나타나는데 그 계기는 권력, 성에 대한 지나친 탐욕이다. 앞의
기승의 경우 이러한 행위가 무애행의 의미를 띠고 있다면 요승의 경우 탐
욕이 행동의 계기가 되고 목적이 된다는 점에서 다르다고 할 수 있다. 따
라서 요승은 불교가 국교로서 행세하고 고승이 회자되던 전 시대에서는
보기 드문, 이 때 비로소 많이 보이고 문제가 되는 승상이다. 요승에게서
승려로서의 본분을 기대하기는 힘들다. 오히려 이들은 일반인보다 못한
인성으로 악행을 일삼는 자들이다.


### 1.3.1. 사례

설화에서 요승의 대명사는 단연 고려 말의 신돈이다. 신돈은 정치적으
로도 악명을 떨쳤을 뿐 아니라, 강제적인 음행으로 민간에 해를 끼친, 설
화상으로는 최악의 승상이다. 〈신돈의 음행〉을 보기로 한다.

 · 기현의 처와 사통함
 · 권력 전횡
 · 사대부의 처첩을 음행함
 · 성욕 증강 방식

이 이야기의 주요 사건은 신돈이 사대부의 처첩을 음행하는 일이다. 우

선 사대부의 처첩이 아름답다는 말을 들으면 그 남편을 감옥에 보낸다. 그 소식을 듣고 부인이 찾아오면 강제로 음행하되 고분고분 말을 들으면 여러 날 데리고 있다가 그 남편을 석방하고 그렇지 못할 경우 귀양 보내거나 형벌을 내려 남편을 죽게 만드는 경우도 있다. 여자가 감옥에 갇힌 남편을 구하고자 단장하고 신돈의 집에 가는 일이 거의 매일 있었다고 하니 권력과 음행이 밀접한 관련을 갖고 온갖 추문을 남긴 경우다.

이렇게 매일같이 여자들을 음행하려면 성욕 또한 약해서는 안 될 터이다. 이에 그는 매일 흰말의 생식기를 잘라 먹거나 지렁이를 회쳐 먹는다는 이야기가 덧붙게 되었다. 이로부터 요승 하면 권력을 전횡하고 음행을 저지른 자라는 인식이 뿌리박히게 되었다 한다.[54]

그런데 신돈은 편조(遍照)라는 법명을 가진 승려에서 신돈이라는 이름으로 환속하여 정치에 입문하였고 바로 그 직후에 기현의 처와 사통한 것으로 보인다. 그리고 사대부 처첩을 음행한 사건은 권력을 전횡할 때 일어났으니 신돈이 본격적으로 정치에 나설 때의 일이다. 따라서 음행은 신돈이 승려가 아닌 정치인으로서 행한 일로 볼 필요가 있다. 하지만 세간에 전하는 그에 대한 추문은 모두 승려 신돈에 대한 것으로서[55] 이는 그를 더욱 괴팍한 인물, 추악한 인물로 낙인찍는 역할을 한다. 따라서 이러한 음행이 교묘하고 추잡한 방식으로 이루어졌다 하더라도 이를 승려 신돈과 관련시키는 의도에 주목할 필요가 있다.

승려가 지켜야 할 계율 중 가장 중요한 것이 바로 음욕을 자제하는 일이다. 승려가 음욕을 다스리지 못할 경우 파계 행위로 치닫게 되어 성불은 고사하고 세속의 삶을 갈망하게 되기 때문이다. 따라서 음욕은 성불의 장

---

54) 김현룡,『한국문헌설화』4, 건국대학교 출판부, 2000, 160~161면.
55) 이러한 지적은 이광우,「신돈, 이세독립지인離世獨立之人에서 역승逆僧으로」,『고려 시대 인물 전승』, 김승호·임종욱, 이회, 1999, 210면.

애물일 뿐 아니라 승려에게는 파멸을 의미하는 것이다. '성욕=성행위=죄악'
이라는 등식이 성립하며 이는 곧 승려에게는 파계요 파멸이라 할 수 있는
것이다. 따라서 승려가 성욕을 품고 그것을 실현하는 것은 승려로서는 가
장 불명예스러운 행위일 뿐만 아니라 영혼의 차원에서도 위험한 일이다.
물론 쌍방 간의 합의하에 사통하는 경우에도 이러한 혐의를 지울 수 없다.
그런데 신돈은 성욕을 실현하는 정도가 아니라 권력의 힘을 빌려 민간 부
녀자들을 대상으로 강제로 음행했다는 점에서 극악한 형상을 띠는 것이
다. 따라서 신돈은 세속적일 뿐만 아니라 악질적인 승상을 띤다. 이런 점
에서 신돈은 그의 행위 전반에 걸쳐 전면적으로 세속화된 승상을 취한다
고 할 수 있다.

[전승 배경]

이 이야기와 직접적으로 관련되는 문헌 전승으로 조선 중기 차천로(車
天輅)의 『오산설림초고』에 수록되어 있는 이야기를 들 수 있다. 신돈이 음
행을 저질렀던 문제의 집에 가 보니 "곳곳에 우묵하게 구부러진 방을 만들
어 대낮에도 깜깜하였다.[處處陷作曲房, 白晝如漆.]" 하는 대목이 있는데 이
는 신돈의 음행 사건을 확인한다는 의미가 있다. 그런데 이야기 말미의,
'흰말의 음경'과 관련해서는 "흰 말을 잡아 그 음경을 말려 갈아서 가루를
만들어 두었다가, 그들의 아내에게 술에 타 먹여 취하게[辛旽嘗殺白馬, 以
其陰曝乾, 磨而作屑, 和酒飲朝士妻使之醉.]" 한 다음 음행한 것으로 되어
있다. 흰말의 음경을 잘라 먹은 것이 여기서는 상대방 여자를 위한 최음제
로 그 가루를 사용한 것으로 바뀐 것이다. 기괴할 만치 지나친 성욕 관련
화소가 이러한 변이형을 낳았다고 할 수 있다.

고려 시대 왕륜사 승려의 비행 특히, 간특하고 음란한 행위와 전횡, 그
에 대한 사찰의 묵인을 다룬 이야기[56]는 같은 시대를 배경으로 신돈과 같

은 요승의 비행을 다루었다는 점에서 의의가 있다. 신돈의 음행 사건은 고려 말에서부터 조선 중기에 이르기까지 널리 회자되었음을, 그리고 이런 배경에서 위의 이야기가 문헌에 수습되었음을 알 수 있는 것이다.

비슷한 시대 문헌에 수록된 요승에 대한 이야기로 〈권모술수에 능한 일운이라는 중〉, 〈영험을 조작해 상당량의 재물을 거둬들인 학조〉, 〈고려조의 요승 학열〉57) 등이 있다. 그리고 이는 후대 야담집에 보이는, 〈권력과 사치를 누린 보우〉,58) 〈권세가들과 결탁하여 절의 원장이 되어 악행을 일삼는 중 남붕〉59) 등의 이야기로 이어진다.

현전 구전 설화에도 고려를 망하게 한 장본인으로 신돈을 지목하는, 당시 유생들의 목소리가 남아 있다.

> "안 됩니다. 우리나라는 삼강오륜의 동양 도덕이 엄연해 가지고, 공맹(孔孟)의 도덕으로 전부 정사를 해나가는디, 불도, 이단, 그런 중을 데리다가 궁성에다 앉혀 놓고, 뭘 문다고(묻는다고) 하는 것은, 이건 국체가 흔들립니다, 잘못해서는. 아, 고려 때마 하더라도 신돈이 중놈이 들어 가지고 나라가 망하지 않했소? 그라니 이 사람을 축출시켜야 합니다."
> 상소가 빗발칠 게거든. 그러나 광해조가 그 말 듣지 않고 그래도 버터고, 그 대사를 궁성에다 머물려 놓고, 대접을 하는디,…60)

반면 현전하는 구전설화에는 기자(祈子) 관련 음행과 불가사리 사건61)을 연결하여 신돈의 파계 행위가 고려 패망의 주 원인이라고 하는 이야기가 많이 있다. 이 중 〈불가사리〉62)는 신돈의 음행으로 인해 고려가 패망

---

56) 『태평한화골계전』 250화.
57) 이상 3편, 『필원잡기』 권2; 『사우명행록』; 『용천담적기』.
58) 『어우야담』 권2, 종교편, 승려.
59) 『기문총화』.
60) 〈도승이 구해 준 묘터〉(『대계』 6-3).
61) 윤승준, 「불가살이 설화의 역사적 성격」, 『설화와 역사』, 집문당, 2000 참조.

하게 되었다고 하는 이야기다. 음행이 발각되어 옥에 갇힌 후 신돈이 심심
풀이로 만들어낸 불가사리로 인해 "松都가 불난리가 났다."는 것이다.
따라서 신돈의 음행과 고려의 패망을 함께 이야기하되 전자로 인해 후자
가 일어났다고 함으로써 둘을 긴밀히 관련시키고 있다.

〈파계승 신돈〉63)은 신돈의 기자 관련 음형을 주로 이야기하며 마지막에
별도로 신돈과 불가사리의 관련성을 간단히 언급하였다. 〈신돈(辛旽)과 불
개〉64) 역시 위와 같으나 마지막에 불가사리로 인한 재해를 신돈이 해결함
으로써 그의 도승으로서의 면모를 강조하고 불교를 호의적으로 본다는 점
이 다르다. 〈고려 말 인물 이야기〉65)는 신든의 음행과 불가사리 이야기를
관련시키되 후자가 신돈의 일로 나오지 않는다. 신돈의 일로 나라에서 "중
을 잡아서 전부 몰살을 시킬라고." 하면서 벌어진, 다른 승려에 대한 이야
기다.

이렇게 보면 문헌설화에는 권력을 전횡하는 요승 이야기가, 구전설화에
는 신돈의 음행을 강조하는 이야기가 회자되었음을 알 수 있다. 전자를 통
해서는 문헌 찬자들이 권력의 문제에 민감했다는 점을, 후자를 통해서는
음행을 일삼는 요승 신돈의 형상이 민간에까지 퍼져 있었다는 점을 알 수
있다. 성현은 이 중 민간에도 널리 알려져 있는, 음행을 일삼는 신돈의 이
야기를 찬술하되 '불가사리형'처럼 권력을 전횡하는 과정에서 사대부의 여
성을 범한다는, 조선 초기 승려에 대한 부정적 관점을 가장 적실히 드러내
는 이야기를 수록하였다.

---

62) 『한국구전설화』 5.
63) 『대계』 6-2.
64) 『대계』 6-2.
65) 『대계』 5-4.

## 1.3.2. 찬집 의식

신돈과 같은 요승의 형상에 대해 고려 말기 승려들의 횡포, 타락의 행태가 반영된 결과로 보는 시각이 있다.[66] 문헌 찬자가 전적으로 없던 일을 지어낸 것이 아니라 전 시대 승려들의 실제적인 타락상이 당시까지 회자되면서 요승 이야기가 형성되었다고 보는 것이다.

하지만 조선 시대는 현실적으로도 고승이 요승이 되는 세상이었다. "전조(前朝) 말기에 승려 나옹이 허무적멸(虛無寂滅)의 가르침으로 어리석은 무리들을 유혹"[67]했다는 선초 당시의, 나옹에 대한 평가가 이의 대표적인 사례이다. 고승으로서의 그의 자취는 역사적 사실로 남아 있는데 시대가 바뀌어 그에 대한 평가가 요승 쪽으로 기운 것이다. 물론 전조 말기에 나옹은 신흥 척불 세력에 의해 참형을 당한 것으로 알려져 있다.[68] 세종 때에 요승이라 하여 주살(誅殺) 당한 천태종 고승 행호(行乎)는 당대의 그 행적으로 인해 요승으로 평가받은 경우이다.[69] 그 행적이란 백련사를 중수하고 흥천사의 주지를 맡아 불사를 크게 일으킨 것을 말한다.[70] 명종 때의 고승 보우(普雨)도 같은 경우에 속하며 이러한 실례는 더 많을 것이다.

그런데 이들 사례는 모두 해당 승려가 기울어져가는 불교의 세를 부흥시키고자 비중 있는 사찰을 크게 중창하고, 이에 사부대중이 동조하여 신심을 크게 낸 것이 화근이 되었다는 공통점이 있다. 요컨대 이들에게 개인적으로 어떤 문제가 있어서라기보다 이들을 중심으로 불교의 세가 다시

---

66) 김상현, 앞의 책, 150면.
67) 『세종실록』, 21년 4월 18일조.
68) 『세종실록』, 21년 4월 18일조.("전조(前朝)가 쇠퇴한 말기에도 나옹을 목 베어 죽여서 요악한 무리를 씻어 없앴거늘 …")
69) 김영태, 『한국불교사』, 경서원, 1997, 266~267면.
70) 황인규, 앞의 책, 423~438면.

커지는 것을 두려워한 신진사류들에 의해 형벌이 자행된 것이다. 이들이 당대 불교를 대표하는 상징적인 존재로서 척불 정책의 와중에서도 임금과 친밀한 관계를 유지하며 정치적으로 유리한 지점에 있었다는 점, 이들이 당시 불교사에서 상징적인 사찰을 중창할 무렵에 참형을 당했다는 점 등이 그러한 사실을 입증한다.

따라서 조선시대에 고승이 요승으로 분장된 것은 불교와 유교의 역학관계에서 비롯된 것이다. 더욱이 불교사적 의미에서 그 행적이 뛰어난 고승일 수록 사대부들의 표적이 되었을 뿐만 아니라 실제적으로도 참형을 당한 것으로 보인다. 이렇게 보면 요승이 특히, 조선시대 문헌설화에 등장하는 것은 척불 여론을 배경으로 한 문헌 찬자들의 반불적 의식과 무관하지 않다고 본다.[71] 이들은 유교 이념을 적극적으로 지지하는 의미에서 당시의 배불 여론에 동조하는 한편 고승을 요승으로 분장하는 풍문을 그대로 문헌에 수습했다고 할 수 있다. 이들이 찬한 설화에서 요승에 대한 이야기는 대부분 당시 회자되는, 풍문 그대로이며 이에 대한 이견이 보이지 않기 때문이다. 이런 점에서 요승은 조선시대 불교설화가 낳은 문제적 승상이라 할 만하다.

다만 신돈의 경우, 고려 말기에 이미 파계를 일삼고, 권력을 전횡한 요승으로 문제화되었다는 점이 위의 사례들과 다른 점이다. 그런데 이는 원나라 및 권문세족의 횡포에 맞서 자주적 노선으로 개혁을 추구하던, 개혁승으로서 신돈의 행적에 대한 당시의 정치적 평가라는 점이 간과되어서는 안 된다. 더욱이 이러한 부정적 평가가 조선시대에 들어 정계에서 혹은, 민간에서 더 극심해졌다는 것은 정치적, 종교적으로 중요한 사안이 아닐

---

71) 『필원잡기』 권1에서 서거정은 신돈을 '늙은 역적(老賊)'이라 하고, 『추강냉화』에서 남효온은 '적(賊)'이라 하였다. 여말선초 신돈에 대한 유자들의 태도를 집약적으로 나타내는 것으로는 이존오(李存吾, 1341~1371)의 〈논신돈소(論辛旽疏)〉(『동문선』 권52)가 있다.

수 없다.

신돈이 획책한, 여말의 정치적 실책은 신흥 사대부의 역성혁명, 그에 따른 조선 건국과 척불 정책에 정당성을 부여하기에 충분하다. 특히, 권력의 전횡 등 정치적 실책보다 파계 행위를 크게 문제 삼은 것은 그가 승려였다는 점을 내세워 불교 중심의 고려 시대를 부정하는 데 유효했을 것이다. 그리고 이러한 점은 민심에 불교에 대한 부정적 의식을 심기에 주효했을 것으로 보인다. 민간에선 정치적 행적보다 승려로서의 파계 행위에 더 크게 관심을 가졌을 것이기 때문이다. 이 때문에 민간에 신돈의 파계를 문제 삼는 설화가 많이 전승된 것으로 보인다.

한편 문헌에선 신돈이 사대부의 처첩을 음행했다고 하는데 구전에서는 기자 정성을 사칭해서 여염집 부녀자들을 음행했다는 이야기가 많이 전한다. 향유층의 신분 계층에 따라 범행의 대상이 다른 것이지만 전자는 신돈이 정치적 실권자일 때의 문제이다. 따라서 이는 신돈이 승려 출신이라는 점을 교묘히 이용하여 이를 척불 여론에 이용했으며 이것이 민간에 유포되어 승려 신돈의 음행 사실이 회자된 것으로 보인다. 특히, 승려로서 부녀자 음행과 관련된 혐의가 가장 치명적인데 이러한 점은 다른 고승의 경우에도 많이 나타난다.

사신(史臣)이 이르기를, "중 신미(信眉)·학열(學悅)·학조(學祖)·설준(雪俊)은 모두 교만하고 방자하며 위세를 부리는 자들이다. 신미는 곡식을 막대하게 늘렸으므로 폐해가 백성에게 미쳤다. 학열·학조·설준은 욕망이 내키는 대로 간음하여 추문이 중외(中外)에 퍼졌다.72)

신미(信眉)는 간사한 승려 행호의 무리다. 무오년에 행호가 부름을 받고 서울에 올라와 남의 집에 있는데 부녀들이 많이 모여 들었다.73)

72)『성종실록』, 10년 4월 13일조.

첫 번째 경우 교만하고 방자하며 위세를 부린다 함은 이들이 당시 불교의 중추 세력으로서 크게 활약한 것을, 곡식을 막대하게 늘렸다 함은 불사를 위해 모연한 것을 왜곡하여 말했을 가능성이 있다. 그리고 이러한 일로 백성에게 폐를 끼쳤다 하여 혹세무민 혹은, 민생파탄의 죄로 돌렸다. 더욱이 이러한 문제와 별개로 간음 사실이 지적되는데 이는 이들의 행적을 부정적으로 다루는 데 치명적이다. 간음 자체도 범죄 행위인데 기본적으로 성을 금기시기해야 하는 고승이 간음했다는 것은 더할 수 없는 악명이기 때문이다.

두 번째 경우는 신미를 부정적으로 평가하기 위해 행호의 행적이 이용되었다. 그런데 그 행호의 부정적 행적이라는 것이 바로 간음에 대한 것이다. 그에게 부녀자들이 많이 모여들었다고 하는 것은 부녀자 중심의 신도들의 신망을 크게 받았음을 시사하는 것인지도 모른다. 하지만 문맥상 그러한 단순한 사실로 보이지 않는다. 그러한 사실을 간음과 관련시켜 암암리에 행호를 부정적인 형상으로 몰아간 것으로 볼 수 있다. 이 점에서 다음 글을 눈여겨 볼 필요가 있다.

> 오성정(梧城正) 이치(李禾致)의 아내 정씨(鄭氏)는 판사(判事) 정지담(鄭之澹)의 딸이었다. 이치가 일찍 죽어 과부가 되어 살면서 망부(亡夫)의 명복을 천(薦)드린다고 핑계하여 말하고는 크게 불사를 베풀어 중들의 출입이 절도가 없었는데, 중 설준(雪峻)·심명(心明)·해초(海超)가 번갈아 서로 사통하여 드디어 아이를 가졌으므로, 일이 누설될까 두려워하여 몰래 시골에 돌아가 낳은 아이를 드러내지 않은 것이 두 번이었다. 이치는 경녕군(敬寧君) 이비(李裶)의 아들이니, 당시 사람들이 시를 지어 희롱하기를,

> 梧城正妻鄭夫人, 오성정의 아내 정부인은
> 潛通髡首生小禪. 몰래 중과 간통하여 작은 중을 낳았네.

---

73) 『문종실록』, 원년 7월 9일조.

寄語長安花柳客,　장안의 화류객들에게 말하노니
何不往來作因緣.　어찌 왕래하며 인연을 맺지 않는가?

하였다.[74)

　　몇몇 고승의 사통(私通) 문제를 두고 당시 사람들이 시를 지어 기롱하였다는 것이다. 노래나 시를 퍼뜨려 어떤 목적을 성취하려 했다는 점에서 〈서동요〉를 방불케 하는데 다만 노래는 아니고 시다. 그러니 이 시를 지어 퍼뜨린 주체는 당시 식자층일 것이다. 그런데 그 식자층의 면면은 숨겨져 있고 단지 '당시의 사람들[時人]'이라 하여, 모호하다. 밑도 끝도 없이 생겨나서 끝없이 퍼져 나가는 설화처럼 되어 있는 것이다. 이는 승려와 음행을 관련시키고 이를 추문의 형태로 유포시킨 사례라고 할 수 있다.

　　이렇게 보면 '음행과 관련시키기'는 승려를 부정적인 모습으로 형상화하는 데 있어 더없이 유효한 방식이라고 할 수 있다.[75) 신돈은 바로 이러한 방식으로 그려진 것이다. 그는 정치적, 종교적으로 패배했을 뿐만 아니라 그 실책과 악명이 조선 시대에 가장 주효하게 이용된 인물로 손꼽힌다. 게다가 당대 고승을 억압하는 데 신돈의 악행이 근거 자료로 활용된 예는 부지기수이다. 따라서 요승 신돈의 형상은 척불을 주도한 사대부가 만들어 유포시킨 것이자, 그들의 이념적 승부를 위해 그 정도를 한층 강화시켜 가야 할 부정적 승상이다. 그렇다면 요승 신돈의 이야기를 수습한 성현의 경우는 어떠한가?

　　사간원 대사간(司諫院大司諫) 성현(成俔) 등이 차자(箚子)를 올려 설준(雪俊)을 법률대로 논단하도록 청하였으나, 들어주지 않았다.[76)

---

74)『세조실록』14년 1월 7일조.
75) 졸고,「조선후기 문헌설화에 나타난 완승의 의미」,『한국 서사문학과 불교적 시각』, 역락, 2005, 251~254면.

성현은 고승 설준을 죄인으로 주청한 일이 있다.[77] 이로써 보면 성현 역시 당시의 사대부로서 배불 여론에 동조하여 고승을 요승으로 지목하는 데 큰 역할을 하였다. 하지만 앞서 말한 바와 같이 이는 그가 당시 사간으로서 배불 여론을 수렴한 선상에서 문신들의 상소를 수합하여 주청한 것으로 이해할 필요가 있다. 불교 내지, 고승의 삶에 대한 나름대로 안목을 지니고 있던 성현 역시 이러한 배불 여론을 뒤집을 수 있는 처지가 아니었을 것이기 때문이다. 또한 그만큼 당시 배불 여론이 한 개인의 힘으로 어쩌지 못할 만큼 강고하고 드세었다고도 할 수 있다. 따라서 성현은 고승을 요승으로 분장하는 당시의 여론에 편승해 개혁승 신돈을 요승으로 분장한 이야기를 크게 개조하지 않고 자신의 문헌에 수습했다고 할 수 있다.

## 1.4. 우승

승려가 지나친 물욕 때문에 낭패를 보는 경우가 있다. 일명 '무사승(誣師僧)' 설화로 알려진 〈상좌에게 골탕먹은 중〉 1, 2와 '도수승(渡水僧)' 설화로 알려진, 〈물 건넌 중의 유래〉, 〈광대놀이꾼 영태에게 속은 중〉 등이 그 예이다. 이 중 앞의 두 설화가 승려의 물욕 내지 성욕으로 인한 낭패를 희화적으로 그렸다는 점에서 우승(愚僧) 이야기의 대표적인 사례가 된다. 〈광대놀이꾼 영태에게 속은 중〉은 성욕보다는 지나친 물욕 때문에 낭패를 당하는 승려를 희화화한 것이다.

따라서 승려의 물욕 내지 성욕을 희화화하여 그를 어리석은 인물로 그려낸 것은 '무사승'과 '도수승' 계열 이야기다. 그리고 이러한 이야기들은 잡록, 야담계 문헌 중에서도 초기의, 『용재총화』에 주로 나오며 민담적 특

---

76) 『성종실록』, 10년 4월 13일조.
77) 『성종실록』, 10년 4월 13일조.

성을 지닌다는 점에서 주목할 필요가 있다. 서사적 특징도 다분히 민담적인데다 현전하는 구비설화에도 이러한 종류의 이야기가 적잖이 있는 것으로 보아서 이들 이야기는 조선 초기의 문헌에 수록되기까지 민담으로 전승되었을 가능성이 크다.

### 1.4.1. 사례

무사승(誣師僧)

〈상좌에게 골탕먹은 중〉 1

· 상좌가 스승에게 거짓말을 함
· 스승이 낭패를 당하고 상좌를 때림
· 상좌가 스승을 골탕 먹임
· 스승이 낭패를 당하고 상좌를 꾸짖음
· 상좌의 거짓말로 사단이 수습됨

여기서 상좌는 두 번 스승을 골탕 먹인다. 이에 따라 스승은 두 번 낭패를 당하고 상좌를 혼내지만 마지막에 가서는 상좌의 말을 믿고 타이름으로써 그 어리석음이 드러난다. 문제는 어떤 계기로 상좌가 스승을 속이게 되었는가 하는 점이다. "상좌가 그 스승을 속이는 것은 예로부터 있던 일이다."라고 하지만 왜 그러한 일이 생겨나게 되었을까 궁금하지 않을 수 없다. 이를 위해서는 첫 번째 사건이 더 중요하다. 두 번째는 그에 따른 화풀이로 발생한 일이기 때문이다. 첫 번째 사건에서 상좌가 스승을 속이는 내용 및 그에 대한 스승의 대응 방식을 볼 필요가 있다.

까치가 은수저를 물고 나무에 앉아 있다고 상좌가 거짓말을 하니 스승이 나무에 올라갔다. 여기서 스승은 까치를 잡으려는 것보다 그것이 물고 있는 은수저 때문에 나무에 올라간 것으로 보인다. 이는 평상시에 스승이 은수저가 상징하는 물욕에 집착하고 있음을 말해 준다. 그 약점을 잡고 상좌가 거짓말을 한 것이다. 그리고는 "우리 스승이 까치새끼를 잡아 구워 먹으려 한다."고 하여 육식에 대한 파계 행위로 몰고 간다. 즉, 은수저로 유인한 다음 까치를 잡아먹는다고 하여 스승을 욕보이는 것이다. 이렇게 보면 스승은 평상시에 물욕에 집착하고 있었으며 상좌는 이를 노리고 스승을 속일 수 있었던 것이다.

하지만 그렇게 당하고도 스승은 본질을 파악하지 못하였으며 나중에는 상좌의 말을 곧이듣고 그에 따라 행동을 지시함으로써 웃음을 자아낸다. 이런 점에서 스승은 악하기보다는 어리석은 인물이라 할 수 있다. 즉, 스승은 물욕에 빠져 있되, 어리석은 인물이기에 그를 속이는 일이 가능하게 된 것이다. 따라서 그의 행동은 희화화는 될지언정 풍자로 진행되진 않는다.

상좌 역시 스승의 탐욕 어린 행태를 골탕 먹이는 수준에서 그치고 그 이상 횡포를 부리지는 않는다. 스승이 탐욕스럽기는 하지만 남에게 속기 잘할 정도로 어리석기 때문에 그 욕심이란 것도 소박한 수준이라 여기기 때문이다. 따라서 두 차례에 걸쳐 속고 속이는 사건이 있었지만 그들의 관계는 평상시로 되돌아갈 수 있었던 것이다.

이렇게 볼 때 상좌가 스승을 속인 계기는 그 물욕 때문이지만 속일 수 있었던 것은 스승이 순진하고 어리석기 때문이다. 그러한 면모를 가장 잘 아는 것은 물론 상좌이다. 따라서 이 이야기는 상좌의 스승 속이기를 통해서 신성하고, 권위 있는 것으로 알려진 노장승의 정체 내지 인간적인 면모를 폭로함으로써 그의 위상을 밑바닥까지 끌어내렸다고 할 수 있다. 이런 점에서 여기 상좌는 『춘향전』에 등장하는 방자의 역할과 상통한다고 할 수 있다.

이 이야기에서 노장승은 기존의 신성하고 권위 있는 면모가 많이 약화되었다. 물론 여기서의 갈등은 상좌와 노장승 간이라는, 불가 내에서 발생한 문제이지만 상좌의 눈은 일반 대중의 눈을 대표한다고 할 수 있다. 상좌는 불가 내의 약자로서 특히, 노장승과 대칭되는 위상을 가짐으로써 사회 내 약자의 대체물이기 때문이다.

마지막으로 노장승의 이러한 면모는 승려를 숭배하던 이전 시기의 산물이기보다는 승려를 천시하기 시작한 조선시대 이후의 산물이라는 점에서 그 시대적 의의를 지적할 수 있다. 승려를 억압하던 시대에 들어서서야 승려의 인간적인 면모 내지 약점에 관심을 갖게 되었을 것이기 때문이다. 다만 이러한 면모가 패악으로 흐르기보다 우스꽝스럽게 그려졌다는 점에서 당시까지만 해도 승려의 인간적인 면모에 대해 호기심을 갖을지언정 그것을 비난 내지 비판하진 않았음을 알 수 있다.

어쨌든 이전 시기부터 민간에서는 권위적이고 성스러운, 승려라는 존재에 대해 궁금증을 갖고 이러저러한 인간적인 면모 내지 약점과 결부시켜 그 본 모습을 상상해 왔을 것이다. 속세에서 성스러운 영역에 대해 갖는 호기심 어린 상상력에서 비롯된 것이다. 하지만 승려가 천시 받고 억압 받는 시대에 들어서는 승려의 이러한 면모가 더 이상 호기심 어린 상상력의 소산일 수 없다. 이는 승려를 억압하는 데 동원되는 약점 내지 올가미일 뿐이다. 따라서 서사적인 차원에서 승려의 인간적인 면모 내지 약점은 그를 세속적인 면모로 그리는 데 중요한 요소이며 이를 희화적으로 그린 것은 그 세속화의 강도를 다소 완화하는 방식이라고 할 수 있다.

〈상좌에게 골탕먹은 중〉 2

· 상좌가 스승을 속임
 - 과부가 감을 먹고 싶다고 함
 - 과부가 떡을 먹고 싶다고 함
 - 과부가 스승을 만나고 싶다고 함
· 상좌가 일이 잘못되었다고 스승을 속임
· 스승이 한탄하고 자신을 때리라고 함
· 상좌가 스승을 때림


여기에서 스승은 감, 떡 등 물욕에 대해서는 무심한 편이나 성에 대해서는 큰 관심을 갖는다. 상좌는 이러한 약점을 잡고 세 차례에 걸쳐 스승을 속인다. 그런데 처음 두 번의 속임은 세 번째 속임을 위한 전제 역할을 한다. 과부가 스승을 만나고 싶다고 하려면 그에 대한 필연적 동기가 있어야 하기 때문이다. 이를 위해 음식을 베푼 데 대한 보답 차원에서 과부가 스승을 만나고 싶어 한다는, 세 번째이자 결정적인 속임 사건이 이루어진 것이다.

다음으로 과부와의 일이 잘못되었다고 스승을 속이는 장면은 처음부터 모두 상좌가 꾸민 것이지만 여기에서도 스승은 성욕 때문에 자기 함정에 빠진다. 과부가 올 것을 예상해 이리저리 성적인 욕망을 내비친 행위 때문에 일이 틀어졌다고 도리어 문책을 받은 것이다. 그러니 스승이 수하인 상좌에게 체면을 깎이고 매를 맞는 지경에 이른 것은 이러한, 지나친 성욕과 관련된 자신의 치부 때문이다.

문제는 일이 이렇게 되었더라도 그 때문에 자신의 잘못을 인정하고 한탄할 뿐만 아니라 상좌보고 자신을 때리라고 한 점이다. 그만큼 자신의 행동이 잘못되었음을 시인하는 것이지만 그로써 무엇보다 노장승으로서의 위상이 깎였기 때문이다. 여기서 잘못이라고 하는 것이 그 노골적인 행동 때문에 일이 그르쳤다는 것인지, 아니면 노장승으로서의 체면과 위상에도 불구하고 성욕에 집착했다는 것인지는 알 수 없다. 하지만 일을 그렇게 꾸민 상좌의 입장에서는 후자에 초점을 맞추어 처음부터 스승을 속이고 폭력으로 몰아간 것으로 보인다. 어쨌든 그로 인해 스승의 이빨이 다 부러졌다는 것은 성욕을 탐낸 노장승의 몰골을 희화적으로 그려내어 그 권위를 깎아내렸다는 의미가 있다. 앞의 이야기에서는 그 어리석음이 확인되며 웃음을 자아낸다면 여기서는 아랫사람에게 매를 맞는 지경에 이르러 씁쓸한 느낌마저 들게 하는 것이다.

그런데 여기서 상좌는 앞의 상좌와 달리 그 자신 물욕에 빠져 있는 것으로 보인다. 아무리 스승을 속이기 위해 동원된 것이라 해도 그 과정에서 얻은 감, 떡 등을 빼돌려 자신의 부모에게 갖다 줌으로써 실속을 차렸기 때문이다. 또한 이 이야기에서는 스승의 성욕이 지나치다기보다 상좌가 그런 쪽으로 유도하여 스승을 곤란한 지경에 빠뜨렸다는 혐의가 짙다. 상좌의 최종 목적은 마지막 장면에서 스승에게 목침을 던져 이빨을 부러뜨리는 것이 아닌가 한다. 이 목적을 이루기 위해 스승을 성적인 측면으로 유도한 것이며 그 과정에서 실속을 차린 것으로 보이기 때문이다. 따라서 상좌가 목침을 던진 것은 일이 틀어졌기 때문도 아니고, 노장승으로서의 파계 행위 때문도 아니다. 평소 자신 위에 군림하는 스승에 대한 반감을 표출한 것으로 보인다. 그 과정에서 여기 노장승은 상좌에게 매를 맞는 지경에 이르러 그 위상이 전락했을 뿐만 아니라 어리석은 승상으로 희화화된 것이다.

물론 이 이야기에서의 갈등은 불가 내 사승 관계 내지 권력 관계에 한정된 것이고 그 해결 과정에서 노장승의 위상이 하락하고 그 승상이 희화화되는 결과를 낳았다. 하지만 사건 진행 단계에서 드러난 노장승의 성욕, 어리석음, 무력함 등은 전체 승상에도 영향을 미쳐 그것을 세속적인 면모로 보이는 데 중요한 역할을 했다고 할 수 있다.


도수승(渡水僧)


· 상좌가 스승을 속임
· 스승이 낭패를 봄
  - 과부에게 쫓겨남
  - 물에 빠짐
  - 아낙네들로부터의 곤욕
  - 수령으로부터의 곤욕
  - 순찰하는 관리로부터의 곤욕
  - 상좌로부터의 곤욕
· 물 건넌 중의 유래 설명


여기서는 상좌가 한 번만 속이는데 그로 인한 낭패가 거듭된다는 점, 최종적으로는 그 시발점인 상좌에게 스승이 맞는다는 점이 특징적이다. 그리고 낭패가 계기적으로 일어나면서 그 정도가 강화된다는 점도 앞의 이야기들과 다른 면모다.

물론 이 이야기에서도 애초 스승이 낭패를 보게 된 것은 그의 성욕 때문이다. 과부를 꾀어 장가들려 한 것이 모든 사건의 발단이기 때문이다. 무엇보다 "생콩을 갈아 물에 타서 마시면 정력에 아주 좋다"고 하며 상좌가 속이고, 그 말에 스승이 쉽게 속는 것을 보면 성욕이 전체 사건의 핵심적인 요소라고 할 수 있다. 따라서 첫 번째 낭패의 원인은 스승 자신의 성욕이다. 두 번째는 보리밭과 물을 구분하지 못하는 스승 자신의 착각에서 비롯되었지만 이는 과부의 집에서 밤중에 매를 맞고 쫓겨난 탓에 당황해서 생긴 일이다. 세 번째 역시 그 때까지의 낭패에 대해 한탄하듯 낸 소리를 아낙네들이 잘못 알아듣고 오해한 데서 비롯된 것이다. 네 번째는 이렇게 매를 맞고 쫓겨 다니느라 허기져서 생긴 일이며 다섯 번째는 앞의 낭패로 인해 길가에 쓰러져 있다 생긴 일이다. 여섯 번째는 상좌의 고의적인 행동에 기인한 것이기도 하지만 개구멍으로 들어올 수밖에 없었던, 앞의 상황들에서 비롯된 것이다.

이렇게 보면 스승이 맞닥뜨린, 몇 번에 걸친 낭패스러운 정황은 바로 앞의 사건에서 계기적으로, 따라서 자신의 의도와는 상관없이 생겨난 것이라고 할 수 있다. 스승의 입장에서 볼 때 이는 악몽과 같이 끔찍한 것으로 불운의 소치라고 할 수 밖에 없다. 이 과정에서 그는 생명의 위협을 느끼기도 하고 '죽은 중'으로 지목되기도 한다. 하지만 무엇보다도 불가 내 제자인 상좌에게 개 취급을 당하며 매를 맞는 대목에서 노장승으로서의 체면과 위상이 전락된다는 것이 가장 큰 문제라 하겠다. 따라서 사건의 전 과정에 걸쳐, 그리고 점증적으로 승려의 세속적인 면모가 나타났으며 이런 점에서, 앞의 '무사승' 이야기에 비해 그 세속적인 면모가 더 심화되어 나타났다고 할 수 있다.

[전승 배경]

무사승

이에 대한 것으로 『태평한화골계전』 217화를 들 수 있다.

・사미승이 스님의 예언에 엇가는 말을 함
・스님이 노하여 사미승을 욕보이고자 함
・사미승이 스님과 비구니와의 관계를 폭로함
・스님이 부끄러워함

　여기서는 사미승이 스님을 속인 것이 아니라 스님의 공언에 반대를 하면서 사건이 시작된다. 하지만 승려의 물욕에 대한 집착을 폭로하고, 이와 관련된 승려의 약점이 사건 전개에서 필수적인 요소라는 점에서 위의 이야기와 공통된다. 두 경우 모두 스님의 물욕을 겨냥해 상좌가 골탕을 먹인다는 점에서 애초에 노장승의 품성에 문제가 있기 때문이다. 둘 다 부정적인 승상이기에 상좌들이 속이거나, 반기를 들었다는 것이다. 또한 이러한, 속이기와 반기 들기 이후 노장승이 때리거나 욕보이자 이에 대한 반발로 상좌승이 다시 골탕을 먹이는, 후발적인 행위가 생겼다는 점에서도 둘은 공통된다. 최종적으로 노장승이 상좌승의 말을 믿는다든지, 그 때문에 부끄러워하여 노장승의 어리석음 내지 비행이 인정된다는 점에서도 같다.
　한편 스님의 헛된 예언을 부추기고 상좌가 그것을 실현 가능하도록 돕는다는 점에서 이와 정반대의 귀결을 얻는 이야기도 있다.[78] 상좌가 자신의 생리적인 증상에 기대어 예언을 실현시키고 그 때문에 신승으로 추대된 스님이 상좌에게 고마움을 표시했다고 하였다. 이는 서두에서 말한 바와 같이 스님이든, 상좌이든 당시 "괴이한 속임수와 기이한 꾀로" 사람들을 현혹시킨 부정적인 승상을 드러낸 것이다. 또한 상좌승이 만약 자신이 다시 태어나 주지가 된다면 부처님께 온갖 물질적인 복락을 누리게 해주겠다고 장담하는, 우스꽝스러운 이야기도 있다.[79] 물론 기약한 모든 것

---

78) 『태평한화골계전』 245화.
79) 『태평한화골계전』 221화.

은 부처님이 누리게 될 것이라고 하지만 그 모든 것은 주지 추대를 포함하여 현재 자신의 욕망에 다름 아니다. 따라서 물욕에 집착하는 상좌승의 면모를 희화화한 것이자, 역시 주지로 표현된 노장승과 상좌승의 권력 관계 등을 암시한 것이다. 이를 보면 당시 시정에서, 혹은 문인들 사이에서 승려의 헛된 공언 내지, 물욕, 이와 관련된 비행에 대한 입소문이 자자했음을 알 수 있다.

구전설화로는 다음과 같은 것이 있다.


· 중이 주모를 유혹하려고 상좌와 말을 맞추어 놓음
· 상좌가 시킨 대로 하지 않아 일이 틀어짐
· 중이 때리려고 데려가는 데 상좌가 도망침
· 상좌가 중이 시킨 말을 이용해 주모를 유혹하는 데 성공함[80]


이 이야기는 상좌가 스승을 속이는 일이 성욕과 관련된다는 점에서 〈상좌에게 골탕먹은 중〉 2에 가깝다. 그런데 여기에서는 상좌가 중의 성적 행위를 훼방, 제지시키면서 스승의 권위를 무화시키는 데 머물지 않고 자신이 직접 문제의 성욕을 충족시킨다는 점이 다르다. 그 과정에서 중의 노골적이고 지나친 성욕 추구, 이를 위한 스승의 지시에 거꾸로 대응하는 상좌의 태도가 문제적이면서 골계적이다.

그런데 여기에서 노장승은 성욕을 채우는 데 실패할 뿐만 아니라 공개적으로 망신을 당하게 된다. 또한 상좌가 스승의 행위에 대해 거짓으로 꾸민 말 때문에 주모로부터 재차 욕을 당하게 된다. 한편 상좌는 스승의 지시를 따르지 않을 뿐만 아니라 일이 틀어지자 엉뚱하게 말을 꾸미고 결국 자신의 욕심을 채우게 된다. 문제의 여성을 자신이 가로챘다는 점에서 성

---

80) 〈상자(上左)가 건드린 주모〉(『대계』 6-2).

욕에 집착하는 노장승에 대한 반감 내지 도전 의식을 가장 강렬하게 드러 냈다고 할 수 있다. 하지만 상좌승을 통해 탐욕에 집착하는 노장승을 희화 화하는 데 그치지 않고 상좌승 역시 탐욕으로부터 자유롭지 못하다는 점 을 보여준다는 점에 주목할 필요가 있다.

이렇게 볼 때 민간에서 이미 승려의 성욕 내지 노장승과 상좌승의 관계 에 대해 큰 관심을 갖고 이에 대한 설화를 생성, 전승시키고 있음을 알 수 있다. 다만 민간에서는 그러한 문제를 한층 노골적으로 폭로하고 있어 작 중 상황이 더 구체적일 뿐만 아니라 상좌승과 노장승의 갈등이 더 치열하 게 전개된다고 할 수 있다.

다음 이야기도 같은 문제 의식을 드러낸 것이라 할 수 있다.

·중이 연애하려고 암말을 키움
·상좌가 이를 방해함
·중이 말을 팔라고 함
·상좌가 말이 중새끼를 낳았다고 거짓말을 함
·중이 자식을 찾으려다 낭패를 당함[81]

이 역시 상좌가 노장승의 성욕을 차단할 뿐만 아니라 그로 인해 노장승 이 큰 낭패를 당한다는 이야기이다. 여기어서 말과 연애를 하던 노장승은 그에 대해 반감을 품고 있던 상좌에 의해 결국 말을 빼앗길 뿐 아니라 말 이 낳은 중새끼를 찾는다고 하다 망신과 폭행을 당하기도 한다. 그 과정에 서 승려의 반인륜적인 행태 뿐 아니라 어리석음이 백일하에 드러난다는 특징이 있다. 이로써 보면 민간에서는 산간의 승려가 세속의 여성 뿐 아니 라 짐승과도 성관계를 갖는다고 할 정도로 승려를 비인간적인 존재로 인

---

81) 〈욕정을 못참은 중의 망신〉(『대계』 6-4).

지하고 있음을 알 수 있다.

도수승

이와 관련된 전승 자료는 4편의 구전 설화를 들 수 있는데 이 중 직접
적으로 도수승 계열에 속하는 것은 다음의 세 편이다.

· 상좌승의 유혹
· 과부의 거짓 유혹
· 상좌승의 낭패
  − 늙은 과부의 방해
  − 방앗간에서의 낭패
  − 보리밭에서의 낭패
  − 암자에서의 낭패
· '중대가리 몰라보고 개대가리 몰라보느냐'의 유래[82]

· 성암사 중의 유혹
· 과부의 거짓 유혹
· 중의 낭패
  − 늙은 과부의 방해
  − 묵떼기 소동
  − 배바위 소동
  − 암자에서의 시련[83]

---

82) 〈과부 좋아하던 중의 망신〉(『대계』 3-2).
83) 〈과부와 망신당한 중〉(『대계』 6-4).

· 중의 유혹
· 과부의 거짓 유혹
· 중의 낭패
  - 이웃집 여자의 방해
  - 거름 소동
  - 꿩 사냥 소동
  - 암자에서의 시련
· 높은 중에게 용서를 받아 잘 삶[84]


물론 문헌에서는 상좌의 속임수에서 사건이 발단되지만 구전에서는 대개 유혹의 당사자인 여성이 중을 속이면서 중의 낭패가 거듭된다는 점이 강조되어 있다. 어떤 경우 노장승과 상좌승이 함께 등장하지만 자연스럽게 상좌승의 문제로 귀결됨으로써 둘의 관계보다 승려의 탐욕을 문제시한다는 점이 『용재총화』 수록 이야기와 다르다고 할 수 있다.

이들 이야기는 전반적으로 음흉한 속내를 눈치 챈 과부의 거짓 유혹에 의해 중이 거듭 낭패를 당한다는, 공통된 구조로 되어 있다. 그리고 낭패를 당하는 사건은 종류나 수적으로 다양하지만 결정적인 순간에 늙은 과부가 방문해 밤새도록 가지 않으면서 겪게 되는 에피소드는 동일하다. 마지막에 자신의 절에서 수채 구멍으로 들어가려다 낭패를 당하는 사건 역시 동일하다. 나머지는 과부의 집에서 쫓겨나 겪게 되는, 다양한 사건에 대한 것이지만 과부의 술책에 의한 것도 있고 우연히 겪게 되는 일도 있다.

요컨대 『용재총화』에서는 처음부터 상좌에 의해 중이 과부의 집에서 낭패를 겪게 되고, 그 다음부터는 앞의 사건에 이어 계기적으로 낭패의 상황이 발생한다면 여기서는 처음부터 중이 여성을 유혹하면서 낭패를 겪는

---

84) 〈발가벗고 도망친 중〉(『대계』 6-7).

다. 따라서 노장승과 상좌의 관계보다는 승려의 탐욕이 주된 문제이다.

이 중 〈과부 좋아하던 중의 망신〉의 경우가 『용재총화』의 이야기와 가장 유사하다. 낭패 사건의 다양함 내지 핍진함은 물론 말미에 이 이야기가 '중대가리 몰라보고 개 대가리 몰라보느냐'의 유래담임이 명시되기 때문이다. 둘 다 중이 하루 동안 겪은 낭패 사건을 요약적으로 보여줄 뿐 아니라 이에 대한 평가를 함축적으로 보여주기 때문이다.

한편 〈미인 탐내다가 궤 속에 들어간 스님〉[85]은 여자를 유혹하던 중이 그 남편에게 낭패를 당하는 이야기다. 물론 부부가 짜고서 중을 궤 속에 가두고 다시 그것을 상좌승에게 팖으로써 중의 성욕을 차단할 뿐만 아니라 그로부터 물질적인 실속도 차리게 된다. 또한 크게 낭패를 당하고도 정신을 못 차리자 그 상좌승이 속여서 중이 재차 낭패를 당하게 된다는 점이 특징적이다.

이렇게 보면 민간에서 승려가 성욕을 추구하다 온갖 낭패를 당한다는, 따라서 파계승을 희화화하고 조롱하는 이야기가 전승되고 있었음을 알 수 있다.


## 1.4.2. 찬집 의식

무사승의 경우, 노장승과 상좌승 간의 갈등을 골계적으로 그리고, 특히 후자가 전자의 인간적인 약점을 폭로하여 골탕을 먹인다는 이야기는 문헌과 구전에 많이 있다. 특히, 구전에는 유형상 같은 이야기들이 있어 그 전승 관계를 짐작할 수 있는데 그 갈등 양상이 좀 더 강렬하고 노골적이라는 특징이 있다. 그러면서 노장승과 상좌승 간의 관계보다는 승려의 탐욕

---

85) 『대계』 5-3.

이 문제된다. 도수승의 경우도 구전에 많이 나타나는데 역시 상좌승과의 관계보다는 승려의 탐욕이 강조된다는 특징이 있다.

　우승담은 성직자로서 권위와 식견이 있고, 품성이 곧을 것으로 기대되는 승려가 탐욕과 어리석음이라는 인간적인 약점이 있음을 폭로하되 이를 골계적으로 그린 것이라 할 수 있다. 더 나아가서 이들 승상은 지나친 탐욕 때문에 부도덕한 행위를 저지르는 파렴치한으로 형상화되어 있다. 그런데 이러한 승상은 이미 민간에서 회자되던 것이다. 유사한 이야기들이 구전에서 많이 발견되기 때문이다. 따라서 성현은 시정에서, 이들 이야기들을 견문하고 자신의 문헌에 수습한 것으로 보인다. 승려의 탐욕이라는 화제도 흥미로운데, 그것을 골계적으로 그렸기 때문에 무엇보다 기이한 이야기로 보였을 것이기 때문이다.

　다만 이들이 구전에 나타난 것과 성현에 의해 수습된 것은 동일한 이야기라 하더라도 의의상 큰 차이가 난다. 민간에선 산간의 승려를 대상으로 호기심 내지 상상력에 의해 이러한 이야기들이 빚어졌다면 성현 당대에는 불교의 폐해 내지 허망함을 드러내는 의미를 지니고 이들 이야기들이 시정에 유포되어 있었을 것이기 때문이다. 혹은, 승려를 부정적으로 인식하는 사회적 풍토에 따라 즉, 조선 초기에 이러한 이야기들이 형성되었을 수도 있다. 따라서 성현의 의도와 무관하게 이들 이야기는 불교의 약점을 역설하는 의미로 문헌에 수습되었다고 할 수 있다.

## 1.5. 파계승

### 1.5.1 사례

· 이장군이 재상집 과부를 흠모함
· 이장군이 과부와 중의 사통 장면을 목격함
· 이장군이 중을 공격하여 굴복시킴
· 이장군과 과부가 결합함[86]


이 이야기는 재상집 젊은 과부가 누군가와 사통한다는 것, 그 대상이 승려라는 점, 그것을 목격하고 징치하는 주체가 무사라는 점에서 문제적이다. 당시 과부, 그것도 재상집 과부의 사통 문제는 그 자체로도 충격적인 사건이다. 무사는 사통의 대상이 누구이든 간에 이 사건을 심각하게 받아들였을 것이다. 하지만 여기에서는 무사 또한 그녀를 은밀히 흠모하고 있기 때문에 과부의 사통 자체가 문제화된 것은 아니다. 무엇보다 그 대상이 중이라는 점에서 문제적인 것이다. 무사가 쉽게 상대방을 물리치고 과부를 차지할 수 있었던 것도 그 상대가 중이기 때문이다. 이는 당시 천한 신분으로서의 중이 재상집 과부와 사통했다는 점에서 범죄 사건에 해당되는 것이다. 물론 여기에서의 중은 후대 완승의 면모와는 다르다. 완승처럼, 강제로 여성을 범한 것이 아니기 때문이다. 무사 또한 후대 완승을 징치하는 무사 내지 유생의 면모와는 다르다. 여기에서는 무사가 그러한 범죄 현장을 목격하고 중을 징치만 하는 것이 아니라 그 역시 문제의 여성을 흠모하기 때문이다. 여기서 이 세 명은 완승의 경우처럼, 피의자(중), 피해자

---

86) 〈재상집 과부와 사통한 중〉.

(과부), 징치자(무사)의 관계가 아니라 떳떳ㅎ-지는 않지만, 애정의 삼각관계에 놓여 있다고 할 만하다. 물론 셋 가운데 중의 위상이 가장 낮아 이들이 팽팽한 긴장 관계를 형성하지는 않는다. 또한 과부의 경우 한 남자를 지속적으로 사랑하는 것 같지도 않다. 무사가 중을 굴복시킨 후 별다른 저항 없이 과부와 성관계를 맺는 것을 보아도 그렇다.

요컨대 이들은 재상집 과부를 중심으로 두사와 중이 애정의 공범 관계를 형성하되, 신분의 현격한 열세로 인해 중이 탈락하고 무사가 최종적으로 결합된다는 점이 특징적이다. 그 과정에서 과부 못지않게 중의 파렴치한, 성욕이 문제가 되고 그것이 신분의 열세로 인해 쉽게 징치된다는 것이 문제라 하겠다. 그리고 중의 성욕이 상좌승이나 민간인들에 의해 희화화되는 것이 아니라 개인적인 차원이긴 하지단 당시 신분적으로 우세한 무사에 의해 문제적 사회 현상으로, 도덕적 파탄으로 취급된다는 점에서 앞의 이야기들과 다르다. 물론 앞의 이야기들에서는 중의 성욕이 실현되지 않은 차원에서 그 잠재적 성향 때문에 주목되고, 차단되며 희화화되었다면 여기서는 실제로 중의 성욕이 실현되었다는 점, 그것이 비난 내지 범죄의 문제로 인식된다는 점이 다르다.

· 대선사가 시골여자와 정분을 나눔
· 대선사가 죽어 뱀이 되어 여자와 사랑을 나눔
· 안공이 꾸짖고 함속에 넣어 강물에 띄움[87]

이 이야기는 대선사나 되는 승려가 시골여자와 정분을 나눈 것도 모자라 죽어 뱀이 되어서도 여자를 잊지 못해 찾아온다는, 괴이한 사건을 다룬 것이다.

---

87) 〈뱀이 된 중〉.

민간에 전하는 〈상사바위〉는 신분 등 장애물 때문에 사랑을 이루지 못하는 총각이 뱀으로 변해 처녀와 애정을 이룬다는 이야기다. 이루어질 수 없는, 애정에 대한 강렬한 염원이 뱀으로 변하게 한 원동력이라고 할 수 있다. 그런 점에서 감동적인 이야기이며 결말도 그에 맞게 둘의 결합이 성취되는 것으로 그려져 있다.

그런데 여기서는 대선사라는 승려가 현세에서도 사랑을 이루고 죽어서도 그것을 못 잊어 뱀으로 화해 나타난다는 점에서 그 애정의 양상 내지 의미가 다르다. 승려로서의 본분에 위배되는, 성에 대한 집착도 문제인데 그것이 죽음을 초월해 현세에 폐를 끼치는 형국이기 때문이다. 공감을 하기보다 타기해야 할 문제적 사건으로 보이는 것은 이 때문이다. 따라서 이 이야기는 감동보다는 오히려 괴기스러운 느낌을 주기에 충분하다.

한편 이 이야기의 사건은 찬자의 장인 안공(安公)이 직접 목격하고 체험 내지 해결했다는 점에서 찬자가 직접 견문한 것과 다름없다. 대선사가 죽어 뱀이 되어서도 여자를 찾았다는 것은 믿기지 않는, 허무맹랑한 이야기일 터인데 이것을 직접 목격했다고 해서 신빙성을 부여한 것이다. 더구나 이 이야기에서는 이러한 기이한 사태보다 장인이 그것을 원만하게 해결했다는 점, 그 과정에서 불교의 도리를 들어 죽은 대선사를 압도했다는 점에서 장인의 위대함을, 역으로 불교 도리의 허무함을 역설했다는 점이 특징적이다. 그리고 죽음을 초월해 욕망을 추구하는 대선사의 형상은 성욕을 충족하느라 민간의 여자를 범하는 요승보다 더 세속적이라고 할 수 있다. 특히, 죽음을 초월하거나 이물의 형상을 취해 애정을 추구하고 있다는, 기이(奇異)에 기반한 형상화 방식은 승려의 세속적 면모를 강조하는 역할을 한다. 따라서 이 이야기의 경우 생사를 초월한 성욕의 추구, 이물 변신 등이 승려를 세속적인 면모로 그려 내는 데 있어 핵심적인 요소이다.

[전승 배경]

　이에 대한 것으로 승려가 낭관의 애첩인 기생과 사통한 일을 다룬 이야기가 있다.[88] 낭관이 등장하면서 일이 들통 나자 방에 숨어 있던 승려가 튀어 나와서 무릎을 꿇고 절하며 용서를 빌었다고 하였다. 이에 낭관 중 한 사람이 중이 금법을 어기고 기생의 처소에 드나들었으니 그 죄는 마땅히 죽어야 한다고 하고는 마당에 묶어 놓았다고 한다. 물론 문담(文談)으로 그 죄를 용서했다고 하나 승려가 기생과 사통했다는 이유로 어떤 대우와 처벌을 받는지 알 수 있다. 또한 승려와 여염집 부인과의 사통을 다룬 이야기[89]도 있다. 여기서는 남편이 우연히 그 일을 알아채고 승려를 때린다는 점, 이에 대해 승려가 우스꽝스러운 소리로 모면하려 했다는 점이 특징적이다. 여기에 부인이 편승해 화를 모면하려다 남편의 화를 돋게 되어 승려와 부인이 도망한다는 점에서 문제의 사통 사건이 희화적으로 그려졌다는 점도 눈여겨 볼 필요가 있다.

　이와 관련된 구전설화에 다음과 같은 것이 있다.


　· 선비가 중과 신부의 사통 관계를 목격함
　· 선비가 중과 신부가 새신랑을 죽일 음모를 엿들음
　· 선비가 신방에서 중을 죽임
　· 새신랑의 도움으로 과거에 급제함[90]


　여기서는 과거 시험에 낙방하여 살길이 막막한 선비가 생명이 위급한 처지에 있는 새신랑을 구하고 그 보답으로 과거에 급제한다는 것이 핵심

---

88) 『태평한화골계전』 259화.
89) 『태평한화골계전』 263화.
90) 〈신방의 중 죽이고 급제하게 된 선비〉(『대계』 5-6).

적인 내용이다. 그 과정에서 결혼을 앞둔 여염집 처녀와 중이 사통한다는 점, 그리고 둘이 공모하여 어린 새신랑을 죽이려 했다는 점이 문제적이다. 중의 사통만 해도 사회적으로 큰 문제라 하겠는데 여기에서 나아가 그것을 위해 중이 살인을 한다는 것은 극히 반인륜적 행위라 아니할 수 없다. 이러한 사건의 심각성으로 인해 선비가 중을 단방에 때려죽이고 그 덕분에 새신랑으로부터 은인 대접을 받으면서 성공할 수 있었던 것이다.

　『용재총화』에서는 중의 살인 행위가 예견되지 않아서, 그리고 무사 자체가 또 다른 사통의 주체가 되어서 그랬겠지만 굴복 이후로 중과의 문제는 더 이상 제기되지 않았다. 그래서 중을 죽이는 장면은 없다. 하지만 구전 설화에서는 사태가 더 심각해져 중이 여자와 사통만 하는 것이 아니라 새신랑을 죽이려고 했기 때문에 선비가 중을 죽이는 지경에 이른 것이다. 물론 애초에 선비가 문제의 여성에 대해 관심이 있었던 것도 아니다. 종국에 가서도 여기 선비가 이루게 되는 것은 문제의 여성과의 결합이 아니라 그의 인생 최대의 과제인 과거 급제와 집안 살리기였던 것이다.

　요컨대 민간에선 중의 잠재적 성욕을 놓고 희화화하는 데 머물지 않고 실제로 그것이 실현되면서 생긴 사회적 문제에 대해 관심이 많았다고 할 수 있다. 더욱이 그것이 사통 차원에서 끝나지 않고 살생이라는 극단적인 범죄 행위로 이어진다고 함으로써 이러한 문제에 대해 더 예민하게 반응한 것으로 볼 수 있다.


## 1.5.2 찬집 의식

　우승의 경우 그 잠재적 성욕이 주목되고 희화화되었다면 여기서는 중의 성욕이 실제로 실현되고 그것이 일방적인 성욕이 아니라 사통의 형식으로 이루어진다는 점이 다르다. 그러면서 이러한 사통 문제가 파렴치한, 중의 성욕에 초점이 모아지고 개인적인 차원이긴 하지만 당시 신분적으로 우세한 무사에 의해 징치된다는 점이 특징적이다.

중의 행위에 한정해 보면 이는 양자 간 사통의 문제이기 때문에 후대의 일방적이고 강제적인 강간을 저지르는 완승의 면모와 차이 난다. 하지만 중의 성적 행위가 사회 문제화 되고 그것이 공공연히 징치된다는 점에서는 후대 완승의 면모에 닿아 있다. 혹은 이러한 파계승의 부정적 면모가 강화되어 후대에는 완승으로 나타나는 것으로 보인다. 따라서 이에 대한 찬집 의식은 후대 완승의 면모를 다룰 때로 미루기로 한다.

한편 두 번째 이야기는 찬자가 사건의 당사자인 장인으로부터 직접 전해 들었다고 하여 신빙성을 띤다. 그런데 이야기의 취의를 보건대 찬자의 궁극적인 관심은 대선사의 죽음을 초월한 성욕보다 관련 사건을 해결한, 찬자의 장인 안공(安公)의 위대함과 불교의 허무함을 역설한 것이다. 그 과정에서 대선사의 형상은 성욕을 충족하느라 죽음까지 초월하는, 세속적인 면모를 띠게 되었다. 이 점에서 찬자인 성현은 승상의 세속화에 간여했다고 할 수 있다.


## 1.6. 속승


조선시대 설화에는 일반 민간인으로서 세속적 사업과 기예에 골몰하거나 부역에 동원된 승려들이 더러 나온다. 이들을 편의상 속승(俗僧)이라고 부르기로 한다. 이들은 승려로서의 본분을 지켜 존경을 받거나 반대로 그것에 어긋난 행동을 해서 주변에 사단을 일으키기보다 세속적인 가치에 골몰하거나 그것을 위해 동원되는 것으로 나타난다. 이들이 주변 사람들과 관계를 맺는 양상도 단지 그러한 세속적인 문제와 관련될 때뿐이다. 속승은 이런 점에서 완승처럼 부정적인 형상은 아니지만 더 이상 종교적으로 경외의 대상이 아닌, 조선시대 승려의 사회적 처지를 가감 없이 보여주는 형상이다.


## 1.6.1. 사례

축구(丑邱)

· 축구라는 중이 글씨를 잘 씀
· 중이 자신의 필법이 독곡과 비슷하다고 자랑함
· 독곡이 중의 글씨를 자신의 것으로 착각함
· 중이 기뻐하여 만족하게 여김


〈글씨를 잘 쓰는 축구라는 중〉에서 축구는 글씨를 잘 쓰는 것으로 문사들 주변에서 이름이 알려졌으니 승려로서는 특이한 면모를 지니고 있다고 할 수 있다. 심지어 자신의 필법이 독곡(獨谷) 성석린(成石璘)과 비슷하다고 자랑할 뿐만 아니라 실제로 독곡에게 똑같다는 인정을 받고는 크게 기뻐했다는 점에서 축구의 행태는 문제적이라 할 수 있다.

이 이야기는 승려가 문사들 주변에서 서예 등의 기예를 연마하고 그들에게서 인정받는, 당대의 한 실상을 전한다는 점에서 의의가 있다. 물론 이전 시대에는 유불 교류가 활발했고 승려들도 문사들의 기예에 크게 관심을 두었던 것이 사실이나 이것은 어디까지나 각자의 본업에 충실하면서 상대방의 경지를 인정하는, 대등한 관계의 양상을 띠었다. 그런데 축구는 자신의 본분사를 제쳐두고 문사들 주변에서 그들의 본업에 골몰하고 그것으로 인정받길 원한다는 점에서 전 시대의 경우와 다르다고 할 수 있다. 이는 둔우, 학전처럼 시작 내지 시구 행위를 통해 문사들과 교류하는 시승보다 왜곡된 정도에 있어서 심하다고 할 수 있다. 그들은 고승 내지 승려로서의 본분사를 완전히 저버린 것이 아니기 때문이다. 둔우의 경우 어려서부터 내전과 외전을 탐구했다는 점, 유불의 사표(師表)가 되었다는 점, 노년기에도 수행에 열심이었다는 점 등이 고승으로서의 본분사이다. 학전의 경우, 불경을 열심히 탐구하고 수행에 성실하였을 뿐만 아니라 귀천을 가리지 않고 사람을 사귀었다는 것이 바로 고승 내지 승려의 본분사이다. 또한 이들 고승은 시작을 비롯해 유교의 업에서도 진가를 발휘해 그 재예를 인정 받았다는 점에서 조롱의 대상인 축구와 구별된다.

게다가 축구는 자신의 필법이 특정 문사의 필법과 유사하다는 점에 큰 의의를 두고 있다. 대체로 기예의 대가라면 누군가의 작품과 유사하다는 평가를 받으면 자존심이 상하고 회의를 느끼는 것이 보통이다. 그런데 축구는 유명 인사의 글씨를 모방하고 그것이 인정된 데 대해 큰 만족을 느낀다는 점에서 기예의 대가로서도 큰 한계를 드러내고 있는 것이다. 이런 점에서 축구는 비웃음을 사기에 충분하다고 할 수 있으며 편자도 그런 의도에서 이 이야기를 수록한 것으로 보인다.

이 이야기는 조선 초기 승려의 면모가 그 본분사에 의해 존경을 받기는커녕 당시 실세인 문사들의 주변에서 그들의 기예를 통해 삶을 도모하는, 왜곡된 불승의 면모를 전한다는 점에서 의의가 있다.

부역승(赴役僧)의 경우

〈토목공사에 동원된 중〉은 승려가 국가의 토목 공사에 동원된 실상을 전한다.

· 중이 전곶교를 성공적으로 구축함
· 성종이 재능을 인정하여 망원정을 개축하게 함
· 중이 비용만 없애고 일을 더디게 함
· 그 후 조정에서 수축을 마침

이 이야기는 승려가 국가의 토목 공사에 동원된 실상을 전한다. 여기서
는 승려 한 사람이 한 일로 나오지만 이를 수장으로 하여 많은 승려들이
동원되었을 것이다. 일명 부역승이다. 여기서 중은 왕으로부터 인정받을
정도로 토목 기술이 뛰어났다고 하였다. 그런데 두 번째 공사에서는 쌀과
베를 많이 지급했는데도 중이 비용만 없애고 여러 해 동안 해 놓은 것이
없다고 하였다. 더구나 왕이 시킨 일임에도 불구하고 일을 더디게 하여 왕
이 결국 그것을 못 보고 승하한 것이 문제였다.

그런데 일이 더뎌진 데는 사정이 있을 것이다. 이를 고려하지 않고 비
용만 없애고 일을 더디게 했다는 것은 중을 부정적으로 본 결과이다. 이전
공사의 전말을 보면 그는 토목에 뛰어난 재능을 갖고 있을 뿐만 아니라
성의껏 일에 종사했음을 알 수 있다. 그 때문에 왕으로부터 인정을 받기도
하였다. 따라서 두 번째 공사 때의 문제는 그것을 지시한 왕이 완성을 못
보고 승하했다는 사실에 큰 의미를 두었기 때문에 발생한 것으로 보인다.

요컨대 이 이야기를 통해 조선 초기 국가의 토목 공사에 승려가 동원되
었다는 점, 그들은 재능 여하를 막론하고 부정적인 대우를 받았다는 점 등
을 알 수 있다.


[전승 배경]

『청파극담』에는 벼슬아치와 내기 바둑을 해서 먹고 사는 스님이 등장하
는데 벼슬아치 주변에서 그들의 기예로 삶을 도모한다는 점에서 축구와

유사하다고 할 수 있다. 한편『패관잡기』권4에는 시승 설옹(雪翁)에 대한 이야기가 나온다.

· 설옹이란 중이 시를 잘 지음
· 명나라 태사에게 시를 써서 보냄
· 관리가 중을 추방함
· 태사가 시를 썼는데 졸작임

설옹이란 중은 김시습 문하에서 배웠다 하여 시를 조금 지을 줄 알고 운명을 말할 줄 안다 하였다. 그런데 시를 통한 출세욕이 문제였다. 뜬금없이 명나라 태사에게 시를 써서 보낸 것은 "태사가 반드시 그 시를 기이하게 여기어 불러 보려니 해서"였기 때문이다. 그런데 설옹은 기대한 바와 정반대로 매를 맞고 추방을 당하기에 이른다. "아랫것들이 이것을 내게 보이는데 나는 그 시의 뜻을 잘 알지 못하겠다."고 한 태사의 반응 때문이다. 여기서 '아랫것들'은 시를 전해온 자신의 수하만을 의미하진 않을 것이다. 아랫것들이 가져온 시라 함은 곧 그보다 더 천한 중이 가져온 것임을 시사하는 것이다. 게다가 시가 난해한 것도 그의 기분을 상하게 한 것으로 보인다. 요컨대 시를 지은 사람의 신분뿐 아니라 시의 난해함 때문에 태사는 불쾌한 반응을 보였다고 할 수 있다.

그런데 이러한 반응에 우리 쪽 담당 관리는 당장 설옹을 잡아다 매질을 한 후 추방하였다고 하였다. 양국 간의 정치적 관계가 미묘해서 태사의 기분을 상하게 하면 안 되는 상황 때문인지는 몰라도 시 한편 때문에 매질하고 추방하는 것은 보통의 경우에는 있기 어려운 일이다. 이는 설옹이 승려이기 때문에 가능한 것이다. 사건의 진상이 어떠한 지, 세심히 조사하지 않고 당장에 잡아다가 형벌하는 것은 이 때문이다. 게다가 시가 난해한 것이 문제라면 말미에 보이는 태사의 시는 난해하다 못해 조잡할 지경이다. 편자가 이 시의 전문을 그대로 수록한 의도는 시의 난해함 때문에 설옹의 시를 내친 당사자의 시가 더 난해한데다 조잡한 점을 들어 해당 사건의 처리가 애매하다는 것을 말하고자 함으로 보인다. 이 이야기는 그 과정에서 시로서 이름을 구하고자 하는, 당시 시승의 존재방식, 승려이기 때문에 쉽게 처벌하는 불교에 대한 의식 등을 드러냈다고 할 수 있다.

요컨대 이들 이야기는 기예 내지 시로서 생계를 도모하거나 이름을 구하고자 하는, 당시 시승의 존재방식을 보여준다. 축구에 대한 이야기가 전승된 데에는 이러한 당시 시승에 대한 일화의 영향이 있었을 것으로 보인다.

부역승과 관련해서는 본 이야기 앞에 세조가 재간 있는 중에게 명해 사대원(四大院)을 수축하게 한 사실이 기록되어 있다. 또 앞서 말한 자비승의 경우 다리나 길, 우물 등을 고치는 일에 종사한다고 하였다. 이로써 보면 당시 국가 차원의 토목 공사에 승려가 동원되었고[91] 이러한 점이 이야기에 반영된 것으로 보인다. 특히, 후자는 허망하게 산에 들어가 불도를 닦기보다 다리, 길, 우물 등 실생활에 필요한 일을 함으로써 나라나 백성들에게 공덕을 끼친다고 하지만 이는 불교적 의미로 부역의 행적을 합리한 것이라 할 수 있다.


## 1.6.2. 찬집 의식


축구는 글씨를 잘 쓰는 것으로 문사들 주변에서 널리 알려진 승려이다. 특히, 이 이야기는 그가 독곡의 글씨를 흉내 내고 그로써 조롱거리가 된 전말을 말해 준다.

---

91) 이에 대해서는 김영태, 「조선전기의 度僧 및 赴役僧의 문제」, 『불교학보』 32, 동국대 불교문화연구원, 1995 참조.

우선 이 이야기는 당시 문사들 주변에서 시작(詩作)을 비롯해서 서예 등의 기예로 이름을 삼는 승려들이 많았음을 말해 준다. 그러면서 그들이 기예의 절대적 경지를 추구하기보다 특정 문사의 기예를 흉내 낸다고 함으로써, 그들의 헛된 공명심을 희화한 것으로 보인다. 본분사를 잊고 기예로 이름을 얻고자 하는 것도 문제인데 그 기예의 측면에서도 제대로 된 솜씨나 정신을 갖추지 못한 것이다. 설옹의 경우, 본분사를 잊고 엉뚱한 일에서 헛된 공명을 추구하는 행태를 문제 삼은 것이다. 따라서 사대부들은 이러한 그들의 행태를 비난하는 시선으로 바라보았을 것이며 성현 역시 시작이나 기예에 대한 안목으로 이들을 낮추어 보면서 이들 이야기를 자신의 문헌에 수습했을 것이다.

부역승의 경우 왕실의 토목 공사와 관련된 일화란 점에서 사대부들 사이에서 널리 회자되었을 것으로 보인다. 승려가 국가의 공력에 동원된 것은 조선 시대에 들어와서 생긴 특이한 현상이며 그만큼 당시 불교 내지 승려의 처지가 급전락 했음을 말해 준다.[92] 성직자로서 승려가 본분사에 전념하도록 하는, 기본적인 대우도 없이 민간 이하의 천한 신분 취급을 하면서 부역승이라는 존재가 생긴 것이기 때문이다. 사대부들은 이에 대한 문제의식 없이 이를 당연시했을 뿐만 아니라 이러한 시각에서 부역승 관련 설화를 자연스럽게 전승하게 되었을 것이다. 특히, 이 이야기에서 부역승의 공력을 부정적으로 보는 대목은 주목할 만하다.

> 관력을 번거롭게 하지 않으려고 쌀과 베를 많이 지급하였는데 중은 비용만 없애고 여러 해 동안 해 놓은 것 없이 겨우 용마루와 처마만을 세웠다. 성종이 끝내 올라가 보지 못하고 돌아가시니 모든 신하들이 슬퍼하였다.

---

92) 이에 대해서는 김영태, 앞의 논문, 11면 참조.

이는 일의 진척이 더뎌 왕이 끝내 올라가 보지 못하고 승하했다는 데 초점을 맞춰 부역승의 공력을 부정적으로 보았음을 말해 준다.

요컨대 당시 불교사의 특수성에 의해 부역승이라는 희대의 승상이 생겨 났는데 사대부들은 이를 자연스럽게 여겼을 뿐만 아니라 그를 부정적으로 평가했다고 할 수 있다. 그리고 당시 사대부로서 성현 역시 이에 대해 별 다른 이의 없이 관련 이야기를 수습한 것으로 보인다.


## 2. 세속화의 방식과 요인


### 2.1. 세속화의 의미


성(聖)과 속(俗)의 관계에 대한 엘리아데의 논의에서 추론하면 세속화란 근대 사회의 인간이 성스러운 세계와 단절되어 생물학적, 사회적 존재로 생활하는 것을 뜻한다. 즉, 더 이상 종교적 체험을 통해 우주론적 존재로 서 살지 않게 됨을 말하는 것이다.[93] 물론 여기에서 세속화란 인류 보편 의 종교 체험과 역사 발전 과정에서 도출된 종교·신화학적 의미를 지닌다 고 할 수 있다. 이 글에서 말하는, 승려의 세속화도 이와 크게 다르지 않 다고 본다. 다만 그 세속화 과정이 근대를 향한 역사 발전 과정에서 필연 적으로, 보편적으로 일어나기보다 특정한 역사적 기간 동안 급작스럽게, 인위적으로, 그리고 성스러운 존재 자체[승려]를 대상으로 행해졌다는 점 이 다를 뿐이다. 이렇게 보면 승려의 세속화란 엘리아데가 말하는 것처럼 종교·신화적 현상이 아니라 사회·역사적 의미를 띤 사건이라고 할 수 있다.

---

93) M. 엘리아데, 『성과 속』(이은봉 역), 한길사, 1998, 48~190면 참조.

즉, 승려의 세속화란 승려가 불교사적 특수성에 의해 종교인으로서의 지위를 박탈당하고 세속인과 같은 삶을 영위하는 것을 의미한다. 물론 이런 점에서 극단적인 세속화 양상은 승려가 사회적 천민이 되는 것이지만 종교인으로서의 본질적인 면모를 감안하면 탈신성화되는 것이 세속화의 핵심적인 요소이다.

하지만 이 글에서 승려의 세속화란 큰 범주에서는 이러한 의미의, 현실에서의 세속화를 고려하되 특히, 의도적으로 승려를 세속적인 인물로 형상화하는 방식에 한정하기로 한다. 즉, 글쓰기의 한 방식으로서 세속화를 의미한다. 성스러운 인물을 세속적인 인물로 바꾼다는 점에서 '변형'이라고도 할 수 있다. 신화학 내지 인류학적 의미의 성속(聖俗) 개념과 관련시키면 이러한 세속화는 "어떤 신화를 신화로서가 아니라 사실을 보고하는 형태로 이해"하거나 "성스러운 텍스트(신성한 경전)를 연희의 목적으로 낭독"할 때 생기는 '성의 변형'94)에 가장 근접 개념이라 할 수 있다.95)

서양의 경우, 기독교 사도의 중심인물인 베드로와 바울을 '어부'나 '그물 만드는 사람'으로 부름으로써 그들의 신성한 행적을 세속화하는 경우가 있다.96) 이는 일부 비신도들이 하는 일로 전직(前職)에 따른 비루한 칭호를 써서 고의적으로 그들의 신성한 면모를 약화시키는 것이다. 물론 기독교의 교세가 위력을 발휘하는 상황에서 일어나기 때문에 이러한 세속화가 그렇게 강력한 영향력을 행사하진 못한다. 그리고 세속화의 방식도 대상 인물을 극단적으로 깎아내리거나 전혀 없는 일을 꾸며 낸 것이 아니다. 은

---

94) 이은봉, 「성과 속은 무엇인가-M.엘리아데의 『성과 속』」, 위의 책, 37면.
95) 물론 쓰기와 읽기의 차이는 있지만 모두 기존의, 성스러운 텍스트(승전을 포함한 고승담과 신화·경전)를 다시 읽거나 전승하는 과정에서 생긴 문제라는 점에서 공통된다.
96) Giuseppe Carlo Di Scipio, "Saint Paul and Popular Traditions, Telling Tales", *Medieval Narratiives and the Folk Tradition*, p.189.

근히 그들의 전직을 들먹여 그 권위를 흔드는 정도에 불과하다. 그만큼 세속화의 방식이 은근하며 교묘하다고 할 수 있다.

우리의 경우 승려를 깎아내릴 때 그렇게 온건한 방식으로 하지 않는다. '땡중'이니, '완승'이니 하며 아예 그 칭호에 비천하거나 부도덕한 의미를 부여하는 것이다. 이는 조선시대 이래 승려가 철저히 배척당하여 멸종의 위기에까지 이른, 역사적 사실이 반영된 것이다. 또한 이러한 배척은 민간에까지 영향을 끼쳐 전 사회적으로 승려를 타기시하는 습속이 생겼다고 할 수 있다. 구전설화에 나타난 승려의 형상에서 이를 확인할 수 있다. 더욱이 조선시대 문헌설화는 사대부 찬자가 자기 계층의 주변에서 회자되는 이야기를 수록한 것이다. 따라서 여기에는 사대부 사회에서 승려가 어떤 대우를 받았는지, 그리고 어떤 위상을 가졌는지 잘 나타난다.

요컨대 본질적으로 승려는 성/속이라는 이분법적인 의미 구조에서 '성'에 속한다. 따라서 세속화는 승려의 성스러운 면모에 흠집을 내어 탈신성화시킴으로써 그를 세속적인 인물로 변형시키는 것이다. 여기에는 단순히 그 본분사의 비중을 줄여 신성성을 약화시키는 것에서 시작해, 극단적으로는 부도덕한 인물로 만드는 것까지 다양한 방식이 동원된다.


## 2.2. 세속화의 방식


앞 절에서 『용재총화』에 수록된 승려 이야기를 세속화의 측면에서 상세히 분석한 바 있다. 여기에서는 그 분석 결과를 종합적으로 정리하는 의미에서 승려를 세속화하는 방식을 정리하고자 한다. 물론 여기에서 제시하는 네 가지 세속화 방식은 승려의 본질적인 면모인, '신성성'을 중심으로, 실제 이야기들을 분석하는 과정에서 도출된 것이다. 또한 이들 방식은

『용재총화』를 비롯하여 앞으로 논의할 『어우야담』, 3대 야담집의 승려 이야기를 염두에 두고 마련한 것으로 그들 모두에 적용될 수 있는, 공통적인 요소를 중심으로 한 것임을 밝혀 둔다.

### 2.2.1. 신성성 약화시키기

이는 고승을 다루면서 승전의 구조 중 '구도' 등 일부에 초점을 맞추는 것을 말한다. 이 경우 신비한 탄생담, 출가담, 영험담이 생략되거나 소략해져 그것들을 통해 드러나기 마련인, 고승으로서의 신성성이 약화된다. 특히, '구도'에 초점을 맞추는 것은 그를 세속의 기준에 맞추어 평가한 데 따른 것이다. 바로 '구도'라는 것은 속인들에게도 공감을 줄 수 있는, 덕목이기 때문이다. 더욱이 구도 과정에 수반되기 마련인 영험담마저 보이지 않고 전반적으로 현실의 경험적 주체에게도 인지 가능한 사건을 중심으로 결구되었다는 점에서 이는 승려의 탈신성화에 기여한다고 할 수 있다.

그리고 승려의 인물됨을 평가할 때 효와 시안을 주요 기준으로 삼는 경우가 있는데 이것도 승상을 세속의 논리로 평가했다는 혐의를 지울 수 없다. 물론 불교에서도 효는 중요한 덕목이며 전대부터 승려들이 시를 통해 문사들과 교류한 것은 잘 알려진 사실이다. 그렇다고 하더라도 특히, 혼수의 경우처럼 고승으로서의 행적도 만만치 않은데 그들 중 많은 것을 생략하고 효와 시안을 비중 있게 다룬 것은 고승의 삶을 축소하고 왜곡하는 역할을 한다고 할 수 있다. 따라서 조선시대 문헌설화에 등장한 고승의 경우, 구도, 효, 시안을 강조하는 그만큼 그의 본분사가 소홀히 다루어짐으로써 신성성이 약화되었다고 할 수 있다.

다음으로 나옹처럼 유명 고승이 일화로 다루어진 경우이다. 특히, 나옹은 고승으로서 일생을 살며 주변에 큰 족적을 남겼다. 그리고 고승으로서 그의 일대기가 행장으로 온전히 갖추어져 있다. 그럼에도 불구하고 단편적인 일화의 형식으로 그 삶의 일부만 수습했다는 점, 그래서 그 본분사가 온전히 드러나지 않은 만큼, 그의 면모가 세속화된 것이라 할 수 있다. 또한 사대부로서의 편자가 주로 같은 계층의 사람들 사이에서 떠도는 이야기를 취한 데 기인한 것이겠지만 이들 고승 일화가 유생과의 갈등을 다룬 짤막한 에피소드라는 점도 주목할 필요가 있다. 이 역시 고승의 면모를 그 본분사보다 세속의 인간관계에 제한함으로써 승상을 세속화하는 데 일조한 것이라 할 수 있다.


## 2.2.2. 신성성 무화시키기


이는 본분사와 관련된 승려의 행위를 희화화하거나 비천하게 만들어 그 본질적인 의미를 소거하는 경우를 말한다. 혹은 고승의 삶 중 세속적인 행위에 초점을 맞춤으로써 그 본분사와 관련된 신성성을 소거하는 것도 여기에 속한다.

기승의 경우 이타행이 본래의 목적을 이루지 못할 뿐 아니라 그로 인해 곤란을 겪고 해를 입기도 한다. 혹은 이타행이 생계지책의 일환 내지 단순한 파계행위로 다루어져 진정한 의미를 부여받지 못할 뿐 아니라 그 실패과정이 희화화되어 다소 우스꽝스러운 승상으로 결구되었다. 이런 점에서 기승은 신성성은 커녕 세속의 사람들에게 비천한 인물로 보이기조차 한다.

시승은 시안이 뛰어나 그것으로 문사들과 교류하는 승려를 말한다. 또한 본격적인 의미에서 시승은 시작에 능해 직접 시를 써 문집을 남긴 승려를 말한다. 혹 어떤 승려는 시뿐 아니라 유학 경전 등 외전에도 밝아 유불의 사표로 평가되기도 한다. 이들이 시작에 큰 관심을 갖고 그로써 문사들과 교류하는 것 자체가 문제는 아니다. 전대에도 승려들은 시문을 중심으로 문사들과 빈번히 교류를 하였기 때문이다. 하지만 조선시대에 들어 승려들을 배척하는 논리가 횡행하는 가운데, 시작에 힘쓰고 시구를 위해 문사들을 찾아다니고 하는 행위는 전대와 다른 의미를 갖는다. 즉, 이는 전대의, 평등한 관계에서 시를 주고받는 것과 달리, 불리한 사회적 지위와 관련하여 구차하고 비굴한 행위로 보인다. 승려로서의 본분사보다 문사들 주변에서 그들의 구미에 맞게 행동하며 삶을 영위했다는 혐의를 지울 수 없는 것이다.

　이들이 시승으로 고착된 것은 승려의 본분사를 배척하거나 낮게 평가하는, 조선시대 불교사의 특성에 기인한 것으로 보아야 한다. 조선시대에는 불교 본래의 여러 덕목 내지 불사의 영험보다 당시 지배계층으로서 사대부의 덕목인 문예의 재능 등이 인물을 평가하는 주된 기준이었기 때문이다. 무엇보다 이들에게서 시승의 면모를 포착하고 다른 덕목보다 이를 크게 평가한 것은 이들의 이야기를 문헌에 수습한 문헌 찬자의 현실 인식 방식에 기인한다고 할 수 있다. 이들 사대부는 고승의 삶을 조명하더라도 그 중 자신들의 본분사인 문예에 대한 안목, 재능 등을 기준으로 승려의 우열을 판가름했기 때문이다. 따라서 이들 시승의 면모는 조선 시대의 특수한 불교사적 상황에서 그 문헌 찬자의 현실 인식에 의해 창출된 승상이라 할 수 있다.

### 2.2.3. 어리석고 비천하게 만들기

　이는 승려의 삶에 신성성을 부여하기는 커녕 세속의 사람들보다 어리석고 탐욕스럽다는 점을 들어 이를 희화화하거나 혹은, 비천한 처지에 있다는 점을 부각시킨 경우를 말한다.

　우승은 물욕, 성욕, 무력함, 어리석음 등의 인간적인 면모 혹은 약점 때문에 곤욕을 치르되 그 과정에서 웃음을 유발하는 승상이다. 승려의 인간적인 약점을 적나라하게 노출시키면서 그 성직자로서의 면모 내지 본분사를 무시한다는 점에서 극도록 세속화된 승상이라고 할 수 있다.

　속승은 문사들의 기예에 골몰하거나 일종의 사회적 천민으로서 부역에 동원된 승상을 말한다. 특히, 속승 중에서 기예를 추구하는 승상은 시승의 면모 중에서 승려로서의 본분사가 완전히 생략되고 오로지 문사들의 기예를 흉내 내고 그로써 만족을 누리는 형상이다. 더 나아가서 어떤 경우 시작의 재능마저 보잘 것 없다는 점에서 시정의 웃음거리가 되기도 한다. 부역승의 경우 국가적 공역에 동원된 승상으로 천민이라는 승려의 사회적 처지가 반영된 사례이다. 하지만 이러한 속승의 사례를 조선시대 승려의 처지가 반영된 것으로만 볼 수 없다. 그 기예를 추구한다는 것이 기껏 문사들의 기예를 흉내 내고 거기서 만족을 얻는다든지, 그 기예마저 보잘 것 없다는 점, 그리고 부역승이 공역을 낭비하고 일을 더디게 한다 하여 문제가 된 점은 이들 승상에 대한 부정적인 인식이 작용한 결과이다. 따라서 속승은 당시 불교사의 처지에 따른 승려들의 삶의 양태를 반영하는 동시에 그러한 삶 자체를 다시 부정적으로 다룸으로써 한 차례 더 세속적인 의미를 부여했다고 할 수 있다.

## 2.2.4. 부도덕하게 만들기

이는 승려로서의 신성성을 철저히 박탈하되 일반 사회의 윤리 기준으로서도 도저히 용납되지 않는, 도덕적으로 파탄에 이른 인물로 변형하는 경우를 말한다. 물론 이 때 그 부도덕한 행위의 영향이 승려 개인에 한정되지 않고 일반 사회에 크나큰 해악을 끼치기도 한다.

요승은 권력을 전횡하면서 국가행정을 뒤흔들고 혹세무민하는 승상이다. 그리고 그 폐해가 국가나 일반 사회에 영향을 끼치기 때문에 정치적으로는 위험한 인물로 간주되는 경우가 많다. 더 나아가서 요승은 성과도 관련되기 마련이다. 그 대표적인 인물인 신돈의 경우 권력의 힘을 빌려 민간 부녀자를 강간한다는 점에서 극악한 형상을 띤다.

따라서 요승은 세속적일 뿐만 아니라 악질적인 승상을 띠므로 전면적으로 세속화된 승상을 취한다고 할 수 있다. 그리고 힘과 강간 화소는 승려를 부정적으로 혹은, 세속적인 면모로 그리는 데 유효한 장치라고 할 수 있다.


## 2.3. 세속화의 요인

### 2.3.1. 시대적 배경

조선 초기 이래의 억불정책에 의해 승려는 천하거나 위험한 무리로 전락하였다. 더욱이 고승조차 국정혼란, 혹세무민 등의 죄를 입어 순교를 당하기에 이른다. 특히, 불교 안팎으로 영향력 있는 고승의 경우 불교 재흥을 시도한다는 혐의로 지배 계층의 표적이 되어 순교를 당하기도 하였다.

이러한 시대적 배경에 의해 승려에 대한 부정적인 의식이 자리 잡게 되었고 이는 민간에까지 영향을 미쳐 전 사회적으로 승려를 부도덕하고, 비천한 무리로 낙인찍게 되었다고 본다.

또한 현실적으로 그러한 배불 정책에 의해 많은 승려들이 거리로 내몰리거나, 부역에 동원되는, 참혹한 지경을 맞게 된다. 특히, 승려가 부역에 동원된 것은 조선 시대에 들어와서 생긴 특이한 현상이며 그만큼 당시 불교 내지 승려의 처지가 급전락했음을 말해 준다.

이렇게 보면 현실적으로 당시 사회 전면에 일어난 불교 배척이라는, 그로 인한 교세의 전락, 승려의 탄압이 승려의 면모를 세속화한 것이라 할 수 있다. 즉, 당시 승려는 정치적 의도에 의해 신성한 면모가 탈각되거나, 순교를 당하는 식으로 혹은, 사회적으로 비천한 처지에 놓임으로써 세속화가 되었다고 볼 수 있다. 그리고 이러한 점이 문헌설화에 반영되어 세속화된 승상이 창출된 것이라고 할 수 있다.


## 2.3.2. 찬집 의식

세속화된 승상이 출현한 데에는 이상의 불교사적 특수성도 작용했겠지만 이들 이야기를 찬집한 문헌 찬자의, 불교 내지 승려에 대한 관점도 다소간 간여한 것으로 보인다. 문헌 찬자인 성현이 사대부라는 점, 그것도 조정에서 유력한 위치에 있었으며 유학에 충실했다는 점에서 그 손에 의해 현실의 승상이 다소간 변용되었으리라 보는 것이다.

성현이 자기 주변에서 회자되던, 그리고 직접 체험한 바를 토대로 이야기들을 찬술했던 것을 상기하면 대부분의 승상은 그의 시각에서 걸러진 것일 가능성이 높다. 찬자를 비롯한 사대부들은 겉으로 드러난 행위만을 보고 판단하여 승려의 삶에서 종교인으로서 진정한 의미를 간파하지 못했을 것이기 때문이다. 또한 이념적으로 배척하는 대상인 그들 승려를 호의적인 시각으로 다루기는 힘들었을 것이다. 따라서 찬자의 손을 거치면서 승상이 왜곡되는 것은 당연한 결과라고 본다. 이렇게 보면 현실에서 승려가 세속화된 것과 별도로 찬자 성현의 관심 내지 불교관에 따라 승상이 세속화되었다고 할 수 있다.

# Ⅲ. 『어우야담』과 승장의 재기

　조선 초기와, 중기, 후기로 시대를 나누어놓고 보면 승려의 세속화 문제는 각 시대마다 균일하게 나타나지 않는다. 예컨대 조선 초기의 실정을 반영한 『용재총화』에는 불완전한 채로 고승담이 더러 존재했다. 그런데 중기를 거쳐 후대로 갈 수록 고승담은 현격히 줄어들고 부정적인 승상이 많이 출현할 뿐만 아니라 그 부정성의 정도도 강화되어 있다. 따라서 조선시대 전체를 획일적으로 보기보다 문헌 찬집 당시의 불교사적 특수성을 고려해 승려의 세속화 문제를 조선 전기, 중기, 후기 등으로 나누어 그 시대적 추이를 검토할 필요가 있다. 이 글은 이러한 문제의식에서 『어우야담』을 중심으로 조선 중기의 실정을 검토하기 위해 시도된 것이다.

　우선 『어우야담』에서 승려 이야기를 수집해 이를 유형별로 나누는 것부터 시작한다. 그리고 각 유형의 대표적인 작품을 들어 서사적 특징을 분석한 후 서사적 차원에서 승려가 세속화되는 양상을 밝히기로 한다. 그 다음 문헌전승과 구비전승에서 관련 이야기를 수집해 본 이야기의 전승상의 위상을 검토하고 찬집 의식을 중심으로 찬자의 계층적, 개인적 영향력을 검토하기로 한다. 마지막으로 승려의 세속화 문제를 종합적으로 정리하려고 한다. 본론에 들어가기에 앞서 『어우야담』에 수록된 관련 설화를 표로 제

시한다.[1]

[관련 설화 일람표]

| 유 형 | 편 수 | 세부<br>유형 | 편 명 | 출 처 |
|---|---|---|---|---|
| 고승 | 4 | 승장 | 왜장과 담판한 호걸승 유정 | 권1, 인륜편, 충의 |
| | | 의승 | 왜병을 속이려고 물에 뛰어든 중 지정 | 권1, 인륜편, 충의 |
| | | 신승 | 도깨비 붙은 불상을 쓰러뜨린 나옹 | 권2, 종교편, 승려 |
| | | | 제자들이 죽음도 불사하고 따르는, 수사 스님과 철사 스님 | 권2, 종교편, 승려 |
| 이승 | 7 | | 이원익이 만난 이승 | 권2, 종교편, 선도 |
| | | | 이승을 만나 술사가 된 중 이하 | 권2, 종교편, 선도 |
| | | | 조순이 만난 이승 | 권2, 종교편, 승려 |
| | | | 중이 환술과 재주에 능하다는 것 | 권2, 종교편, 선도 |
| | | 기타 | 광대 노릇을 잘 하는 동윤이라는 중 | 권2, 종교편, 선도 |
| | | | 말을 길들인 중 천연 | 권3, 학예편, 사어 |
| | | | 연못의 독사를 퇴치한 호걸승 | 권5, 만물편, 인개 |
| 요승 | 1 | | 요승 보우의 종말 | 권2, 종교편, 승려 |
| 파계승 | 2 | | 선비집 과부와 사통한 중 | 권1, 인륜편, 붕우 |
| | | | 향교 생도의 처와 사통한 중 | 권2, 종교편, 승려 |
| 완승 | 4 | | 나약한 유생에게 당한 힘센 중 | 권4, 사회편, 교학 |
| | | | 힘자랑 하다 죽은 굴암사 중 | 권4, 사회편, 교학 |
| | | | 관리의 부인을 희롱한 중 | 권4, 사회편, 욕심 |
| | | | 승지의 부인을 범한 중 | 권4, 사회편, 욕심 |
| 속승 | 2 | | 산적의 해를 입은 중 | 2권, 종교편, 승려 |
| | | | 물건 팔러 다니는 중들 | 4권, 사회편, 생활고 |

---

1) 유형과 편명은 이야기에서 승려의 기능과 의미를 중심으로 필자가 자의적으로 붙인 것임.

# 1. 유형별 검토

## 1.1. 고승

『용재총화』에는 불완전하지만 승전식 서술에 근접한 혼수 이야기를 비롯해 고승담이 수록되어 있다. 조선 초기의 불교사적 특성에 비하면, 그리고 동시대는 물론 조선시대를 통틀어 다른 문헌설화집에선 보기 드문 현상이다. 임진왜란을 겪고 나서 조선 중기에 발간된 『어우야담』만 하더라도 불교 내지 승려에 대한 이야기가 많이 수록되어 있지만[2] 고승담의 편수는 현격히 줄어 있다. 이는 조선 초기 배불 정책에 의해 여러 고승들이 순교를 당했으며 사찰 통폐합 내지 도첩제 폐지에 의해 많은 승려들이 절에서 쫓겨나 정상적인 수행이 불가능했던, 저간의 사정을 말해 준다. 물론 산중 불교 시대를 맞아 각 사찰에서 사원을 운영하며 수행에 힘쓴 고승들이 많았을 것이지만 이들이 민간이나 사대부 사이에서 회자되기는 힘들었을 것이다. 이는 그 폐쇄적인 수행 공간뿐 아니라 승려들의 사회적 처지에 기인한 것으로 보인다.

더욱이 『어우야담』에 수록된 고승담 중 절반 가량이 승군장을 비롯해서 왜적의 침입을 막은 승려에 대한 것이다. 그에 대한 분류 항목도 승려가 아니라 '충의(忠義)'로 되어 있거니와 임진왜란을 맞아 산중에 있던 승려들이 승군으로 나섰다는 것, 그로 인해 승려들이 다시 일반의 주목을 받기 시작했음을 시사하는 대목이다.

요컨대 조선 중기에 들어서면 초기부터 진행된 배불 정책에 의해 불교

---

2) 이는 같은 시기 다른 문헌과 비교했을 때의, 상대적인 의미이다. 당시의 승려들에 대한 이야기가 문헌에 별로 전하지 않는다는 것에 대해서는 임철호, 『설화와 민중의식』, 집문당, 1989, 276면.

의 교세가 급격히 쇠퇴하는 것은 물론 승려들의 사회적 처지는 밑바닥으로 추락했다고 할 수 있다. 게다가 그들에 대한 사회적 관심은 현격히 줄어들었다. 따라서 『어우야담』 등 조선 중기에 편찬된 야담집에 고승담이 줄어든 것은 이러한, 당시의 불교사적 특수성이 반영된 결과로 보인다. 그리고 적은 편수이지만 승군장을 비롯해 왜적을 퇴치한 승려에 대한 이야기가 수록된 것은 임진왜란에 대한 공적으로 승려들이 다시 주목받기 시작했던, 저간의 사정이 반영된 것이다.


### 1.1.1. 사례

승장 유정(惟政)

승장과 관련해서는 사명대사 유정, 서산대사 휴정(休靜), 영규(靈圭)3) 등에 관한 설화가 널리 알려져 있지만 『어우야담』에는 그 중 유정에 대한 이야기만 전한다. 〈왜병을 속이려고 물에 뛰어든 중 지정〉에 나오는 지정(智正)은 승장도 아니고 더구나 승군도 아니지만 사사로이 왜적을 퇴치하는 데 큰 공을 세웠고 '충의'라는 덕목으로 유정과 같은 편에 실려 있어 함께 다룰 필요가 있다. 다만 이 글에서는 승장과 충의의 관계 내지 그 의의를 소상히 밝힐 목적에서 유정의 이야기를 대표적으로 분석하여 다루고자 한다.

〈왜장과 담판한 호걸승 유정〉

·특징, 호, 법맥에 대한 소개

---

3) 이에 대한 이야기는 『문소만록(聞韶漫錄)』에 전한다.

· 왜병이 유점사의 중들을 핍박함
· 유정이 왜장과 담판하여 중들 구함
· 승장에 임명됨
 [첨언1] 왜장 청정과의 담판 일화
 [첨언2] 일본에 왕래한 일화
 [첨언3] 승군들의 종묘와 궁궐 보수
 [첨언4] 찬자 목격담과 후일담

이는 임진왜란 당시 유정이 왜장을 담판으로 이겨 죽을 위기에 처한 중들을 구했다는 이야기다. 시작은 자기 수하인 유점사의 중들을 구하기 위한 것이니 그 활동 양상이 불교에 한정되어 있다. 하지만 위험한 적진에 단신으로 들어가 거리낌 없이 행동하고 왜장과의 담판에서 이겨 적들을 물리쳤다는 점에서 호걸승 유정의 면모가 유감없이 발휘된 이야기다.

담판의 내용은 우리나라에 전하는 육조(六祖)에 대해 당당하게 알린 것, 승려들의 담박한 생활을 들어 절에 금은보화가 없어 내줄 수 없다는 것, 육조를 안다는 점을 높이 사며 살생을 금하는 불법을 들어 중들을 풀어주라는 것 등이다. 그리고 담판의 형식은 상대방의 의견을 인정하는 체하며 승려들의 실상 내지 불법에 호소하는 것이다. 죽을 위기에 처해 울부짖는, 중들을 본 체 만 체 한 점에선 냉정한 면을 볼 수 있지만 그 역시 전략상의 문제이고 담대하고 지혜롭게 담판에 임해 그들을 살려내려고 했다는 점에서 그의 씩씩한 면모를 알 수 있다.

다음은 그러한 공적으로 승장에 임명되되 주요 임무가 "왜군들의 진영을 출입하면서 그들을 설득하는 것"이라고 한 바와 같이 역시 '담판'이 그의 장기라는 점과 활동 범위가 나라 전체로 확대되었음을 알 수 있다. 여기까지가 주요한 서사 단락이고 이후는 관련된 일화를 간단히 언급한 것이다.

우선, 바로 왜장 청정(淸正)과 담판한 일화가 첨부되어 있는데 이는 사명당 관련 이야기 중 중요한 부분이기도 하지만 본 설화의 주 내용이 담판에 대한 것이기 때문 곧바로 환기된 것으로 보인다. 곧 우리나라에선 어떤 보물이 제일 귀하냐는 질문에 귀한 것은 바로 청장의 목숨이라고 했다는 유명한 일화다. 그리고 일본에 왕래한 일화는 물질에 무심한 그의 청렴한 면모를 보여주는 동시에 왜국에 대한 주체적인 자세를 암시하는 것으로 앞의 서사 내용이 주로 왜적과의 관계에 대한 것이기 때문에 이어서 환기된 것으로 보인다. 나라에 토목공사가 있을 때 온 나라의 승군들을 모아 일을 돕게 했다는 일화 역시 전시뿐 아니라 평상시에도 나라의 안녕을 위해 골몰한다는 점에서 유정의 충의를 단적으로 보여주는 대목이다.

마지막으로 찬자가 직접 목격한 내용은 그의 풍모에 대한 것으로 호걸스런 면모가 외모에도 나타남을 확인했다는 의의가 있다. 이어 유정이 열반한 장소와 나이에 대해 간단히 언급하고 문집이 전한다는 것으로 이야기가 마무리되어 있다.

이렇게 보면 유정은 주로 왜적 퇴치를 중심으로 나라에 충성한, 승군장으로서의 승상을 갖게 된다. 서두의, 법호 내지 법맥에 대한 인정기술식 소개가 있어 승려라는 점을 알 수 있고 왜장과의 담판에서 불법에 통달한 고승으로서의 위엄을 볼 수 있지만 전체적으로 고승으로서의 면모가 약하다고 할 수 있다. 일반적인 승전의 구조인 탄생-성장-출가-구도-오도-열반 중에서 열반 대목만 인정기술식으로 간단히 언급되어 있어 고승으로서 그 삶의 전모가 드러나지 않은 것이다. 특히, 그가 출가하게 내력이라든지, 구도 과정에서 어떻게 수행을 했는지 등 출세간에 대해선 나타나지 않고 국난을 당해 승장으로서 세상에 등장한 내력만 알려져 있는 것이다. 돌발적인 국난의 위기에 처한 나라의 사정 때문이기도 하지만 유정은 승장으로서만, 그것도 급작스럽게 세상에 알려진 꼴이 되었다.

이는 그간 알려져 있지 않지만 산중에서 수행에 힘쓰던 많은 승려들이 있었고 그들이 충의로서 국난에 나섰다는 것, 그간 그들의 존재를 인정하지 않고 천대하던, 사대부층을 비롯해 일반인들이 이러한 충의의 행동 때문에 그들에게 주목했음을 말해 준다. 즉, 국난에 임해 나라를 구하는 일에 승려들이 앞장섰을 뿐만 아니라 그 일로 큰 공적을 세웠다는 한에서 승려들을 높이 평가한 것이다. 충의라는 세속적인 덕목을 구현하는 것이 승려들의 존재 방식이며 그들을 평가하는 기준이 되었음을 알 수 있다.

물론 이러한 충의의 행위를 불국토 내지 호국 불교 사상, 그도 아니면 보살행의 견지에서 볼 수 있지만 조선 중기 불교사 내지 시대적인 특수성에서 볼 때 혹은, 문헌 찬자의 의도에서 볼 때 다분히 세속적인 의미의 나라를 구하는 일에 한정된 것으로 볼 수 있다. 따라서 이러한 승장의 형상은 수행, 득도, 보살행 등 고승으로서의 본분사보다 '충의'라는 세속적 가치의 실현을 추구한다는 점에서 세속화되었다고 할 수 있다.[4]

## [전승 배경]

『사명당집(四溟堂集)』, 〈행적(行蹟)〉에는 임진란 때 사명당이 금강산 유점사에 있다가 왜적이 영동을 점거하자 고성에 주둔하고 있는 왜장을 찾아가 살생하지 말 것을 당부하니 왜장들이 계를 받고 물러갔다고 하는 사건이 서술되어 있다. 하지만 사명당과 왜장 간에 있었던 구체적인 사건의 내용은 알 수 없다. 또한 조정의 명으로 세 차례에 걸쳐 산성을 쌓은 일, 선조의 명을 받고 네 차례에 걸쳐 청정의 진중을 정탐하고 청정과 문답한 일, 왜국에 가서 정탐한 일, 궁궐 역사에 참여한 일이 기록되어 있다. 이

---

4) 승려들이 의병으로 나선 것이 본분사를 망각한 것이라는 일선(一禪)의 견해에 대해서는 조동일, 『한국문학통사』 권3, 397면 참조.

중 『어우야담』은 유점사 일화를 집중적으로 다룬 것이라 할 수 있다. 나머지 종묘와 궁궐 보수 전승, 청정과의 문답 일화, 왜국에 왕래한 일화도 첨부 형식으로 간단히 수록되어 있지만 역시 〈행적〉의 영향을 받은 것으로 보인다. 또한 유정 자신이 직접 지은 『분충서난록(奮忠紓難錄)』에도 유점사 관련 행적이 자세히 실려 있다.

청정과의 담판 일화와 관련해서는 〈행적〉에 선조의 명령을 받고 왜국 진영을 출입할 때 청정이 조선의 보배에 대하여 묻자 사명당이 "조선의 보배는 오직 청정의 머리뿐"이라고 했다 하였다. 『분충서난록』 중 <청정 영중탐정기(淸正營中探情記)>에는 유정이 직접 청정의 진중에 들어가서 담판한 내용과 적정의 허실이 상세히 기록되어 있지만 보배 문답은 없다.

한편 〈행적〉에는 사명당이 왜에 들어가서 왜와 화친의 실마리를 마련하고 포로들을 송환해 온 것으로만 기록되어 있다.[5] 즉, 구체적인 행적은 나타나지 않고 사명당이 왜와 화친할 것을 약속하고 포로 3,500명을 데리고 귀국하고 이로 인해 가선대부를 하사받은 것으로 되어 있는 것이다. 하지만 구비설화에서는 사명당이 직접 왜왕의 항복을 받는 것으로,『순오지(旬 五志)』,『분충서난록』 등에는 단지 사명당이 왜왕과의 대결에서 승리하는 것으로 변이되어 있다. 이 중 『분충서난록』에는 다음과 같은 설화가 수록되어 있다.

· 임란 후 왜국에 가 정탐하고 화친을 맺고 오라는 명을 받음
· 왜국의 신통력 시험을 이겨내어 신승과 생불의 칭호를 들음
· 왜국을 정탐하고 화친, 청정의 머리, 포로를 요구함

---

5) 왜에 들어가니 모두들 설보화상(說寶和尙)이 왔다고 가르침을 받으려 하자 사명당이 미혹함을 깨우쳐 주어 지극한 존경을 받고 덕천가강도 지극한 불심으로 사명당을 맞이해서 강화의 실마리를 마련할 수 있었으며, 그로 인해 남녀 포로 3,500여명을 데리고 귀국하였다 한다.

· 3천 포로를 데리고 귀국, 벼슬을 받고 산으로 들어감

이렇게 볼 때 『어우야담』은 『사명당집』과 『분충서난록』 중 임란 당시 유정의 유점사 관련 행적을 중심으로 한 이야기를 수습하면서 첨부 형식으로 임란 후에 있었던 몇 가지 일화를 수록한 것으로 보인다. 『사명당집』은 그의 문제(門弟) 혜안이 지었고, 개인 둔집에 들어 있기 때문에 그 행적을 보살행으로 보는 등 불교적인 색채를 강하게 지니면서 다소 과장된 측면이 있다는 점을 간과해서는 안 된다.

『순오지』에는 사명당이 왜국에 가서 왜왕을 굴복시켜 임란의 피해에 대한 보상을 받아냈다는 내용의 설화가 수록되어 있다.

· 왜의 통신 요구에 사명당을 보냄
· 고행을 신통력으로 이겨내어 항복을 거절함
· 수길과의 일화
· 귀국 후 왜인들의 태도

이는 임란 후의 보상 설화에 속하되 서두에서 사명당이 왜국에 간 것이 다소 소극적인 차원에서 이루어진 것으로 되어 있다. 그리고 수길과의 담판 일화가 첨부되어 있는데 이 점은 『어우야담』과 같다.

요컨대 문헌 전승은 『사명당집』과 유정 자신이 직접 저술한 『분충서난록』의 영향이 크며 특히, 임란 당시의 행적 및 청정과의 담판 일화, 임란 후 보상 설화를 중심으로 하고 있음을 알 수 있다. 『어우야담』은 이 중 임란 당시의 행적을 중심으로 하되 사찰을 배경으로 하고 있음이 특이하다고 할 수 있다.

사명당에 대한 구전 설화로는 크게 세 가지 유형이 있다.

① 사명당의 출가 내력을 중심으로 한 이야기

가화(家禍) 관련: 〈서산대사와 사명당〉, 〈사명당 입산 과정〉, 〈사명당은 임진사〉, 〈사명당의 후처와 누명쓴 며느리〉, 〈사명당의 출가사연과 표충사의 유래〉, 〈사명당〉[6]

부친상(父親喪) 관련: 〈서산대사 일화〉(2)[7]

② 스승과의 도술 시합을 소재로 한 이야기: 〈원효대사와 사명당의 도술〉, 〈사명당 일화〉, 〈서산대사와 사명당〉, 〈서산대사와 사명당의 점괘〉[8]

③ 임란 보상 설화를 중심으로 한 이야기: 〈사명당의 전리품〉, 〈사명당 이야기〉[9]

④ 기타: 〈서산대사 사당에 자손을 빌다〉, 〈사명당과 세 여자〉, 〈사명당이 용을 물리치고 무덤을 쓴 이야기〉, 〈사명당과 통도사 통로기〉, 〈사명당이 꽂아 놓은 지팡이〉, 〈사명대사비의 땀〉(1)[10]

첫째 유형의 경우, 가화와 관련 이야기가 많은 비중을 차지하고 있는데 이는 후실이 신방에 든 아들을 죽인 일이 탄로 나자 사명당이 후실과 그 자식들을 방에 가두고 불을 지르고 출가하였다는 이야기다. 즉, 가화 때문에 사명당이 세속의 인연을 모두 끊고 출가했다는 것이다. "그래서 산중으로 들어가 갖고 서산대사 사명당을 만나가지고 서산대사를 만나 가지고 도승을 만나가지고 공부헌 것이여"(〈사명당은 임진사〉)라고 하듯이 출가 후 서산대사를 만나 공부했다고 하여 사승 관계를 나타낸 것 빼고 전체

---

6) 각각 『대계』 1-7; 5-1; 6-2; 7-9; 8-7; 8-8.
7) 『대계』 8-7.
8) 각각 『대계』 5-1; 5-2; 6-4; 7-2.
9) 각각 『대계』 1-7; 5-1.
10) 각각 『대계』 5-1; 7-1; 7-3; 7-8; 7-9; 8-7.

이야기가 가화로 인한 출가에 대한 것이다..

  이렇게 볼 때 가화 관련 출가담을 통해 민중들은 위대한 고승, 승군장으로서의 면모보다도 사명당의 세속에서의 삶, 인간적인 면모에 더 관심이 많았음을 알 수 있다. 물론 이러한 이야기가 개화기의 구활자본 소설인『서산대사 사명당전』(세창서관본)과『임진왜란 사명당전』(영풍서관본)의 내용과 유사해 그 쪽에서 구전으로 유입되었다[11] 하더라도 구전 향유층의 관심이 없었다면 유입도 가능하지 않았을 것이다. 즉, 고승이 출가한 데에는 비상한, 개인적인 사정이 있었을 것이라는 호기심 내지 관심 때문에 구활자본의 내용 중 이러한 유형의 이야기가 구전으로 흘러들었다는 것이다.

  한편 부친상 관련 출가담은 사명당이 부친상을 당하고 난 다음에 출가했다는, 역사적 행적에 바탕을 두고 자연스레 형성된 것으로 고승의 출가담의 전형적인 면모를 보인다.

  둘째 유형은 제자의 도를 시험해 보기 위해서이든 우연히 일어난 것이든 스승 서산대사와 제자 사명당 간에 벌어진 도술 시합을 소재로 한 것이다. 결과는 스승인 서산대사가 이겨 제자보다 도가 한 수 위임이 증명되었다는 식이다. 이러한 유형의 이야기는 민간에서 희대의 고승들이면서 사제 관계에 있었던 서산대사와 사명당에 대해 관심이 높았음을 말해주며, 사명당이 대단하긴 하지만 스승보다는 한 수 아래라는 식의, 약점이 있음을 말해준다. 그러면서 그러한 사명당이 역사 현장에서 큰 활약을 했다고 함으로써 신분적 열세를 극복하는 의식을 보여준다.

  셋째 유형은 첫째 유형에 나타나는 가화에 의한 출가담, 서산 대사를 찾아가 공부했다는 청익담을 간단히 서두에 제시하고 바로 임란 후 사명당이 왜국에 가서 항복을 받은 이야기를 중심으로 하고 있다. 그리고 인피 300장과 붕알 세 말을 요구함으로써 일본인의 씨를 말리려 했다는 것, 이

---

11) 임철호,『설화와 민중의식』, 집문당, 1989, 289면.

러한 참혹한 상황 때문에 일본인들 간에 "임진년 잊었습니까?" 하는 세배 인사가 생겼다는 것, 그리고 그 벌로 밥 먹을 때 수저를 사용하지 못하고 젓가락을 사용하게 했다는 것 등의 일화가 첨부되어 있다. 특이한 점은 왜군을 물리친 것이 이여송의 원군에 의한 것이라는 것, 사명당이 일본에 간 것은 서산대사의 명에 의한 것이라는 점이 문헌 전승과 다르다. 그리고 일본에서 사명당이 고행 시험을 이겨낸 것이 서산대사의 신통력에 의한 것이라 한 점이 특이하다.

그런데 이 유형은 순수하게 민간전승이라기보다 문헌 전승의 영향을 받은 흔적이 역력하다. 이러한 유형의 이야기가 많이 구전되지 않는다거나 〈사명당 이야기〉의 제보자인 박동진옹이 "사명당 실기를 본 기억을 들어 이야기해 준 것"이라는 구연 배경을 봐서도 그렇다. 또 이 이야기가 구연되는 중간에 청중들이 사명당의 가화 이야기를 들먹이다가 한 청중이 그 가화 관련 출가 내력담을 처음부터 끝까지 구연한 것을 보아도 민간에서는 보상설화보다 첫 번째 유형의 이야기에 더 익숙함을 알 수 있다. 그 와중에 원 구연자는 계속 사명당 실기를 운운하며 마지막까지 붕알이 현재도 있음을 언급하는 것을 보면 이 유형은 사명당 실기 등 문헌의 영향을 강하게 받았음을 알 수 있다.

한편 첫 번째 유형에서 "임난 때 서산대사 사명당이 일본 … 항복을 받아 갖고 왔다."(〈사명당은 임진사〉)고 한 것, 둘째 유형에서 청중 중에 "그 사람이 일본서 항복 받은 사람이여."(〈서산대사와 사명당〉)라고 한 것도 사명당 실기가 민간에 큰 영향을 미치고 있음을 알 수 있다.

넷째 유형은 사명당의 역사적 활약을 기억하며 그와 같은 위대한 인물이 살아 있기를 갈망하는 민간적인 소망에서 형성된 이야기이다.

이렇게 보면 사명당에 대한 구전 설화는 가화에 의한 출가담, 서산대사와의 도술 시합 등 고승으로서 사명당의 인간적인 면모 내지 약점을 드러내는 이야기가 주류를 이룬다고 할 수 있다. 여기에 일제시대 식자층을 중심으로 반일 감정으로 읽은 사명당 실기류의 내용 즉, 왜왕 항복 설화가 구전의 또 한 층위를 형성하며 간섭하고 있음을 알 수 있다.

신승 나옹

〈도깨비 붙은 불상을 쓰러뜨린 나옹〉

· 회암사로 오는 도중 이승을 만남
· 절에 도착하여 나무 불상을 태움
· 새로 불상을 안치함
· 나옹의 신이함 평가

이는 나옹이 신통력으로 귀신 붙은 불상을 태워 없앰으로서 절을 위기로부터 구했으니 신령스러운 중이라는 이야기다.

우선, 나옹이 불상을 없앨 생각을 한 것은 그가 회암사로 부임하여 오는 도중에 만난 이승 때문이다. 기이한 복장의 이승은 "저는 절간에서 양식을 구걸하는 중이옵니다. 큰 절이 곧 문을 닫게 된다기에 감히 길에서 구하는 것이옵니다."라고 하며 회암사가 폐사할 것임을 암시한다. 그리고는 나옹이 앞세우고 갈 때 보니까 옷을 걷어 올리지도 않고 평지를 밟듯이 물을 건너는 것이었다. 이 때 나옹은 그가 보통 중이 아니라는 것을 알았는데 더욱이 절문을 들어서서는 사라졌다. 따라서 나옹이 절에 들어서자마자 불전에 예도 올리지 않고 불상을 쓰러뜨릴 생각을 한 것은 이러한 이승으로부터 받은 예감 때문이었다.

여기서 이승은 불보살의 현신으로 볼 수 있다. 불보살이 신령스러운 나옹이 부임하길 기다려 절의 위기를 알려준 것이다. 그 적임자로 나옹을 지목한 것은 그가 그만큼 신통력이 있고 강단이 있기 때문이다. 역으로 그러한 불보살의 현신을 인지하고 그 뜻을 실현하려 했다는 점에서 나옹은 신령스러운 중이라는 것이 이 대목의 핵심적인 내용이다.

문제의 불상은 '세존의 상'이자 예로부터 "영험이 있어 비를 빌면 비가 내리고 병이 나서 빌면 병이 낫고 자식을 얻고자 빌면 자식이 생겨 기원하는 모든 일에 번번이 감응"이 있었다 한다. 나옹이 이러한 불상을 쓰러뜨리려 하니 중들이 기겁을 할 수밖에 없는 사태가 벌어진 것이다. 그런데 중들이 불상을 쓰러뜨리려 힘을 주어도 그것은 끄떡도 하지 않았다. 이에 나옹은 "과연 영험이 있다더니 그 말과 같구나! 부처님을 욕되게 할 수야 없지. 장차 큰 환난이 닥칠 테니."라고 하며 자신이 직접 불상을 쓰러뜨려 태웠다.

여기서 다시 나옹의 신령스러운 면모가 두 가지 측면에서 나타난다. 그 하나는 이 불상의 영험 때문에 부처님의 영예가 떨어지고 절이 망할 것이라는 것 즉, 불상의 영험은 부처님의 영험이 아니라 다른 무엇으로부터 온 것임을 나옹이 감지하고 있다는 것이다. 절의 중들은 이것을 부처님의 영험으로 알고 이것을 중심으로 불사를 행하며 숭배했는데 나옹이 보기에는 그것은 다음의 말처럼 어리석은 짓일 뿐더러 재앙을 초래하는 일에 불과한 것이다.

> 무릇 불상을 안치하고 분향을 하고 공양을 드리는데 혹 산도깨비나 나무도깨비가 불상에 붙어서 석가여래의 신령스런 환술인 양 행세하는 일이 자주 있다. 이른바 어떤 절에 신령스런 불상이 있어 문득 감응이 있다 함은 모두 이 따위들이다. 어리석은 중들이 이것을 받들어 모시는 바람에 온 절이 재앙을 입어 중들이 까닭 없이 죽기도 하니 두려워하지 않을 수 있겠는가?

그리고 이러한 나옹의 신통력은 불상을 태우자 '비린내가 온 산을 뒤덮었다.'는 것에서도 입증되었다. 따라서 이러한 부처님의 영험을 빈 귀신의 행태를 감지하여 절을 위기로부터 구했다는 점에서 나옹의 신령스러운 면모를 볼 수 있다.

또 하나는 건장한 중 100명이 굵은 동아줄로 감아 쓰러뜨리려 해도 꿈쩍도 않던 불상이 나옹이 한 손으로 미니 자빠졌다고 하였다. 이는 단지 육체적인 능력이 아니라 귀신을 제어하는 그의 신통력에 의한 것으로 볼 수 있다.

이렇게 볼 때 나옹은 불보살의 현신과 그 뜻을 감지했다는 것, 귀신의 작용을 꿰뚫어 알았다는 것, 귀신을 제어하는 신통력을 지녔다는 점에서 신령스러운 중이라는 것이 이 이야기의 핵심적인 내용이다.

찬자 역시 다음과 같이 평가함으로써 나옹의 신령스러움을 확인한다.

> 나옹은 신령스런 중이다. 물건이 오래 되면 신비해지고 귀신이 반드시 거기에 의지한다. 하물며 절은 아침저녁으로 공양을 하는 곳임에랴! 귀신 중에서 먹을 것을 구하는 자가 여기를 버리고 어디로 가겠는가? 또한 이는 오늘날 사람들이 조상의 묘 앞에 돌사람을 만들어 세워 귀신의 길을 막는 것과 같으니 세월이 오래 되면 간혹 산귀신이 생겨 그 제사를 대신 받기 때문이다. 요즘 간혹 산호 푯돌을 쓰는 것도 꽤 일리가 있다고 하겠다.

그런데 이러한 평가는 꽤 합리적이다. 불상이든 무엇이든 물건이 오래 되면 신비해지고 귀신이 붙는다는 것, 절은 아침저녁으로 공양을 하니 음식이 떨어지지 않아 굶주린 귀신들이 들끓게 마련이라는 것으로, 굳이 나옹의 신통력이 아니라도 알 수 있는 이치라는 것이다. 게다가 이를 당시에 묘 앞에 사람 모양의 푯돌을 세워 귀신을 막는 관례에 견주고서는 귀신을 막자면 산호 푯돌이 더 유용할 것이기에 그것을 이용하는 것을 "꽤 일리" 있다고까지 하였다.

즉, 찬자는 불상에 붙은 귀신을 감지하고 그것을 쓰러뜨려 태움으로써 그로 인한 재앙을 막은 나옹의 행위를 불교적 신이력보다 사물에 대한 합리적인 이해력으로 간주하였다. 혹, 귀신에 대한 유자적 해석에 의존해 나옹의 행위를 이해한 것으로 볼 수도 있다. 이런 점에서, 그리고 찬자가 귀신에 대해 이해하고 있는 수준만큼 신승으로서 나옹의 승상은 세속화되었다고 할 수 있다. 즉, 신승으로서보다는 물건의 변화 내지 귀신의 작용을 꿰뚫는 능력의 소유자로 인식되었다는 것이다.


[전승 배경]

회암사는 나옹이 크게 중창하여 여말선초의 대사찰로 유명했다. 이러한 사실에서 나옹이 폐사의 위기에 처한 회암사를 구했다는 이야기가 생성된 것이 아닌가 한다. 또한 〈절에서 큰 뱀을 숭배하는 악습〉(『송도기이(松都記異)』)을 보면 당시 절의 악습을 근절하는 것이 훌륭한 행위로 간주되고 있었음을 알 수 있다. 이러한 점이 사대부 사이에서 회자되어 나옹의 불상 철폐와 같은 이야기가 생성된 것으로 보인다.

불상이 오래 되면 귀신이 붙는다는 이야기는 유몽인의 사물에 대한 관점과 관련된다. 그는 보개산(寶蓋山)에 있을 때 승려 언기(彦機)와 운계(雲桂)에게 "물건은 해가 묵으면 신이 들리고 사람은 늙으면 기운이 빠지는 것[物久則神, 人老則耗.]"[12]이라고 한 바 있는데 이러한 사물에 대한 관점에서 불상에 붙은 귀신 이야기를 수용한 것으로 보인다.

마지막으로 유몽인은 수천 권의 불경을 읽은 신호(申濩)에게 사사했고, 만년에 금강산에 거하면서 많은 승려들과 교유한 경험이 있어 불교와 승려에 대해 익히 아는 바가 많았고 그들에게 우호적이었다. 따라서 승려들

12) 『어우집(於于集)』 권4, 〈유보개산증령은사언기운계량승서(遊寶盖山贈靈隱寺彦機雲桂兩僧序)〉.

의 삶의 방식과 사상을 직접 체험하기도 했고 전해들은 것이 많았을 것이다. 이런 점에서 고려 말기의 고승인 나옹과 관련되어 전승되는 위의 이야기를 승려들로부터 전해 들었을 가능성이 크다.

신승 수사와 철사의 경우

〈제자들이 죽음도 불사하고 따르는, 수사 스님과 철사 스님〉

· 남방 사호(四皓) 소개
· 수사의 행적
  - 출가와 신망
  - 역적 사건 관련 일화
· 철사의 행적
  - 수도 도량
  - 열반 관련 일화

이는 역적 사건에 연루되어 체포되어 가는 스승을 목숨을 걸고 따른다든지, 더 나아가서 열반에 든 스승을 따르겠다고 화장하고 있는 불 속에 뛰어들 만큼 제자들의 신망이 큰 고승들에 대한 이야기다.

먼저 수사(修師)인 선수(善修)[13]는 앉은뱅이 역졸 출신으로 출가하여 두류산에서 수도를 하였는데 불경에 대해 아는 것이 많았다 하였다. 이로 인해 먼 곳의 중들도 와서 그림자처럼 따랐다 한다. 역적 사건 관련 일화는

---

13) 선수(善修): 1543~1615. 조선 중기의 승려. 호는 부휴(浮休), 성은 김씨(金氏). 남원 출생. 20세에 지리산으로 들어가 신명(信明)의 제자가 되었다. 제자 각성(覺性)에게 부법(付法)하였다. 문하에 700여 명의 제자가 있었으며, 서산대사의 사제로 전통적 격외선(格外禪)을 계승하여 임진왜란 후의 불교계를 정비하였다.

이러한 중들의 신망이 얼마나 컸나 하는 것을 입증하는 하나의 사례이다.

우선 수사는 금부도사가 이르기 전에 그가 올 것을 예견하고 놀랄 것을 염려해 제자들에게 처신의 방도를 알려 줄 만큼 신통력과 제자들에 대한 사랑이 대단했다. 이러한 수사이기에 금부도사가 오자 수백여 명의 제자들이 찾아와 지나는 길마다 죽을 장만해서 가마를 따라가는 일이 발생한 것이다. 전주에 도착하자 그들 제자를 모두 옥에 가두고 수십 명만 가마를 지고 가게 했다고 하였다. 그리고 서울에 도착해서는 역적의 혐의가 없음이 밝혀져 석방되어 돌아가게 되었다는 것이 사건의 전말이다.

이렇게 보면 제자들이 훌륭하다는 것보다 그만큼 스승인 수사의 도가 높고 신망이 두텁다는 것이 이 일화의 핵심적인 내용이다. 수사는 "수도하여 불경에 대해 아는 것이 많으니 먼 곳의 중들이 모두 그림자처럼 따랐다."고 하였다. 즉, 수도와 불경 탐구를 통해 높은 불도를 성취한 고승이기에 주변의 중들이 지극 정성으로 수사를 숭배한 것이다.

철사(哲師) 원철(圓哲)의 경우 고덕에 대해 직접적인 서술은 없지만 "우리 스승이 열반하셨는데 나만 이 세상에 머물러 무엇 하리오? 스승을 따라 함께 극락세계로 돌아가자!" 하며 두 사미가 따라 죽었다는 점에서 그 고덕을 추측할 수 있다. 따라서 이 이야기는 제자들의 죽음을 무릅쓴 존경 내지 추종 행위를 통해 고승의 위대함을 예찬한 것으로 볼 수 있다.

그런데 찬자는 "아! 죄가 있든 없든 일이 역적 사건에 관계되었으니 부모형제라도 오히려 소문을 들으면 생쥐처럼 도망할 것인데 스님의 수백 명 제자는 어찌 기이하지 않은가?"라고 하여 제자들의 행위를 예찬한다. 즉, 죄가 있든 없든 역적 사건은 목숨과 관련된 일이라 조금이라도 연루된 흔적이 있으면 위험한 지경에 처하게 되는데 수백 명의 제자가 체포되어 가는 스승을 보살피며 따라 갔으니 놀랍다는 것이다.

철사의 경우는 죽음을 무릅쓸 정도가 아니라 실제로 불속에 뛰어 들어 열반에 든 스승을 따르고자 했다는 점에서 더 놀랍다고 할 수 있다. 따라서 찬자는 수사의 이야기와 비교하여 "더욱 기이하다 하겠다."고 한 것이다. 따라서 이 두 일화는 모두 죽음을 무릅쓰고 혹은, 죽어서라도 따를 만큼 스승을 존경하고 신망하는 제자들의 기이한 행적을 보여준다.

즉 이 이야기는 스승인 고승의 위대함보다 제자들의 행위에 초점이 맞추어져 있다. 그리고 그 행위를 '기이'로 해석하고 있다. 물론 역적 사건에 연루되기를 두려워하지 않는다거나 불 속에 뛰어든 행위는 상식 밖의, 기이한 사태일 수 있다. 하지만 불가에서 스승 혹은 고승은, 지상의 석가모니라고 할 수 있다. 스승 내지 고승의 행적은 불전을 기준으로 평가되고 예찬되기 때문이다. 이렇게 보면 고승은 지상에서 추숭해야 하는 절대적 존재이며, 그러한 추숭이 제자로서 승려의 존재 목적이라고도 할 수 있다. 따라서 이들 제자들의 행위는 세속의 시각으로 보면 '기이'이지만 불가의 견지에서 보면 제자로서, 승려로서 당연한 본분사이다. 이러한 점을 간과하고 죽음을 무릅쓴 제자들의 행위를 기이하다고 하는 것은 찬자가 세속의 견지에서 이들의 행위를 바라보았기 때문이다. 이 점에서 이들 고승의 풍모는 세속화되었다고 할 수 있다.

더욱이 이들의 행적이 승전식으로 볼 때 탄생-성장-출가-구도-오도-이타행-열반 중 이타행에, 그리고 그 중 사승관계에 집중되고 있다는 점도 세속화의 한 양상이다. 승려의 이타행은 그 앞의 오도의 결과로서 중생 전체를 대상으로 하기 일쑤이다. 그런 점에서 이들 고승이 제자들에게 덕화를 끼침은 불가 내의 인간관계에 한정되어 있어 그 이타행도 제한적일 수밖에 없다. 이 점은 찬자가 비록 호불 문인이라 하더라도 그 역시 사대부로서 여타의 인간관계보다 사승관계에 더 관심이 높고 익숙하다는 것에 그 원인이 있을 듯하다. 따라서 이들 고승은 승전식 구조상 다른 요소들은 대체로 간과되어 있고 이타행을 중심으로, 그것도 사승 관계에 집중되어 있다는 점에서 세속화되었다고 할 수 있다.


[전승 배경]

선수의 행장은 전하지 않고 〈홍각등계비명병서(弘覺登階碑銘并序)〉14)에
그의 행적이 나온다. 이를 간략히 요약하고 중요한 부분은 그대로 인용한다.


　·가계와 탄생
　·성장과 출가
　·이난(二難)의 풍모
　·행적
　　- 왜적 퇴치와 명나라 이종성(李宗城)과의 교유
　　- 뱀의 환생을 도움
　　- 무고 사건, 광해군에게 설법, 봉인사(奉印寺) 재 설치
　·부법
　·시적과 시호


　　그 사람됨은 배짱이 크고 미목이 수려하며 장신에 풍협(豊頰)하였으나 다만
좌수(左手)의 자유를 잃고 있었다. … 광해군 때에 대사는 두류산에 있었는데 어
떤 광승의 무고로 투옥되었다. 조사 결과 무죄가 판명되어 광해군은 대사를 내전
에 불러들여 도요(道要)를 순문하고 대열(大悅)하여, 자라 가사 한 벌, 푸른 비단
장삼 한 벌, 푸른 비단 바지 한 벌, 금강석 염주 하나, 기타 진완(珍玩)을 하사하
였고, 또 봉인사(奉印寺)에 재를 설하여 대사를 증명으로 삼고 내구(內廏)의 승마
를 내어 앞을 인도하니 도인(都人)들이 망배(望拜)하기에 뒤짐을 부끄러워하였
다.


---

14) 처능(處能), 『백곡집(白谷集)』.

위의 자료에서 본 이야기와 관련되는 것은 "대사는 두류산에 있었는데 어떤 광승의 무고로 투옥되었었다."는 점이다. 이 때 벽암(碧巖) 각성(覺性)과 함께 투옥되었다고 전하기도 한다.[15] 수제자인 각성과 함께 투옥되었다는 것에서 제자들의 신망과 관련된 이야기가 전승된 것으로 본다. 또한 봉인사(奉印寺)에서 재를 설할 때 "도인(都人)들이 망배(望拜)하기에 뒤짐을 부끄러워하였다."는 점에서 선수가 대중에게도 큰 신망으로 얻고 있었다는 점을 알 수 있다. 다만 무고가 역적 관련 사건인지, 그리고 그가 앉은뱅이였는지 하는 점은 알 수 없다. 특히, 후자는 "좌수(左手)의 자유를 잃고 있었다."라고 하는 점에서 신체적 불구의 측면에서 다소 와전된 것으로 볼 수 있다.

원철에 대해선 조선시대의 승려 경헌(敬軒, 1542~1632) 즉, 제월(霽月)에게 경전을 가르쳐준 것으로 알려져 있다.


## 1.1.2. 찬집 의식

사명당의 경우, 충의의 측면에서 그 승군장으로서의 행적을 조명했다는 특징이 있다. 이러한 승장의 형상은 수행, 득도, 보살행 등 고승으로서의 본분사보다 '충의'라는 세속적 가치의 실현을 추구한다는 점에서 세속화되었다고 할 수 있다.

선수는 사명당의 도반으로서 동시대를 산 승려인데 그 무렵 불교의 처지에 대해 "우리 도(道)의 쇠퇴(衰退)함이 날로 더욱 심해가네"[16]라고 한탄한 바 있다. 그리고 사명당에 대해

---

15) 『전통사찰총서』 6, 전남의 전통사찰 Ⅰ, 송광사편, 사찰문화연구원, 1996.
16) 〈종봉(鍾峰)에게 답함〉, 『부휴당집(浮休堂集)』(『한글대장경』 167, 동국역경원).

물外風雲主    세상 밖에서는 풍월(風月)의 주인이요
人間柱石臣    인간 세상에서는 주석(柱石)의 신하였다.
寬仁常愛衆    너그럽고 인자하여 항상 중생 사랑하고
爲國便忘身    나라를 위해서는 당장 몸을 잊었다"17)

라고 한 바 있다. 선수는 이난(二難)으로 칭해질 만큼 당시 사명당과 쌍벽을 이루는 고승대덕이었다. 따라서 당시 불교사 내지 사명당에 대한 그의 평가는 불교 내부에서 당시 상황을 어떻게 파악하고 있는가를 알기에 적절한 자료이다.

선수는 당시의 상황을 불교가 더욱 쇠퇴하는 것으로 보고, 사명당에 대해서는 고승으로서의 면모와 승군장으로서의 면모를 모두 헤아리되 후자의 경우 그 충의의 행적을 보살행으로 간주하였다.

반면 유몽인은 사명당의 행적을 충의에 입각한 승군장의 면모로 파악했으며 이를 국가의 이득과 관련시켜 헤아렸다고 할 수 있다. 말미에 승려들의 공역 기사를 다룬 것도 같은 맥락이다. 이는 당시 유자들을 비롯한 지배계층의 일반적 시각과 무관하지 않다.18) 즉, 이들은 임란을 당해 민족의 힘을 결집할 필요가 있을 때 분연히 나선 승군들의 행위를 환영하던 차였다. 유자들을 비롯한 지배계층으로서 그들은 전쟁에 속수무책이었기 때문이다. 이럴 때 스스로 승군을 결집해 왜적과 싸워 공적을 낸 승군장은 유자들에게 열등감을 심어 줄 뿐만 아니라 반성의 계기를 준 바가 되었다. 자신들이 하지 못하는 일을 해 내는 천한 신분의 승군장에 대한 묘한 반응인 셈이다.

열등감의 측면에서는 승군장의 행적을 폄하하거나 임금이 벼슬을 내려 치하하는 것에 부정적인 반응을 보이는 것으로 나타나고 반성의 측면에서

---

17) 〈송운(松雲)의 만장(挽章)〉, 『부휴당집(浮休堂集)』.
18) 이에 대해서는 임철호, 앞의 책, 273면.

는 "나라의 안위가 한 중이 돌아오는 데 달려 있다."[19]는, 당시의 상황을 안타까워하는 의식을 들 수 있다. 요컨대 열등감이든 반성이든 유자들은 국가적 재난을 맞아 혁혁한 공을 세우는, 승군장의 위상을 인정하되 그 천한 신분에 대한 선입견을 버리지 못하였던 것이다. 따라서 천한 신분의 승려가 국가적 재난을 막았다는 점에서 이례적인 사례로 볼 뿐 그것을 승려의 본분사 중 보살행으로 보지 못한다. 그 결과 승군장을 난세의 영웅으로 치부하여 그 초인적인 면모를 부각시키는 한편, 그것을 구비설화의 '왜왕굴복' 설화처럼 민족적인 행위로 보는 데 인색하게 되었다고 할 수 있다.

유몽인의 경우도 여기에서 크게 다르지 않다고 본다. 우선, 유몽인은 사명당의 고승으로서의 본분사보다 승군장으로서의 면모만을 다루었다. 그리고 사명당의 여러 전승 중 유점사 관련 설화를 집중적으로 다룸으로써 행적을 불교에 한정시키고, 그리고 왜적들과의 직접적인 대결 과정을 생략함으로써 그 민족적인 면모를 약화시켰다. 비록 유몽인이 불교 내지 승려에 대해 호의적일 뿐 아니라 당시 천대받던 그들의 실상에 개탄한 바 있다 하더라도[20] 사명당에 관한한 당시 승군장에 대한 유자들의 의식과 별단 다르지 않다고 본다. 그에게 있어 승군장은 고승으로서의 면모보다 담판으로 왜장을 설득시켜 물러가게 하고 국가적 공역을 완수하는 한에서 존경할 만한 인물인 것이다. 이 점에 있어서 유몽인은 사명당의 면모를 세속화하는 데 일조를 했다고 할 수 있다.

선수와 원철의 경우, 그들의 행적은 승전식으로 볼 때 탄생-성장-출가-구도-오도-이타행-열반 중 이타행에, 그리고 그 중 사승관계에 집중되어 있다. 승려의 이타행은 오도의 결과로서 중생 전체를 대상으로 하는 것인데 이들 고승은 사승관계라는 불가 내의 인간관계에 한정하여 덕화를 끼

---

19) 임철호, 앞의 책, 275면.
20) 김상일, 「유몽인이 본 불교인과 불교」, 『한국불교학』 35집, 169~171면.

친 것이다. 따라서 이러한 승상은 이타행의 측면에서 제한적라고 할 수 있는 것이다.

유몽인은 어릴 때 친불교적 환경 속에서 성장하였고 불경에 해박한 스승으로부터 사사를 받았으며 만년에는 고찰이 많은 금강산에 은거하며 승려들과 교유가 꽤 깊었던 인물이다. 이런 점에서 유몽인은 당시의 어느 사대부보다 호불적인 입장에 있었다.『어우집』의 100편에 이르는 글 중 승려들에게 준 증서와 서신이 20여 편, 승려들에게 주거나 그들의 시축과 시권에 제한 시편이 70여수에 이른 것은 이 때문인 것으로 보인다. 그리고 산문에서는, 금강산 지역 승려들이 가마꾼으로 징발되는 사태를 비롯하여 수행승들의 모습을 인상 깊게 서술하기도 하고 하였다.21)

유몽인은 이러한 불교적 관점에서 동시대를 산 선수와 원철의 이야기를 수록한 것으로 보인다. 특히, 이들에 대한 이야기가 사대부 찬집의 문헌에 잘 보이지 않는 것으로 보아 그의 각별한 호불적인 환경과 관심에서 이들 이야기가 수록된 것으로 보여 소중한 자료라 할 수 있다.

하지만 그가 비록 호불 문인이라 하더라도 그 역시 사대부로서 여타의 인간관계보다 사승관계에 더 관심이 높고 익숙하기에 사승 관계를 중심으로 한 이 이야기를 수록한 것으로 보인다. 따라서 이들 고승은 승전식 구조상 다른 요소들은 대체로 간과되어 있고 이타행을 중심으로, 그것도 사승 관계에 집중되어 있다는 점에서 세속화되었다고 할 수 있다.

## 1.2. 이승

이승(異僧)은 도교적인 신선술 내지 풍수, 관상 등 온갖 잡술에 능한 승

---

21) 김상일, 앞의 논문, 169~171면, 178면.

려를 말한다. 이들은 신분만 승려이고 실상은 불교와 무관한 세계에 빠져 있다. 이들의 신통력은 『삼국유사』 신주(神呪)편에서 밀본(密本)과 혜통(惠通)이 신통력을 부려 악귀를 물리치는 것과 차원이 다른 것이다. 밀본과 혜통의 신통력은 고승으로서 학덕을 갖추고 체득한 불교적 신통력이기 때문이다.

이들을 국문학계에서는 이승 혹은 신승(神僧), 도승(道僧)으로 불러 왔는데 우선 명칭상의 통일을 기할 필요가 있다. 사전에는 이승이라는 말이 나오지 않고 신승과 도승 등이 나오는데 이들 명칭이 그 대상에 부합되지 않아 문제이다. 신승은 '신령한 불승'이라는 뜻이다. 즉, 불도의 높은 경지에서 체득된, 신통력을 발휘하는 승려라고 할 수 있다. 앞서 밀본과 혜통에게는 이 명칭이 들어맞는다. 나옹을 '신령스런 중[懶翁者麗末神僧也]'[22]이라고 하는 경우도 마찬가지다. 신불의 현신 및 그 의미를 깨닫고 곧바로 귀신 붙은 불상을 쓰러뜨려 절을 위기에서 구한 그를 두고 붙인 말이기 때문이다. 『송도기이』에 보면 한 늙은 승려를 "중들이 공경하여 신승이라 했다[群髡咸敬以爲神僧]."는 말이 있다. 이로써 보면 그는 고승으로서 학덕을 갖춘 승려임을 알 수 있다. 그런데 말미에 보면 "대개 스님은 실상 이승이었다.[蓋師實異僧]"라는 말이 나온다. 도교의 경전을 외우고 그 신에게 절하며 추위와 더위, 배고픔 따위를 이기는 신통력을 발휘하는 것을 보고는 신승이 아니라 이승이라 한 것이다.

도승은 '도가 높은 승려', '도를 깨친 승려'라는 뜻이니 오히려 고승의 면모에 가깝다. 자료에서도 이러한 승려는 고승이라고 하는 것이 일반적이다. 도교적인 술법에 능한 승려를 도승이라고 하지 않는 것이다.

따라서 승려로서의 일반적인 이미지를 벗어난 경우, 특히 도교의 신선술이나 각종 잡술에 능한 승려는 신승이나 도승보다는 이승이라고 하는

---

22) 『어우야담』 권2, 종교편, 승려.

것이 적절할 듯하다. 게다가 이승이라는 말이 문헌 자료[23]에도 더러 나오기 때문에 근거가 없다고도 할 수 없다. 특히, 조선시대 설화에는 승려의 직분과 무관하게 혹은 그것이 전혀 나타나지 않고 단지 도술을 부리거나 풍수에 능한 승려가 많이 나타나는데 이들을 포괄하면서 고승과 구별하기 위해서는 이승이라는 명칭을 쓸 필요가 있다.

이러한 이승에 대한 이야기는 『어우야담』에서부터 수록되기 시작하여 후대로 갈 수록 많이 나오며 그 신통력이 강조되는 경향이 있다. 대체로 이들은 신선의 경지에 든 이승, 각종 술법에 능한 이승으로 구별할 수 있는데 전자로는 〈이원익이 만난 이승〉을 들 수 있다. 후자로는 〈이승을 만나 술사가 된 중 이하〉와 〈중이 환술과 재주에 능하다는 것〉 등을 들 수 있다.

이들 이승은 신분만 중으로 되어 있고 그 행적은 도교의 신선술을 닦는 거사에 다름 아니다. 신통력이 고승으로부터 분화되어 별도로 강조된 것에는 여러 가지 원인이 있겠지만 무엇보다 승려의 사회적 지위의 하락, 그로 인한 생업의 필요성에 기인할 것이다. 그리고 승려에게서 그 학덕보다는 기이한 술법을 기대하는 당시 사회적 인식도 한몫 했을 것이다.

마지막으로 〈광대 노릇을 잘 하는 동윤이라는 중〉, 〈말을 길들인 중 천연〉, 〈연못의 독사를 퇴치한 호걸승〉에 나오는 승상은 딱히 이승이라고 할 수 없다. 이들의 행위에서 도교적 의미의 술법, 신통력을 볼 수 없기 때문이다. 이 중 첫 번째 이야기는 오히려 기승에 가깝다. 다만 승려로서의 본분사와 무관한 방면에 재주를 갖고 있고 그러한 재주로만 알려져 있다는 점이 이승과 공통된다. 따라서 편의상 이승의 항목에 두되 그것과 구별된다는 점을 명시하고 구체적인 분석은 생략하기로 한다.

---

23) "師遍遊東方名山見異僧岙."(『어우야담』 권2, 종교편, 승려)

## 1.2.1. 사례

이원익이 만난 이승

〈이원익이 만난 이승〉24)은 이원익(李元翼)25)이 젊었을 때 목격한 이승의 도술 및 신선의 세계에 대한 이야기다.

· 이원익이 젊을 때 기이한 노승을 만남
· 기이한 광경1
· 기이한 광경2
· 기이한 광경3
· 만년에 중과 뒤쪽 봉우리를 찾지 못함

특히, 여기서 이승이 보여준 기이한 광경도 놀랍지만 "저기는 하늘의 신선들이 모여 노는 곳이니 인간 세상의 재상이 볼 것이 아니다."라고 하여 훗날 이원익이 영의정에 오를 것을 예견한 점이 놀라워 유자들 사이에 이러한 이야기가 전승되었을 것으로 보인다.

먼저 이원익이 젊었을 때 한계산(寒溪山)에서 놀다가 절 안으로 들어갔다 하였다. 이 때 특이하게 생긴 노승이 선실에 앉아 있다가 원익을 보자 "자못 예의를 갖추어 대했다"고 하였다. 이는 지인지감에 대한 것으로 뒤에 나오는 '재상' 운운과 같은 차원에서 원익이 후에 크게 될 것을 알아본 것을 의미한다. 물론 이어지는 세 차례에 걸친 기이한 광경 소개는 이러한

---

24) 이 이야기는 『기문총화』, 『동야휘집』에도 나온다. 후자에서는 전우치의 일로 나오는데 어릴 때 중이 그를 적강한 신선이라 하고 한계산으로 데려가 법화경을 가르쳤다는 내용이다.
25) 이원익(李元翼): 1547~1634. 조선 중기 문신. 자는 공려(公勵), 호는 오리(梧里). 본관은 전주(全州). 서울 출신. 시호는 문충(文忠).

원익의 사람됨을 알아보고 행한 것이다.

첫 번째로 노승이 작은 종이에 글자를 써서 뜰에 던지니 선학(仙鶴)이 내려와 맴을 돌았다고 하였다. 이에 원익이 기이하게 여겨 연유를 물으니 중이 놀라워하며 "서생은 이야기를 나눌 만하구려. 많은 사람들이 그것을 보지 못했는데 유독 그대만 본 것이오. 기이한 일을 보고자 하면 나를 따라 오시오."라고 하였다. 원익의 물음에 중이 놀라워 한 것은 대면하자마자 지인지감에 의해 그 사람됨을 알아보았지만 이것이 실제로 입증되었기 때문인 것으로 보인다. 그 사람됨이란 자신과 "이야기를 나눌 만"한 사람으로, 많은 사람들이 보지 못한, 신선의 세계 즉, 기이한 세계를 볼 수 있는 능력을 지닌 자를 의미한다. 원익은 이러한 사람임이 확인되었기에 그 이상의 기이한 광경을 목도하도록 안내한 것이다.

두 번째의 경우는 절 뒤에 있는 봉우리에 올라가서의 일이다. 봉우리에 올라가 보니 걸음마다 구슬과 자개가 깔려 있어 찬란히 빛난다고 하였다. 이에 대해 연유를 묻자 "주옥이 어찌 없겠소. 오직 탐내지 않는 자에게만 보이는 법이니 그대는 가르칠 만하다!"고 하였다. 즉, 주옥은 늘 깔려 있는데 사람들이 탐심 때문에 보지 못한다는 것, 원익에겐 탐심이 없어 그것을 볼 수 있다는 것이다. 첫 번째는 특이한 광경을 연출한 후 원익만 그것을 볼 수 있다 하였다면 여기서는 늘 벌어지는 광경을 원익만 볼 수 있다는 점이 다르다. 따라서 이 대목은 앞의 단순한 지인지감의 단계에서 더 나아가 본격적으로 원익의 인물됨을 알아보고 도를 가르칠 만한 그릇인가 실제로 확인해 보았다는 의미가 있다.

마지막은 오색구름 속에서 음악 소리가 나고 눈 덮인 봉우리가 나타났는데 중이 그곳을 바라만 볼 뿐 나아가려 하지 않았다고 하였다. 물론 원익에게도 그것이 보였다는 점은 두 번째의 경우와 같다. 그런데 앞의 두 경우는 원익이 중과 함께 실제로 그 자리에서 광경을 목도하였다면 여기서는 먼 곳에서 그 곳을 어렴풋이 바라볼 뿐 실제로 그 곳에 가지 않은 점이 다르다. 중도 머뭇거릴 뿐 나아가지 않았고 구경 가고 싶다는 원익에게도 "저기는 하늘의 신선들이 모여 노는 곳이니 인간 세상의 재상이 볼 것이 아니다."라고 하며 만류하였다. 이는 중 자신도 지상선으로서의 자격만 있지 천상선으로서의 자격이 없다는 점, 더 나아가 원익은 인간 세상의 재상이 될 사람이니 가지 않는 것이 낫다는 의미로 해석된다. 즉, 둘 다 탐심이 없어 어느 단계까지는 신선 세계의 존재를 확인할 수는 있지만 각자의 운명에 따라 그 세계에서 살 수는 없다는 의미이다.

따라서 여기 이승은 원익에게 신선의 세계를 고지하여 세상 내지 우주에 대한 안목을 확장시키는 역할을 한 것이라 할 수 있다. 이렇게 보면 앞서 그가 경험했던 기이한 사실, 광경 자체도 실제로는 현실에 존재하지 않는 것인지도 모른다. 서사의 마지막 부분에서 원익이 만년에 다시 한계산에 갔으나 그 중은 보이지 않고 뒤쪽 봉우리도 찾을 수 없다 한 점에서 이 점을 추측할 수 있다.

여기 이승의 면모는 승려로서의 본분사와 무관하게 되어 있다. 참선에 들어 있었는지는 모르나 절의 선실에 앉아 있었다는 것, 특이하게 생겼지만 외관상 노승이라는 점이 그가 승려임을 나타내는 표지의 전부이다. 그 나머지는 도교의 술사들과 다를 바가 없다. 따라서 찬자도 이 이야기를 '승려편'이 아니라 '선도(仙道)편'에 수록한 것이다. 그렇다고 이승이 승려가 아닌 것도 아니고 부정적인 면모로 그려진 것도 아니다. 오히려 승려에게서 그 본분사보다 기이한 술법을 기대하는 임란 후의 사회적 분위기 혹은, 그것밖에 인정하지 않거나 인정할 수 없는, 유자들의 불교관이 이러한 이승 이야기를 전승한 것으로 보인다. 또한 이렇게 처신할 수 밖에 없는 당시 승려들의 사회적 위상도 이러한 승상이 창출되는 데 크게 작용하였다고 할 수 있다.

『어우야담』은 임란 후 초기의 대표적인 야담집이다. 이 무렵 불교계는 조선 초기부터 시작된 배불정책의 시행으로 더 이상 현실계에 발을 붙일 수 없을 정도로 그 교세가 전락한 상태이다. 그리고 그 명맥은 산중 불교의 정착으로 이어지고 있었던 실정이다. 게다가 임진왜란이라는 국가적 재난을 전후로 사회적 분위기는 현실의 제도 내지 정책에 대해 회의감을 갖고 있었고 이를 구해낼 초인적인 능력의 소유자를 열망하고 있었던 터였다. 따라서 임란을 전후로 현실에서 목도하게 되는 대표적인 승상은 승군장과 이승이 되었던 것으로 보인다. 그 본분사에는 어울리진 않지만, 승군들을 결집해 국가의 재난을 구하는 승군장, 그리고 각종 술법을 통해 현실계 너머의 다른 세계를 알려 주거나, 운명을 점치거나, 현실의 문제를 술법으로 해결하는 이승의 존재가 절실히 요구되었던 것이다.

여기 나오는 이원익은 찬자와 동시대의 인물로 지배계층에 속하는 사대부이다. 따라서 이들 사대부조차 이러한 사회적 분위기에 편승하여 신선의 세계 내지 자신의 운명에 대한 예시에 관심이 많았음을 알 수 있다. 그러면서 그 세계에 완전히 몰입할 수 없는 그들의 신분적 내지 인식적 한계 등도 이 이야기를 통해 알 수 있다. 유몽인 역시 당시 사대부로서 이러한 사회적 분위기의 영향을 크게 받았을 것으로 보인다.

이렇게 보면 임진왜란 후 여러 가지 사회적 여건 속에서 창출된 이승이라는 존재는 승려가 세속화된 사례에 속한다. 물론 이승 자체가 부정적인 형상은 아니지만 승려의 본분사와 무관한 일에 전념한다는 점에서 그렇다고 할 수 있다.


조순이 만난 이승

〈조순이 만난 이승〉은 이원익과 같은 사대부가 아니라 조순이라는 승려가 이승을 만난 전말에 대한 것이다. 같은 계층에 속하는, 그리고 그 본류인 승려에게 목도된 되었다는 점에서 이승의 출현은 비상한 사태임이 분명하다. 이는 이승의 존재가 사회적 분위기에 편승해 유자를 비롯한 일반인들 뿐 아니라 승려 사회에서도 하나의 문제적 현상으로 인정되고 있었음을 의미한다.

- 조순의 수행력
- 금강산에서 이승을 만남
- 이승의 내력
- 이승과 헤어짐
- 조순의 은둔

우선 목격자 조순(祖純)은 불경에 대해 아는 것이 많았다고 하였으니 나름대로 불도를 성취한 승려로 보인다. 이러한 조순이 이승을 목격했다고 하는 것은 그 사건에 신빙성을 더해 주는 역할을 한다. 그리고 여기서 이승을 확인하는 과정이 대단히 사실적, 경험적으로 서술되어 있다는 점에 주목할 필요가 있다.

> 잣이 잘게 부스러진 채 바위틈에 쌓여 있는데 무엇인가가 먹은 것 같았다. 문득 흙이 젖어 있는 곳이 보이고 거기에 사람 발자국이 새로 찍혀 있었다. 드디어 행방을 찾아가다 몇 리 못 가서 사람과 비슷한 어떤 것을 만나게 되었는데 온몸에 푸른 털이 한 자 남짓 길게 나 있었다.

잘게 부스러진 잣, 무엇인가 먹은 흔적, 흙이 젖어 있다는 것, 새로 찍힌 사람 발자국, 온몸에 푸른 털이 길게 자란 어떤 것 등 경험적, 사실적 현상에 따라 이승의 행방을 쫓고 결국 그를 발견하게 된다. 게다가 여기서 이승이라는 존재는 신선의 세계를 소개하거나 술법을 부리기보다 그 스스로 신선과 같은 존재로서 식별된다.

> 나는 본래 호남 사람으로 중이 되어 이 산에 들어왔는데 배고픔을 참지 못하여 잣을 먹고 허기를 채웠습니다. 처음에는 장이 깨끗해지고 살이 찌더니 나중에는 온몸에 푸른 털이 나서 옷을 입지 않고도 따뜻했습니다. 지금 이미 백 살이 넘었습니다.

잣으로 연명을 하였더니 온몸에 푸른 털이 나서 옷이 필요 없었다는 점, 백 살이 넘도록 장수하였다는 점에서 도교에서 말하는 양생술에 따라 육신의 한계를 벗어났다고 할 수 있다. 이는 그가 신선과 같은 존재가 되었음을 의미한다. 이튿날 그 행방이 묘연해져 찾을 수 없었던 점이 이러한 존재임을 확인시켜 준다. 그런데 조순 역시 이러한 이승을 목격만 한 것이 아니라 그 스스로도 이승과 같은, 즉 신선과 같은 삶을 산 것으로 보인다.

> 조순은 늘 금강산에 살다가 늙어서는 보개산으로 옮겨 갔다. 절의 번잡한 것이 싫어서 홀로 작은 흙집을 짓고 살았는데 후에 그가 어떻게 죽었는지 모른다.

번잡한 절이 싫어서 홀로 작은 흙집을 짓고 살았으며 후에 어떻게 죽었는지 모른다고 한 바와 같이 그 역시 이승처럼 세상과 떨어져서 산 것으로 볼 수 있다.

따라서 이 이야기에서는 신선과 같이 살다간 이승이 주요 소재지만 이를 목격하고 그러한 삶을 추구한, 조순이라는 중이 더 문제적 승상으로 부각된다. 더욱이 조순은 불경을 많이 안다고 했으니 나름대로 불도를 성취한 고덕에 속한다. 고덕은 불도를 이루고 이타행을 통해 이를 세상에 베풀어야 한다. 이러한 승려가 그 본분사를 제쳐두고 이승의 삶을 지향했다는 점에서 당시 불교의 폐쇄적인, 경향을 짐작할 수 있다.

요컨대 이 설화는 조순이라는 승려가 특이한 양생술을 이용해 신선과 같은 존재로 사는 이승을 목도한 후 자신도 그와 같은 삶을 살았다는 이야기다. 이를 통해 이승의 존재가 승려에게까지 목도되었을 뿐만 아니라 그 삶에도 큰 영향을 끼칠 만큼 파급적인 현상이었음을 알 수 있다.

한편 여기서 이승의 존재는 승려와는 전혀 무관한 면모를 띠고 있다. 그 자신의 소개로 전직 신분이 승려였음을 알 수 있을 뿐이다. 승려로서 산에서 연명하기 어려워 양생술을 이용하여 신선과 같은 존재가 된 것이다. 승려의 사회적 처지의 일면을 볼 수 있거니와 그 타개 방향이 선도(仙道)를 추구하는 쪽으로 나타남으로써 승려로서의 면모가 탈각되었다고 할 수 있다. 조순 역시 불경을 많이 안다고 했으나 이러한 이승을 목도하고 그와 같은 삶을 추구했다는 점에서 같은 맥락의 의미를 지닌다.

이렇게 보면 이들 이승과 조순은 선도 내지 양생술을 통해 육신의 한계를 벗는 삶을 지향함으로써 불도와 무관한 삶을 살았다고 할 수 있다. 물론 이들이 세속의 이익을 추구하거나 부정적인 면모로 불도를 위반한 것은 아니다. 이러한 승상은 당시 승려에게 그 본분사보다 기이한 술수를 기대하는 세속적 관심과 기대에서 창출된 것인 바 이러한 점에서 이승은 승상이 세속화된 사례에 속한다.


술사가 된 이하(李賀)

〈이승을 만나 술사가 된 중 이하〉[26]는 다음과 같다.

---

26) 이 이야기는 승려로 가장한 정희량 관련 설화 셋 중 이하라는 승려를 중심으로 한 두 번째 것임. 나머지는 불교적인 요소가 적어 생략함.

· 이하가 이승을 만나 섬김

· 이승이 떠나자 따라가서 제자가 됨

· 더 큰 술수를 청하자 이승이 떠남

· 이하가 환속하여 점술가로서 행세함

· 객사함

  - 이승이 정희량이라고 하는 말이 있음

이 이야기는 이하라는 승려가 젊을 때 기대하던 이승을 만나 점술을 배우게 된 것, 그리고 환속하여 점술가로서 행세하게 된 전말에 대한 것이다. 즉, 여기서는 승려가 우연히 이승을 만나는 것이 아니라 이승 만나기를 고대했다는 것, 그리고 이승으로부터 직접 배워 점술가로서 행세했다는 점이 소극적으로 이승의 삶을 추구한 조순 이야기와 다르다. 그만큼 이승이라는 존재가 승속을 불문하고 널리 퍼져 있고 그 삶을 적극적으로 추구했음을 알 수 있다. 조순 이야기가 양생술과 관련되어 있다면 여기서는 점술과 관련되어 있다는 점이 다르다.

여기 이승은 해진 승복을 입었지만 깨끗하고 기이한 면모의 노승으로 매일 한밤중에 밖에 나가 몸을 단정히 하고 북쪽을 향해 절한다고 하였다. 이로 볼 때 그는 도교에서 말하는 북두칠성을 숭배하는 것으로 보인다. 이 때문에 이하는 기대하던 이승으로 여겨 그를 성실히 섬기고 기이한 일에 대해 가르쳐 달라고 청하게 된 것이다. 이에 여러 우여곡절 끝에 마침내 이하가 배운 것은 점치는 일, 즉 점술이었다. "자네는 이 정도만 가지고도 일생 동안 살아가는 데 여유가 있을 것이네. 다른 것은 내가 알지 못하네."라는 노승의 말로 보건대 여기서 점술은 사람들의 운명을 점쳐 주고 그것으로 생계를 삼는 세속적인 수단이라고 할 수 있다. 그러니 이것만 있으면 살아가는 데 여유가 있을 것이라 한 것이다. 나중에 이하가 벼슬아치들 사이에서 행세할 수 있었던 것도 이러한 점술 때문이었다.

그런데 이하가 여기서 머물지 않고 그 이상의 '큰 술수' 배우기를 청한 것이 문제였다. 이에 이승이 가르치길 거절하고는 절을 떠나 종적을 알 수 없게 되었다 했으니, 이하의 위인이 그런 큰 술수를 배울 그릇이 못 되거나 그것에 빠지면 위험하게 될 것을 염려해서 그랬던 것으로 볼 수 있다.

문제는 이하가 이러한 점술 능력으로 자신이 죽을 때를 알았지만 그에 적절히 대처하지 못해 객사했다는 점이다. 즉, 죽을 때를 알아 집으로 돌아가려는 것을 주변에서 만류하는 바람에 앉은 자리에서 죽는 일이 발생한 것이다. 이는 다른 사람들의 운명을 예견하여 삶의 방향을 잡아 주는 데 능한 점술가로서도 자신의 운명에 대해서는 어쩔 수 없다는, 그 한계를 말한 것이다.

말미에 그 노승을 정희량(鄭希良)[27]으로 추정하는 사람이 있다는 것은 음양학에 조예가 깊은데다 갑자기 자취를 감춘, 정희량에 대한 관심이 이러한 이승에 대한 관심과 맞물려 있음을 시사한다.

요컨대 이 이야기는 승가 내의, 이승을 기대하고 기이한 술수를 추구하는 경향을 보여 주는 동시에 그러한 술수가 인간을 구원하는 데 한계가 있음을 시사한다고 할 수 있다. 그러면서 북두를 숭배하며 점술에 능하면서 승려의 본분사와 무관한 이승이라는 승상을 제시하여 승려의 세속화 양상을 보여주었다는 의미가 있다.

---

27) 정희량(鄭希良): 1469~?. 조선 중기의 문신. 자는 순부(淳夫)이며, 호는 허암(虛庵), 본관은 해주(海州)이다. 1498년 무오사화에 연루되었다가 1501년 유배에서 풀려나 모친상으로 거상하던 중 이듬해 자취를 감추었다. 평소 세속의 영달에는 관심이 없고 사물에 조예가 깊었으며 음양학에도 밝아 갑자사화가 일어날 것을 예언했다고 한다.

환술에 능한 중

〈중이 환술과 재주에 능하다는 것〉은 중이 환술로 원두한이의 참외를
빼앗아 배 안의 사람들에게 나누어 주었다는 이야기다.


　　·이 이야기를 듣게 된 전말
　　·중이 환술로 참외를 수확한 이야기
　　·승려가 환술에 능하다는 의미


그 과정에서 승려가 배 안에서 씨를 뿌려 참외를 수확하는 과정이 흥미
롭게 전개된다.


　　　지팡이로 배 안에서 밭을 갈았네. 밭을 다 갈고는 씨를 부렸고 씨를 뿌리고 나
　　자 가지가 자라났네. 가지가 자라더니 넝쿨이 뻗고 꽃이 피고 열매가 열려 커졌으
　　며 다 크자 익었다네. 그러더니 잠깐 사이에 배에 가득히 익어 늘어진 것이 참외
　　빛깔이며 감미로운 향이 코를 찔렀다네. 곧 넝쿨을 거두고 참외를 따서 배 안의
　　사람들에게 나누어주니 함께 배를 탄 사람들이 모두 갈증을 풀 수 있었다네.


　지팡이로 밭을 간 후 씨를 뿌리자 가지가 자라고 거기서 넝쿨이 뻗고
꽃이 피고 참외가 열려 익었으며 감미로운 향이 진하게 났다는 것이다. 그
리고 그것을 배 안의 사람들에게 나누어 주니 모두 시원하고 맛나게 먹었
다 하였다. 물론 승려가 배에서 내리고 보니 원두한이의 참외가 반이나 줄
어 있었다는 점에서 남의 참외를 빼앗은 결과가 되었는데 그 모든 과정이
감쪽같이 진행되었다는 것이 중요하다.
　여기서 중의 환술은 자기 자신의 이익을 위해 발휘되지 않았다. 배 안
의 사람들을 위한 것이었다. 하지만 결과적으로는 감쪽같이 남의 것을 강

탈한 꼴이 되었다. 그런데 이 이야기에서는 그 행위의 결과보다 환술에 의해 그것이 진행되는 과정에 초점이 맞추어져 있다. 즉, 중의 환술이 얼마나 기묘하고 감쪽같은가 하는 점을 부각시켰다고 할 수 있다. 더욱이 이 이야기는 찬자가 시의 서문에 있는, '중이 환술에 능하고 재주가 많다'는 대목의 의미를 물은 데 대한 답변으로 신관(申灌)이 들려 준 것이다. 그 때문에도 이 이야기에서는 중의 환술 자체가 다루어지고 그것에 대한 도덕적 가치 판단은 배제되어 있다고 할 수 있다.

따라서 이 이야기는 중의 환술의 진면목을 보여 준 것이자 그 대표적인 사례로 제시된 것이다. 그러면서 중이 오로지 환술에만 능한 것으로 보이게 하여 그것이 중의 본분사인 양 오해하게 한다는 점을 간과할 수 없다. 그리고 이러한 환술로 남의 것을 강탈할 수도 있다는 점에서 도덕적 문제의 여지를 남기기도 한다. 앞의 양생술, 점술이 육신의 한계를 벗어나게 한다거나, 남의 운명을 점쳐 주는 것으로 생계에 도움이 될 뿐 도덕적인 문제와 무관하다면 환술은 민폐를 끼치거나 위험한 일을 초래할 수도 있다는 점에서 도덕적인 문제를 안고 있는 것이다.

따라서 같은 이승이라도 그 기이한 능력 내지 술법의 성격과 정도에 있어 제각기 다름을 알 수 있고 그것이 자신과 일반에 끼치는 영향력도 다양함을 알 수 있다. 그렇더라도 환술에 능한 이승이라는 승상은 승려의 본분사보다 그 기이한 술법에 능한 이로만 보이게 한다는 점에서 세속화된 승상으로 볼 수 있다.


[전승 배경]

〈안경창(安慶昌)에게 술법을 가르친 늙은 이승〉

안경창은 송도의 천한 사람으로 호는 사내(四耐)인데 천성적으로 뜻이 크고 기개가 있어 아주 씩씩했다. 젊었을 때 중을 따라가 화장사에서 공부하는데 한 노승이 겨울에는 맨 이마에 맨발로 눈 위를 걸어 다니고 여름에는 누덕누덕 기운 옷을 입고 바위 위에 누워서 드르렁거리며 코를 골았다. 중들이 모두 공경하여 그를 신승이라고 했다. 경창도 마음으로 몹시 사모하여 아사리[28]가 되어 주기를 원하니 스님이 이를 허락했다.

경창이 스님을 좇아 배운 지 거의 반년이 되었을 때였다. 가만히 엿보았더니 스님은 밤마다 북두성에게 절을 하고 밤중이면 일어나서 입으로 줄줄 경전을 왼다. 그리고 먹는 것은 솔잎뿐이었다. 경창이 스님에게 청하기를,

"추위를 이기고 더위를 참는 방법을 듣고자 하나이다."

하니 스님이 말하기를,

"어찌 딴 방법이 있겠느냐? 오랫동안 솔잎을 먹으면 자연히 추위에도 춥지 않고 더위에도 덥지 않으며, 배고프고 목마른 것이 몸에 침노할 수 없을 것이다."

했다.

경창이 또 물었다.

"스님께서 외시는 것이 무슨 경입니까?"

하니 스님이,

"북두(北斗)이다."

라고 했다. 또 경창이 묻기를,

"다른 스님들도 많이들 솔잎을 먹는데 추위와 더위, 기갈을 참는다는 말을 듣지 못했습니다."

하니, 스님이 말하기를,

"솔잎 외에 소금이나 간장을 먹으면 정신을 하나로 모을 수가 없는 것이다."

하였다. 경창이 또 묻기를,

"어떻게 하면 정신을 모을 수가 있습니까?"

하니 스님이 말하기를,

"욕심이 없어야 한다."

고 했다.

경창이 그 법을 조금 전해 받아서 자못 네 가지 괴로움 즉, 추위·더위·배고픔·목마름을 참았기 때문에 사내를 자호로 삼았던 것이다.

---

28) 아사리(阿闍梨): 제자의 사범이 되어 지도하는 스님.

　　대개 스님은 실상 이승이었지만 경창도 보통 사람이 아니어서 겨울에 베옷을 입고 다리를 내놓고 다니며 또 얼음을 깨고 들어가 목욕을 했다. 얼굴은 붉은 칠을 한 것 같았는데 80여세에 죽었다.[29]

　이 이야기는 이승의 개념 및 존재 방식을 단적으로 보여준다는 의의가 있다. "대개 스님은 실상 이승이었지만 경창도 보통 사람이 아니어서 겨울에 베옷을 입고 다리를 내놓고 다니며 또 얼음을 깨고 들어가 목욕을 했다."고 한 바와 같이 이승이란 보통 사람이 아니라는 것, 선도로 육신의 한계를 벗어나 있다는 것이 이승의 존재 방식이자 개념이라고 할 수 있다.

　우선 여기 이승은 "겨울에는 맨 이마에 맨발로 눈 위를 걸어 다니고 여름에는 누덕누덕 기운 옷을 입고 바위 위에 누워서 드르렁거리며 코를 골았다." 하며 "밤마다 북두성에게 절을 하고 밤중이면 일어나서 입으로 줄줄 경전을 왼다. 그리고 먹는 것은 솔잎뿐이었다."고 하였다. 그 도에 의해 추위와 더위 및 배고픔으로부터 자유롭다는 것, 북두성을 숭배한다는 것, 경전을 줄줄 왼다는 것이 이승의 존재 방식이다. 이는 도교의 도사에 비견되는 형상으로 그가 절에 있다는 것을 빼면 승려로서의 본분사와 무관한 일을 행한다고 할 수 있다.

　이런 점에서 여기 이승은 잣으로 연명하여 생명의 한계를 극복한, 조순이 만난 이승과 같으며 북두를 숭배한다는 점에서는 이하가 만난 노승과 같다. 그리고 목격자인 안경창 역시 그와 같은 삶을 추구하고 실현하였다는 점에서는 조순, 이하와 같다.

　그리고 이 역시 절에 거하는 승려로 그의 기이한 행적에 대해 "중들이 모두 공경하여 그를 신승이라고 했다. 경창도 마음으로 몹시 사모"하였다는 점에서 이러한 행적을 추구하는 불가의 사정이 반영되었다고 할 수

---

29) 『송도기이』.

있다.

요컨대 이러한 이승에 대한 이야기가 당시에 사대부 주변에서 많이 전
승되었다는 것, 조선 중기 이후 이승에 대한 이야기가 만연되기 시작했으
며 그 유형은 신선의 세계를 추구하거나, 양생술, 점술, 환술에 능한 승려
에 대한 것임을 알 수 있다.

구비설화로는 〈중이 환술과 재주에 능하다는 것〉과 유사한 것으로 중이
참외를 순식간에 생산해 내고 인색한 참외 주인에게 악담을 한다는 이야
기가 있다. 앞의 이야기에서는 환술을 이용해 다른 사람들의 갈증을 풀어
주려고 했다는 점, 그 결과 인색한 참외 주인의 것을 강탈한 결과를 낳았
다. 하지만 여기서는 자신들의 허기를 채우기 위해 환술을 부리고 나서 참
외 주인에게 저주를 한 것이 다르다. 관련 대목만 제시하면 다음과 같다.

> 흙을 파서 재를 갖다 섞어서 참외를 게다 심는단 말여. 참외를 좀 심어서 따
> 먹구 봐야겠어 인저. 그 참외를 심었어. 아! 쪼금 있으닁게 튀겨올라 오더니만
> 아! 쪼금 있으닁게 순을 질러서 넝쿨이 쭉 쭉 쭉 쭉 뻗더니 참외가 주절 주절 잔
> 뜩 열더니, 아! 이것만큼 [손으로 큰 시늉을 하면서] 대번 커가지구서 그냥 익어
> 버린단 말여. 그래 둘이 앉아서 싫컨 따 먹어. …30)

그 외에는 풍수지리에 능한 승려 이야기가 많이 나오는데 이에 대해서
는 3대 야담집 부분에서 논하기로 한다.


## 1.2.2. 찬집 의식

이상 네 편의 이야기는 모두 찬자 유몽인의 삶과 관련되어 있다. 이원

---

30) 〈스님과 상좌의 행각〉(『대계』 4-2).

익은 찬자와 동시대의 인물이자 같은 사대부층일 뿐만 아니라 동일한 정치적 지형에 속하는 인물이다. 조순 관련 이야기의 공간적 배경은 찬자가 만년에 오랜 기간 은거했던, 금강산이다. 이하에 대한 이야기의 공간적 배경은 유몽인이 젊을 때 거하며 시부와 논책 500여 편을 저술한, 삼각산이다. 환술에 능한 승려 이야기는 찬자가 젊을 때 스승인 신관에게서 직접 들은 이야기다.

이렇게 보면 이들 이야기는 우선 찬자가 동시대 같은 사대부 계층에 속하는 인물로부터 직접 듣거나 유명 사대부의 경험담으로 찬자 주변에서 전승되는 이야기를 전해 들은 것이다. 따라서 거기에는 사대부들의 관심사가 반영되어 있다. 즉, 이원익이 만난 이승은 술법을 부리거나 신선의 세계를 보여 준 것뿐 아니라 이원익이 나중에 영의정에 오를 것을 예견한, 그 지인지감 때문에 사대부들 사이에서 전승되었을 것으로 보인다. 따라서 찬자는 같은 사대부로서 자기 주변에서 전승되는 이러한 이야기에 관심을 갖고 수록했을 것이다. 또한 이들 이야기는 찬자가 독서차 혹은 만년에 산사에 은거할 때 직접 들은 것으로 볼 수 있다. 특히, 찬자는 30세 무렵부터 20년간 여러 산을 돌아다니며 독서를 한 것으로 유명한데[31] 그 때 산사의 승려들로부터 이상과 같은 이야기를 많이 들었을 것으로 보인다. 무엇보다도 그가 만년에 벼슬을 접고 금강산에 은거할 때 그 지역 승려들과 교유가 많았음은 『어우집』에 수록되어 있는, 승려들과 증답한 시문을 통해서도 알 수 있다. 물론 찬자는 사승 관계, 독서 공간 등 젊을 때부터 불교와 친숙한 환경에서 자라 불교 내지 승려에 대해 우호적이었다. 하지만 만년에 금강산에 은거한 것이야말로 그가 불교에 대해 직접적인 관심을 갖게 된 계기였다고 할 수 있다. 이러한 점은 『어우집』에 수록되어 있는, 승려에게 준 대부분의 글이 금강산에 적을 둔 이들에 대한 것이라는

---

31) 이수봉, 「유몽인」, 『한국문학 작가론』 2, 집문당, 2000, 28면.

점에서도 알 수 있다.

이러한 시문에는 찬자가 직접 목격한, '잣으로 먹을 것을 삼는[粲栢]', '곡기를 물리치고 솔잎을 먹는[辟穀茹松]' 등 신이하고 기이한 행적을 보인 승려에 대한 묘사가 많이 보인다. 이는 위 4편의 이야기에 나타나는 이승의 면모와도 무관하지 않다. 이렇게 보면 찬자는 이들 이야기를 직접 경험하거나 금강산 승려들로부터 전해 들었을 가능성이 높다. 다음 글은 찬자가 이러한 이승의 면모를 직접 보기도 하고 그와 관련된 이야기를 전해 듣기도 했다는 점을 말해 준다.

> 내가 금강산에 거처하고 있을 때였다. 산중의 작은 암자에서 기이한 승려들을 많이 보았다. 솔과 잣을 먹고 오곡을 물리치기 수십 년에 이른 이들이었다. … 옛날 이 산중에 세 승려가 있었다. … 또 들으니 옛날에 이 산중에 남무대사(南無大師)란 분이 있었다. …32)

이를 보면 찬자는 금강산에 은거하고 있을 때 그 지역 암자에서 수도하며 기이한 행적을 보이는 승려들을 직접 접하거나 그 지역을 중심으로 전승되고 있는, 이승에 대한 이야기를 전해 들었음을 알 수 있다. 물론 이들 승려들은 앞의 4편의 이야기에서처럼 단지 이승이라고만 할 수 없다.

> 그 중에는 돈오견도(頓悟見道)했다고 일컬어지는 이들이 있어 나는 사실인지를 알아보았다. 그들은 대체로 글자를 몰랐고 경서 한 권 읽지 않았는데 같이 말을 나누어 보니 마음자리가 툭 트여 있었다. 나는 깜짝 놀랐다. '아마도 이 사람은 성불한 이다. 만약 선비였다면 필시 큰 벼슬아치가 되었을 것이다!'

---

32) "余處金剛山, 見山中小菴, 多異釋, 粲松柏, 辟五穀, 積數十年者 … '昔者, 此山中有三僧 … 又聞 '昔者此山中有南無大師者 …(『어우집』 후집 권3, 〈증건봉사승신은(贈乾鳳寺僧信誾)〉)

라고 한 바와 같이 이들 승려들은 벽곡하며 면벽 즉, 참선에 들었던 것으로 선승의 본분사에 충실했다고 할 수 있다. 하지만 경서 한 권 읽지 않았는데 도를 이루었다 해서 깊은 인상을 받았다고 했듯이 찬자는 이들의 수행 방식을 낯설게 느끼고 있다. 즉, 찬자는 이들 선승들의 구도 과정 중에서도 벽곡 등 특이한 수행 방식에 보다 관심을 가지고 있다는 것, 이러한 맥락에서 앞의, 이승에 대한 이야기들을 수록한 것으로 보인다.

요컨대 찬자는 선승들의 구도 과정을 목도하고 그것에 대해 어느 정도 이해하고 있지만 그 중에서 특히, 기이한 행적에 관심을 갖고 이승에 대한 이야기를 수록했다고 할 수 있다. 그러면서 오도에 집중되어 있는 본분사보다 그 기이한 참선 수행 방식을 강조함으로써 승려의 면모를 세속화하였다고 할 수 있다.


## 1.3. 요승

### 1.3.1. 사례

보우(普雨)

〈요승 보우의 종말〉은 널리 대중들의 신망을 받으며 호화롭게 불사를 펴는 보우(普雨)[33]의 삶과 종말을 다루되 그와 정반대의 행적을 보인 일선(一禪)[34]과 대비해 그 삶의 의미에 대해 이야기한 것이다.

---

33) 보우(普雨): 1515~1565. 조선 중기의 고승. 호는 허응(虛應) 또는 나암(懶庵), 법명은 보우. 금강산 마하연암으로 출가하여 수련을 쌓고 학문을 닦았다. 1548년 문정대비의 부름을 받고 봉은사 주지가 됨. 1550년 선교양종을, 1551년에는 도첩제도를, 1552년에는 승과를 부활시켰다. 1565년 문정대비가 죽자 유생들의 잇따른 상소에 승직을 박탈당하고, 1565년에 귀양 가서 제주목사 변협(邊協)에 의해 시해되었다. 억불정책 속에서 불교를 중흥시킨 순교승으로 평가받고 있다.

· 보우의 면모

· 봉선사 · 봉은사 무차대회 일화

· 보우의 일선 초빙 시도

· 일선의 거절

· 보우의 종말

· 일선의 면모


　우선 보우는 여러 불경에도 밝고 시와, 서예, 작문 등 문사들의 기예에
도 능해 여러 지역의 신도들과 중들로부터 신망 내지 존숭을 크게 받았다
고 하였다. 이러한 존숭과 신망의 구체적 사례가 바로 봉선사(奉先奉)와
봉은사(奉恩寺)에서의 무차대회(無遮大會)이다. "수백 석의 쌀로 밥을 해서
중들을 먹이니 사방의 중들이 구름처럼 모여들었다. 보우는 비단으로 지
은 화려한 가사를 입었는데 수많은 중들이 부축하고 받들어 그를 맨 윗자
리에 앉혔다."고 한 바와 같이 큰 재물을 들여 불사를 열었으며 거기서 보
우는 화려한 가사를 입고 수많은 중들의 부축을 받으며 상석에 앉은 것이
다. 무차대회 자체도 화려했고 보우의 행색도 호화로웠고 불가 내에서의
위상도 지극히 높았던 것이다.

　이 때 남루한 노승이 나타났는데 "핏기 없는 안색으로 겨우 지팡이에
몸을 의지하고 말석에 가 앉"았다고 했으니 보우의 행색, 위상과 정반대
의 면모를 띠는 인물이었다. 그런데 보우가 이를 보고 달려가 엎드려 절하
였다 하였다. 그뿐 아니라 보우는 "얼굴을 땅에 붙인 채 감히 올려다보지

---

34) 일선(一禪): 1488~1568. 조선 중기 승려. 휘는 일선, 호는 휴옹(休翁) · 선화자(禪
　　和子) · 경성당(慶聖堂). 유정(惟政) · 언기(彦機) · 태능(太能)과 함께 휴정의 4대
　　제자의 한 사람으로 정관파의 창시자이다. 말년에 휴정의 강석(講席)에 참학(參
　　學)하여 그의 심인(心印)을 전수받았다. 임진왜란 당시 철저한 수도승으로서 전
　　쟁에 직접 참여하지 않았으나 경전과 승단을 관리하였다.

도 못하였"고, 눈물을 흘릴 뿐 아니라 "엎드린 채 기면서 오래도록 일어서지 못했다." 나중에 보우는 이 노승이 지행(智行)이라고 하였다.

이렇게 보면 보우는 승려의 본분에 어긋나게 세속적인 가치 즉, 물질적으로 호화롭게 불사를 일으키고 자신 또한 그러한 세속의 가치에 빠져 사치를 누리고 있었다고 할 수 있다. 이에 지행이라는 노승이 이를 경고하기 위해서 방문한 것으로 보인다. 노승이 지팡이로 보우를 가리키며 "아! 네가 이 지경이 될 줄은 몰랐다."고 하며 가버렸다고 하는 것은 보우의 행태에 대해서는 멀리 들어서 알고 있었지만 직접 확인해 보니 그 이상이라는 의미일 것이다. 여기서 지행은 보우와 특별한 관계 즉, 스승으로 여겨진다. 보우가 그를 보고 달려가 엎드려 절했다는 점에서 알 수 있다. 그리고 노승이 떠난 후 좋지 않은 기분으로 며칠을 보냈다고 했으니 이러한 노승의 경고로부터 자신의 행위에 대해 일말의 회환을 느낀 것으로 보인다.

그런데 보우는 이러한 노승의 경고를 받고도 자신의 행태를 완전히 고치지 않은 것으로 보인다. 이후 보우는 후한 예물을 마련해 고승 일선을 모셔오라고 했기 때문이다. 물론 일선은 보우의 행태를 꼬집는 시를 던져주고는 거절했다고 하였다.

마지막으로 보우는 "뒤에 일이 잘못되자" 숨어 다니며 끝내는 제주도로 귀양 가서 장살되었다고 하였다. 이와 대조적으로 일선은 종신토록 묘향산에서 수행하며 의자에서 내려오는 일이 없어 제 아무리 높은 관원이 와도 마중 나오지 않았다 하였다. 이러한 점은 당시 권세가인 귀족 이량(李樑)이 묘향산에 놀러 가서 일선을 공경하는 뜻으로 명주옷을 벗어 입혀 주고 산을 내려가자 그것을 벗어 아랫사람에게 주면서, "어찌 이것을 입고 죽겠는가?"라고 하였다는 데서 단적으로 나타난다. 이는 보우와 일선의 행색이 대비되는 것은 표면적인 것이 아니라 바로 권력층과의 관계에 따른 것이라는 점을 암시하는 것이다.

요컨대 이 이야기는 보우의 화려한 행색이 당시 세속적인 권력의 힘에 의한 것이라는 점, 따라서 그의 종말도 그러한 권력의 향방에 따라 참혹했다는 점을 일선의 행적과 대비하여 보여 주었다고 할 수 있다. 그러면서 승려가 본분사를 잊고 세속적인 가치에 침몰하면 승단의 운명 뿐 아니라 자신의 한 몸도 지킬 수 없을 만큼 위험한 지경에 처한다는 점을 시사한다고 할 수 있다.

그런데 당시 보우는 조선 초기 이래의 억불 정책에 의해 멸종되어 가던 불교를 재흥시킨, 주역이다.[35] 물론 이는 문정왕후(文定王后)의 정치적 활동에 크게 의존한 것이었지만 왕실의 지원을 받아 한 때 불교를 크게 일으킨 장본인인 것이다. 선교(禪敎) 양종이 다시 서고, 도첩제, 승과제가 다시 시행 되는 등 그의 업적은 적은 것이 아니다. 한편 보우는 구족계를 받고 출가하여 10여 년간 금강산에서 수행하면서 고승으로서의 행적을 보였다. 그리고 당시 지엄(智嚴)·조우(祖遇)-영관(靈觀)·일선-휴정으로 법맥이 이어지는 가운데 조우와 일선으로부터 가르침을 받았다. 따라서 이야기에서 보이듯이 보우가 화려한 불사를 일으키고 호화로운 행색을 한 것은 이러한 불교 재흥 당시의 한 면모이고 그만큼 불교 재흥에 대한 열의가 사부대중에게 크게 일어난 것을 상징적으로 보여주는 것이다. 이에 대해 그 호화로운 면모만을 부각시킨 것은 사태를 왜곡한 것이다. 그리고 일이 잘못되었다는 것은 문정왕후가 죽자 이러한 불교 재흥에 대한 문사들의 상소가 빗발쳤으며 그 주역으로 보우가 지목된 상황을 말한다. 역시 그가 제주도에 귀양 가서 장살된 것도 불교에서는 순교로 볼만 한 것이다.

따라서 이러한 보우의, 일시적인 화려한 면모를 부각시키고 이 때문에

---

35) 이에 대해서는 황인규, 「조선전기 대표적 순교승 나암보우」, 『고려말·조선전기 불교계와 고승 연구』, 혜안, 2005 참조.

그가 죽음을 당했다고 하는 것은 고승으로서의 그의 면모를 부정하고 서두에 '요사스럽다'고 한 바와 같이 요승으로 전락시킨, 사대부 문사들의 의식을 가감 없이 수용했다고 할 수 있다. 따라서 보우의 경우 그의 고승으로서 일대기 전체가 무시되고 한 때의 화려한 행적만 회자되었다는 점에서, 그리고 그 때문에 죽음을 당했다고 하는 점에서 세속적인 시각에 의해 승상이 변질되었다고 할 수 있다.

[전승 배경]

『삼국유사』〈경흥우성(憬興遇聖)〉에 경흥이 지나치게 화려한 차림새로 행세하는 것을 초라한 거사로 분장한 문수보살이 깨우쳤다는 이야기가 전한다. 또 같은 책 〈진신수공(眞身受供)〉에 효소왕(孝昭王)이 외양이 누추한 것만 보고 진신석가를 몰라보아 낭패를 본 이야기가 전한다. 그리고 이어 『지론(智論)』 제4에 나오는, 삼장법사(三藏法師)의 이야기가 수록되어 있다. 이 역시 옷차림이 누추하다는 이유로 절에 들어서지 못하자 삼장법사가 좋은 옷을 빌려 입고 절에 들어서서는 좋은 음식을 받으면 먼저 그 옷에다 주어 좌중의 사람들을 부끄럽게 했다는 이야기다.

이들 이야기는 불가 내에서조차 외양만 보고 사람을 평가한다는 것, 그 결과 신불을 몰라보아 낭패를 당하다가 그로부터 깨우침을 받는다는 것이 핵심적인 내용이다. 보우의 남루한 노승이 그 외양 때문에 말석에 앉게 되었다는 것, 그를 알아본 보우가 깨우치게 되었다는 점에서 보우의 이야기는 이들 이야기의 연장선상에 있다고 할 수 있다.

## 1.3.2. 찬집 의식

보우는 출가 후 10여 년간 금강산에서 수행하면서 고승으로서 행적을 보인다. 특히, 금강산 오현봉 꼭대기에 있는 이암굴(利巖窟)을 비롯해 표훈사(表訓寺), 정양사(正陽寺) 등 20여 곳에 유력하였다 한다. 따라서 금강산 일대에 보우의 수행 행적에 대한 이야기가 많이 전승되고 있었을 것이다. 앞에서도 말했듯이, 이러한 금강산이라는 공간적 배경에 의해 유몽인이 보우의 이야기를 수록한 것으로 보인다.

다만 수록된 이야기의 경우, 금강산에서의 수행 행적이 아니라 보우의 활동이 가장 절정에 이른, 그래서 특히나 문사들의 표적이 되었던 봉은사 무차대회를 다루었다는 점에 주목할 필요가 있다. 보우는 10여년 간의 수행 생활 이후 잠시 하산하였다가 1538년 무렵 불교교단에 대한 탄압시책이 강화되자 다시 금강신에 입산하며 불교의 운수가 쇠박함이 지금보다 더한 때가 없었다고 하면서 피눈물을 흘린 바가 있다. 그 후 불교계의 부흥이라는 큰 뜻을 품고 하산하여 1548년 16년간의 선교양종 시대를 연 장본인이다. 그의 업적은 이 외 도승제 및 승과 실시 등을 더 들 수 있는데 보우는 무종단의 침체된 불교교단을 다시 세우고 16년 동안 많은 사찰들을 보호하고 5,000 승려와 수백 명의 승과 출신 고승들을 배출하여 휴정과 유정 등이 조선 불교의 명맥을 잇는 데 크게 이바지한 것을 부인할 수 없다.[36]

이러한 활동에 의해 불교계가 중흥되는 기색이 역력할 때 보우는 유생들의 집중적인 공격을 받아야 했다. 특히, 1565년 4월 5일 회암사를 중건하고 낙성식 겸 무차대회를 설한 것은 이 이야기의 소재이기도 하지만 그

---

36) 이상 보우의 생애와 행적에 대해서는 황인규, 「조선전기 대표적 순교승 나암보우」, 앞의 책 참조.

러한 공격을 한층 강화하는 계기가 되었다. 이에 대해 "보우가 마음대로 떠벌려 크게 성하니, 사월 초파일에 회암사에서 무차대회를 행하려 할 때 그 비용이 국고를 거의 비게 하고 8도의 승려와 백성들이 분주히 몰려들었다."[37)]고 한 것이 그 실례다.

물론 이전에도 보우는 유생들의 비판을 받은 바 있다.

> 특진관 강현(姜顯)이 아뢰었다. ' … 중 보우(普雨)는 불측하고 간사한 사람으로 경문(經文)을 약간 해독하고 있으며 문사(文士)[정만종(鄭萬鍾)]와 교유하면서 부처라고 자칭하고 있는데, 어리석은 백성들만 혹신(惑信)하는 것이 아니라 정만종이 함경감사로 있을 적에 또한 보우에게 현혹되어 늘 관사(官舍)에다 두고서 떠받드는 일에 있어 하지 않은 짓이 없었다고 하니 …'[38)]

그런데 대규모의 봉은사 무차대회 이후 이러한 비판은 절정에 달했으니 그만큼 보우를 중심으로 불교가 재흥되는 것에 대한 경계의 성격이 짙은 것이었다. 따라서 그 무차대회의 성격과 의의보다 그것의 호화로움, 사부대중의 크나큰 신망에 초점을 맞추어 보우를 부정적으로 보는, 이러한 이야기가 사대부들 사이에서 보편적으로 전승되었을 것으로 본다. 더욱이 그해 4월 6일 문정왕후가 승하함을 계기로 보우는 25일 직첩을 박탈당하고 서울사찰 출입을 금지당할 뿐만 아니라 유생들의 빗발치는 상소로 6월 25일 제주로 귀양 가서 순교를 당하게 된다. 불교 재흥을 위한 그의 활동을 지원해 주던 문정왕후의 승하에 의해 보우는 고승에서 요승으로 전락한 것이다.

당시 봉은사는 불교 재흥의 메카요, 교세의 상징적인 존재이다. 이러한 봉은사에서 무차대회를 대규모로 열었다는 것은 그간 불교를 멸종시키려

---

37) 『태천일기(苔泉日記)』; 『고사촬요(故事撮要)』; 『연려실기술』 권11.
38) 『명종실록』 6년 2월 12일조.

노력해 온 사대부에게는 위협적인 사태이다. 따라서 봉은사 무차대회를 기점으로 보우가 유생들의 빗발치는 상소를 받고, 문정왕후가 죽자마자 순교하게 된 것은 필연적인 귀결이다. 이렇게 보면 호화로운 무차대회와 역시 화려한 행색을 한 보우, 그리고 순교하기까지의 과정은 이상의 사대부들의 의식이 크게 반영된 결과로 보인다. 따라서 유몽인이 비록 대표적인 호불적 인사라 하더라도, 그리고 금강산에서 은거할 때 고승으로서 보우의 행적에 대해 익히 들은 바가 있더라도 자기 계층에 위협적인 이러한 보우의 행적에 대해 안일하게 대처하기는 힘들었을 것이다.

요컨대 이야기에서 보우의 형상은 당시 불교 재흥에 대한 사대부들의 위기감이 반영된 것이고 같은 사대부 계층으로서 유몽인 역시 이러한 시각에서 요승으로서의 보우에 대한 이야기를 향유하고 전승했을 것으로 본다.


## 1.4. 파계승

### 1.4.1. 사례

· 미망인이 중과 사통함
· 무사가 활로 중을 살해함
· 미망인이 자결하고 정절문이 세워짐[39]

· 호불자 태허의 처가 중과 사통함
· 중이 태허를 공격함
· 개가 중을 물어 죽임

---

39) 〈선비집 과부와 사통한 중〉.

· 태허가 개를 데리고 가출함[40]

이들 이야기는 중의 일방적인 강간이 아니라 중이 일반 부녀자와 사통한 것이 문제된다. 따라서 이들의 의미는 구비문학의 경우처럼 성을 중심으로 한 승속 간의 파탈 정도로 이해될 수도 있다. 지속적인 불교의 전략 속에서도 승려의 권위를 묵인하던 풍조 속에서, 그 지나치게 경직된 권위를 벗기고자 한 민간의 욕구가 반영되었다는 것이다. 이는 작중 상황을 지켜보면서 그것을 '놀이'로, 승속간의 파탈로 그린 화자의 시선과 무관하지 않을 것이다.[41]

하지만 이들 자료에선 사통이 그런 승속 간의 파탈로 다루어져 있지 않다. 작중 상황을 지켜보는 무사의 시선은 냉엄할 뿐 그러한 해괴망측한 꼴을 용납할 여지가 조금도 없는 것이다. 구운 고기를 안주 삼아 술잔을 들이키고 여자와 성관계를 맺는 중의 모습은 무사의 분노를 격발시키는 '사건'인 것이다. 결말 부분에서 중이 죽임을 당한다는 점에서도 여기에서의 사통은 강간과 같은 차원의 범죄 행위로 다루어졌음을 알 수 있다.

게다가 전통적으로 사통은 남자 쪽에만 죄가 있는 것이 아닐 뿐더러 오히려 여성 쪽에 더 책임이 있는 것으로 받아들여졌다. 곽태허의 처가 간통했다는 죄로 친정 식구들에게 매 맞아 죽은 것도 이 때문이다. 하지만 이외 이야기에서는 남성 쪽이 문제가 되는데 이는 그가 중이기 때문이다.

앞 자료의 경우, 무사는 죽은 친구의 집에 묵으면서 고인의 부인과 중이 사통하는 것을 목격하고 그 중을 죽인다. 부정의 당사자가 중이었기 때문에 단번에 죽였다고 할 수 있다. 뒤의 자료에선 곽태허가 출타한 사이에

---

40) 〈향교 생도의 처와 사통한 중〉. 『동야휘집』에도 같은 이야기가 나오는데 개의 의로움에 대한 삽화가 더 들어 있다.
41) 이창식, 「조선후기 구비문학의 불교적 성격-파계승 화소를 중심으로」, 『대전어문학』 11, 대전대국어국문학회, 1994, 78~79면.

그 처가 중과 사통한 사건이 일어나고 그 중이 처벌된다는 이야기다. 요컨대 종교인으로서, 사회의 천민으로서, 양가집 부녀자와 사통했다는 데 문제가 있는 것이다. 중의 행위이기 때문에 여기에서의 사통은 강간과 같은 의미로 받아들여졌음을 알 수 있다. 이는 조선 전기나 구비설화에서 민간인과 사통한 것 때문에 낭패를 당한다는 것에서 죄목이 한 층 강화되었다는 의의가 있다.

[전승 배경]

구전설화에는 이와 유사한 설화가 세 편42) 있는데 대체로 승려가 일반 부녀자와 사통하다 크게 낭패를 당한 사건을 다룬 것이다. 하지만 전반적으로 해학적인 분위기이며 승려가 이 일로 해를 입지는 않는다. 이 중 한 작품의 일부를 소개하면 다음과 같다.

> 대사가 부인 배를 떡 어루만점서,
> "여근 어딘고?"
> "금야(今夜)에 대사가 탈 독선(獨船)이올시다."
> 독배, 혼자탈 배라고. 대사가 생각해볼 때 그예 더 재미있을 수가 없어. 근디, 이 놈은 말캉 밑에서 들은개 분기등천혀. 대사란 놈이 자그 부인을 데리고 희롱을 허니, 담박에 칼이라고 갖고가 찔러죽일 용기가 나는디, 다 참고 끝까지 보려니허고, 꿀떡꿀떡 참고 있는디. 나중이는 대사가 거그를 손대며,
> "여그는 어딘고?"
> 헌개,
> "꽃섬이랍니다."
> "거 어쩌서 꽃섬인고?"
> "대사가 독선을 타고 꽃섬을 찾어가는 딥니다."

---

42) 〈바람피우다가 뒤주에 갇힌 주지스님〉·〈미인 탐내다가 궤 속에 들어간 스님〉(『대계』 5-3), 〈첫날밤에 반다지 속에 들어 있는 중놈〉(6-2).

…

보름만에 온다고 하더니 어쩐 일이냐고 헌개. 안한듯기 하고 자그 남편하고,
본 남편하고 얘기를 하는디,

"들어 볼란가?"

"예."

"아, 친구네 집에 찾어갔더니."

"그래서요?"

"매 한마리를 주데."

"그래서요?"

"아, 그 매를 가지고 술 받으매, 돈은 읍고, 꿩이나 잡어먹으까 하고 애를 날
쳐(날려)놨더니 이 놈의 것이 생매(길들이지 않은 매)던가 꿩장끼보다 홰ー액 날
라 갔네, 그려. 점드락 그 놈 따라갔드니, 어드만치나 갔나 했더니 결국은 그 놈
이 복바우 가서 앉대 그려."

"아, 그렸어요."

대답이 밑으로 까라져(가라앉아), [일동 : 웃음]

"아, 거그서 죄우(겨우) 날라가더니 작것이 독선을 타버리데."

'아, 이게 당췌 어쩐 일인고?' 여자 혼자 생각하니. [일동 : 웃음]

"그랬어라우?"

"아, 결국이는 이 눔이 어디로 가버렸냐, 꽃섬으로 들어가 버렸어."

자그 헌 얘기가 다 나와버리거든.

…

하고는 그 자리서는 못살게 생이고, 주지 그놈이 또 올 것이고 그러인개, 집이
고 뭣이고 다 버리고 돈 그놈 짊어지고 마누래 데리고 저 경상도 어디 넓은 들
판 가서 살었다누만. 땅을 몇 섬 지기 장만해갖구 산다고 하더란개. 지금도 산다
고 혀.[청중 : 지금도? (웃음)]43)


이를 보면 파계승 이야기는 이러한 민간의 전승을 수용하되 중의 사통
에 도덕적 기준을 좀 더 엄밀히 적용했다고 할 수 있다.

___________

43) 〈바람피우다가 뒤주에 갇힌 주지스님〉.

## 1.4.2. 찬집 의식

뒤에 이어지는 완승의 경우와 중복되는 내용이 많으므로 그 쪽에서 다루기로 한다.


## 1.5. 완승

완승(頑僧)은 완악한 즉, 사납고 불량한 성질의 승려를 지칭하는데 이들의 공통점은 출중한 완력을 지니고 있고, 그것을 그릇 사용하고, 그 때문에 단죄를 받는다는 것이다. 따라서 '여력(膂力)' 즉, 육체적으로 억누르는 힘이 세고 '영한(獰悍)' 즉, 흉악하고 사나운 승려가 주변 사람들을 위협하는 경우 모두 완승의 범주에 넣을 수 있다. 『천예록』의 〈태인로적사영승(泰仁路鏑射獰僧)〉에선 선비 일행을 무참히 구타한 승려를 '영승(獰僧)'이라 했는데 이는 흉악한 측면을 강조한 것으로 의미상 완승과 크게 다르지 않다. 영승이든 완승이든 기본적으로 완력을 갖추고 있기 때문이다.

완승의 위협 대상은 문인이나 무인에서 부녀자까지 다양한데 특히, 부녀자를 희롱하는 승려가 문제적이다. 이 경우 완승은 가장 악한 승상으로 신분만 승려이지 본질적으론 불도와 전혀 무관하다. 이들은 후안무치의 범죄인으로 대개 현장을 목격한 무인이나 유생에 의해 즉각 죽임을 당하게 된다. 전기 문헌설화에서 성욕에 눈먼 승려를 어린 상좌가 골탕 먹임으로써 승려의 탐욕을 풍자하고 경계하는 것과는 차원이 다른 것이다. 또한 전기 문헌설화나 구비설화의 경우 승려가 민간 부녀자와 성관계를 맺는데 이는 승려의 파계, 혹은 성속 간의 사통 등의 의미가 있다. 이들 파계, 사통과 완승의 강간은 다른 것이다. 파계, 사통이 여승 혹은, 민간의 부녀자를 대상으로 합의하에 이루어진 것이라면 완승의 강간은 특히, 양반 부녀자를 대상으로 강제적으로 행해졌다는 점에서 의미의 차원이 다르기 때문이다.

### 1.5.1. 사례

힘센 중

· 호남 일대의 씨름판이 어떤 중의 독무대로 끝남
· 길에서 나약한 젊은 유생이 중을 부르자 응대하지 않음
· 유생이 화를 내며 협박하자 중이 돌진함
· 유생이 중을 폭행하고 풀어주자 중이 도망감[44]

· 굴암사의 중이 힘자랑을 함
· 나그네에게 씨름을 청하나 거절당함
· 떠나가는 나그네를 조롱해 화를 돋음
· 나그네가 중을 내동이쳐 두세 달 후에 죽게 됨[45]

이들 자료에서 승려는 대개 '여력절륜(膂力絕倫)' 즉, 완력이 출중해서 그 힘으로 주변 사람들을 압도하고 위협하는 것으로 나타난다. 첫 번째 이야기의 경우 중은 힘이 뛰어나서 도내 씨름판을 독점하고, 두 번째 이야기의 중 역시 씨름을 매우 잘 하고 그에 대해 대단한 자부심을 갖고 있다.

승려가 힘이 세다는 것은, 혹은 힘만 세다는 것은 범상한 일이 아니다.

---

44) 〈나약한 유생에게 당한 힘센 중〉.
45) 〈힘자랑하다 죽은 굴암사 중〉.

고승담에서와 같이 불도를 이루기 위해 수행에 힘쓴다든지, 신앙적인 영험을 보인다든지, 세간에 자비를 베푼다든지 하는, 불승으로서의 통상적인 이미지와 너무 멀기 때문이다. 이는 승려에 대한 세간의 기대가, 혹은 당시 승려의 처지가 어떠했는가를 단적으로 알려준다.

완승의 형상은 힘이 세다는 것에만 있지 않고 그것을 믿고 교만한 행태를 보이는 것으로도 나타난다. 두 번째 이야기에서 승려는 절에 든 객에게 끈질기고도 거만하게 결투를 청해 결국 낭패해 죽고 만다. 힘센 자보다 더 힘센 이가 있다는 것으로도 볼 수 있지만 승려가 교만하다는 것이 문제다. 무력과 마찬가지로 교만함 역시 승려의 면모로는 어울리지 않기 때문이다. 두 번째 이야기의 경우 이러한 거만한, 호전적인 승려로 인해 싸움이 시작되었기 때문에 그의 죽음은 당연한 것으로 여겨질 만하다. 하지만 대개는 유생이나 무인 쪽에서 시비가 비롯된다는 점에서 의미가 다르다.

첫 번째 이야기의 경우, 중은 그냥 갈 길을 가고 있는데 젊은 유생이 먼저 시비를 건다. 물론 당시 승려의 처지로 보아 선비가 오라면 가고 그것을 거부할 경우 동자에게 귀를 잡혀 끌려 갈 수도 있는 것이다. 그런데 여기에서의 중은 선비를 업신여겨 응대하지 않고 갔다고 해서 싸움이 시작되었다. 승려는 지나가다가도 선비가 오라면 가고 오라고 하지 않아도 가서 인사를 해야 하는데 그렇게 하지 않아 시비가 붙은 것이다. 싸움의 발단은 승려의 무력이 아니라 그 교만함, 특히 처지에 대한 분별없이 상대방에게 굽히지 않은 태도에서 기인한 것이다. 하지만 '중아, 이리 오너라.' 혹은 '중아, 네가 감히 오지 않는다면, 동자를 시켜 귀를 끌고 오게 하겠다.'와 같은 유생의 말투를 보건대 이미 유생 쪽에서 중을 업신여긴 것이고 중은 그러한 무례한 태도에 불응하고 분개한 것이다.

당시 사회에서 중을 업신여기는 것이 당연시되었다면 그러한 태도가 유생 개인의 문제만은 아니다. 따라서 중의 방자한 태도는 당시 승려의 처우에 대한 저항이고 그것이 유생에게는 혹은, 유생과 같은 부류의 사회 계층에게는 교만함으로 여겨진 것이 아닌가 한다. 따라서 여기에서 중의 교만함은 특정 승려의 불량한 성격에 한정되는 것이 아니라 당시 승려에 대한 사회적 통념, 내지 승려의 사회적 처지와 관련되는 것이다.

싸움의 결과 완승은 무참히 죽임을 당하게 되는데 문제는 상대방이 삼척동자만을 대동한 '비쩍 마르고 나약해' 보이는 젊은 유생(첫 번째 이야기)인 것이다. 씨름판을 독점할 만큼 힘이 센 중과 대조적인 형상이다. 특히 중은 이들과 대적하기 전에 그 특유의 괴력으로 시비를 거는 동자를 무참히 구타했는데 유독 이들 나약한 유생들에게만은 힘을 쓰지 못하는 것으로 나타난다.

이런 이야기가 처음 실린 『어우야담』은 조선 후기의 첫 길목에서 편찬된 것이다. 임진왜란의 후유증으로 사회적 혼란 특히, 신분제의 기틀이 흔들리기 시작한 때로 힘센 중, 나약한 선비의 형상은 이러한 시대상을 반영한 것이라 할 수 있다. 하지만 신분제의 변화가 불교의 몰락과 함께 천민중의 천민으로 전락한 승려에게는 비켜간 것이 아닌가 한다. 혹은 조선 전기 이래 억불 정책의 지속에 따라 승려는 다시 일어설 수 없을 만큼 그 처지가 낮았음을 말하는 듯하다. 따라서 힘센 중이 나약한 유생에게 당한다는 이야기는 가장 힘 없는 유생보다 못한, 당시 승려 내지 불교의 처지가 반영된 것이다. 한편 나약한 유생의 경우 유독 승려만 대적할 수 있을 정도로 무력해진 당시 사대부층의 현실이 반영된 것으로 보인다. 임진왜란의 과정과 사후 대책에 있어 문제의 핵심을 비켜간, 당시 위정자들의 그릇된 현실 대응 방식이 이러한 형상을 가능하게 했다는 것이다.

요컨대 힘 있는 중과 나약한 유생의 대결, 그리고 그 결과는 특정 승려와 유생의 문제가 아니라 당시 불교의 처지를 비롯한 사회적인 정황 내지 그에 대한 향유층의 시선과 관련된 것이다. 힘을 소유한 승려를 완승이라

하고 교만하다고 한 것은 이러한 이야기를 유독 전승하고 있는 문헌설화
향유층 즉, 사대부의 시선에 의한 것일 수 있다.


　　부녀자를 범한 중

　　　·중이 관리의 부인을 사모함
　　　·중이 부인을 희롱함
　　　·전덕홍이 중을 죽임
　　　·전덕홍의 면모[46]

　　　·선비가 중과 친하게 지냄
　　　·중이 승지 부인을 죽인 내막을 들려줌
　　　·선비가 중을 죽임
　　　·선비의 행위에 대한 평[47]


　이들 이야기에선 힘센 중이 그 완력을 부녀자 희롱과 강간이라는 패륜
행위에 사용한다. 이는 앞서의 힘센 중에 대한 이야기보다 많이 전하고『
어우야담』을 비롯해 그보다 후대에 편찬된『계서야담』,『기문총화』,『청구
야담』,『동야휘집』 등에 수록되어 있다. 더욱이 이들 이야기는 내용상 다
소 변모된 채로 여러 문헌에 유전함으로써 조선 후기 문헌 소재 승려 이
야기 중 전승이 활발한 유형임을 알 수 있다.
　첫 번째 이야기의 경우, 완승의 행위는 희롱의 정도를 넘어 강간할 지경
에 이른 것이다. 이 역시 전덕홍의 무용에 대한 것으로 원래 겁이 많은 그가
부녀자를 희롱하는, 힘센 중만큼은 이길 수 있고 죽일 수도 있다는 얘기다.

───────────────────

46) 〈관리의 부인을 희롱한 중〉.
47) 〈승지의 부인을 범한 중〉.

두 번째 이야기는 친한 중이 과거에 승지 부인을 겁탈해서 자결하게 만든 일로 하여 서생이 중을 죽인 이야기다. 목숨보다 중히 여긴 절개를 짓밟았으니 한 여성의 목숨을 앗은 것이다. 서생의 입장에서 보면 평소 친하게 지냈고, 또한 그 중이 과거의 죄를 씻기 위해 매일 승지 부인의 영가를 청했다고 하지만 그러한 것이 양반 부녀를 강간한 죄를 당할 수는 없는 것이다. 이 이야기는 중이 속인이었을 때 부인을 겁탈했다는 것에서 중의 신분으로 그런 짓을 범했다는 것으로 내용이 변하였다. 후대로 갈 수록 중의 패륜을 강조하는 방향으로 전승된 것이다. 요컨대 이 이야기는 승려가 양가집 부녀자를 강간한 것으로 승속의 차원을 넘어 범죄행위를 다룬 것이다.

[전승 배경]

구비설화로 〈힘이 센 중이 행악하다가〉[48)]는 힘 자랑하는 완승을 다룬 것이고 〈박문수의 멋진 판결 두 가지〉, 〈스스로 무덤 판 중〉 1, 2[49)] 등은 중의 강간을 다룬 것이다. 이 중 첫 번째 이야기와 마지막 이야기를 소개한다.

연천군(漣川郡) 백학면(百鶴面) 통구리(通口里)에 사곡(寺谷)이라고 하는 산골이 있다. 여기는 지금은 아무것도 없지마는 옛날에는 큰 절이 있었다고 한다. 그때 이 절에는 힘이 아조 센 자사중이 있었다. 이 중은 자기 힘만 믿고 그 절 앞을 지나는 사람에게 온갖 행악을 하여 많은 사람을 괴롭혔다.
하루는 이 절 앞으로 신혼(新婚)한 신혼부부(新婚夫婦)가 지나가는데 이 힘깨나 쓰는 장사중이 이 신부를 뺏어가지고 갔다. 신랑이 데리고 가든 하인이 이것을 보고 "서방님 어떻게 할가요" 하고 물었다. 이 하인은 힘이 굉장히 센 장

---

48) 『한국구전설화』 5.
49) 각각 『대계』 5-3, 5-6.

사였다. 신랑은 쫓아가서 저 중놈을 잡어오너라 했다.

하인은 쫓아가며 "네 이놈 게 섰거라. 네 이넘 게 섰거라" 하는데도 중은 그대로 갔다. 하인은 저 놈한테 내 힘이 얼마나 하는가 보이기 위하여 길가에 있는 바우에다 손가락으로 꾹꾹 눌러서 손가락자국을 냈다. 중놈이 가다가 이것을 보고 자기도 길가의 바우에다 손가락을 눌러 봤다. 그랬더니 손가락이 들어가기는커녕 아프기만 했다. 중은 잘못하다가는 큰일 날 것 같아서 하인 있는 데로 왔다. 하인은 중을 끌고 신랑 앞에 와서 "어떻게 할가요" 하고 물었다. 신랑은 저까짓 놈 심하게 다룰 것 멋 있냐며 세대만 종아리를 때려서 보내라 했다. 중놈은 이 말을 듣고 종아리 세 대쯤이야 별거 아니다 하고 맞는데 한 대를 맞이니 장단지 살이 튀어나가고 두 대째 맞이니 정강이 뼈가 보였다. 이 이상 한 대 더 맞았다가 죽을 것 같아서 "아이고 살려 주십시요." 하고 빌었다. 신랑은 "그만해 두어라" 하고 중놈보고는 "그까짓 힘 가지고 행악을 부리며 사람을 괴롭히느냐. 네 힘만 못한 사람이 어데 있겠느냐. 이후로는 개과천선하여 불도에나 힘써라." 이렇게 타일르고 놔 주었다고 한다.

중이 있었던 절에는 먹으면 힘이 세지는 우물물이 있었다고 하는데 지금은 그 우물물이 어데 있는지 모른다. 아마도 시대가 변해서 없어젓는지 모르지.[50]

어사가 어 잠행을 댕이는디 중을 하나 만났는디 날마다 저녁으믄 이애기 허고 낮이 걸어 감서도 이애기 허고 꼭 이렇게 항꼬 한 대사를 중허고 동행을 힜는디, 저놈은 뭔 죄가 있는가 죄목을 털라고 인자 항꼬 한방으서 자고 자고 헌디, 낼쯤 갈릴라믄 오늘 저녁쯤,

"아, 대사님."

"예."

"대사님은 속세 내려 오믄 좋은 일이 더러 있지?"

"암은이라오. 좋은 일이 있지라오."

아 이러거든.[조사자: 암행어산지는 모르고?]

"아 그믄 그 좋은 얘기 한번 히봐."

저녁으 인자 잠서,

"아 그런 거시기라오. 경상도 암디 오가리골을 갔습니다. 오가리골, 오가리골 가서 무신 동네 이름을 찾어 갔었는디 홍진사들 거그서 대판으로 사요 홍씨가.

---

50) 〈힘이 센 중이 행악하다가〉.(원문에서 한자로만 되어 있는 경우 한글 병기함)

아 그서 가을인디 내 꼭 목화동냥을 댕있소."

강안도는 목화동냥을 혀.

"가보닌게 걍 지와집으로 걍 와개로 한몇채 부자로 사는디 암만 문악으서 '대사 동냥 왔습니다' 그 희야 사람이 없드만요. 안이로 들으감서 마당으로 들으감서 그 대사가 목화동냥 왔소 헌게 아 새 바가치다가 미영을 목화를 한 바가치 담어서 문 염서 이렇게 줍니다. 근디 그 여자가 꽃같습니다. 아 그러니 내러 버 두겄소?"

"아 그러고 말고 내버러 둘 수가 있소? 그리서 어찌케 되았소?"
...51)


〈스스로 무덤 판 중〉 2는 여염집 부녀자를 강간한 후 살인한 중을 박문수가 처치했다는 내용이다. 이는 후대 문헌설화에 대거 등장하는, 부녀자를 겁탈하는 중의 이야기로 민간에서도 이미 이러한 이야기가 전승되고 있었다는 점, 이것이 박문수설화와 결부되었다는 점에서 특이하다.

이상 완승에 대한 것은 민간에 이미 전승되고 있었지만 그것이 문헌에 비해 그 죄악과 형벌에 있어 참혹하지 않다는 특징이 있다. 따라서 『어우야담』의 완승 이야기는 이러한 구비설화로부터 영향을 받되, 좀 더 흉악하고, 또한 그 형벌도 참혹하게 변했다는 특징이 있다.


## 1.5.2. 찬집 의식

완승의 의미에 접근하기 위해선 문헌설화에 나타난 부정적인 승려상의 형성 원인 내지 배경에 대한 이해가 요구된다. 타락한 승려 내지 승려의 타락을 그린 것인가 아니면 승려를 타락한 것으로 그린 것인가 하는 점 즉, 당시 승려의 타락상이 반영된 것인가 아니면 문헌설화 찬자의 반불적

---

51) 〈스스로 무덤 판 중〉 2.

의식에 의해 본 모습이 굴절된 것인가 하는 점이 해명되어야 하는 것이다. 물론 이는 모든 문헌설화의 전승 방식과 관련된 문제이지만 특히, 승려 이야기에 관한한 더 중요한 의미를 갖는다. 완승과 같은 희대의 승상이 사대부 문인의 손을 빌린 문헌설화에 더 부정적인 모습으로 나타나고 이들 문인은 대체로 반불적 의식의 소유자로 알려져 있기 때문이다. 따라서 당시 승려의 처지, 세속화 현상, 그로 인한 도덕적 타락의 사실 여부를 떠나 문헌설화의 찬자가 그 부정적 형상화의 혐의를 받는 것은 자연스런 일이다.

　장덕순은 사설시조 등에 파계승이 많이 등장하는 것은 당시의 현실이 그러했기 때문이라고 한 바 있다. 그리고 몇몇 승려 관련 이야기에 나타난 문제적 승상을 들어 당시 승려의 면모로 환원해 서술하기도 했다. 예컨대 『용재총화』의 경우 성현이 당시 불교의 폐해, 승려들의 타락상을 직접 견문하여 비교적 객관적 위치에서 설화를 수집했을 뿐 자신의 의견이나 주장을 거의 삽입시키지 않아 설화 본연의 모습을 비교적 잘 간직하고 있다고 한 것이다.[52] 성현이 승려의 타락상을 직접 견문했다는 점, 자신의 의식을 개입시키지 않고 설화를 찬집했다는 점을 강조한 것이다.

　하지만 성현의 체험이라고 하는 것은 "官職에서 見聞 體驗"[53]한 것으로 척불 여론의 지배를 받는 관인으로서의 체험이다. 따라서 여기에서의 체험은 당시 승려의 생태를 실제로 체험한 것이라기보다는 척불 여론에 대한 견문이라고 할 수 있다. 따라서 그가 그려낸 부정적 승려상은 '타락한' 승려를 그린 것이라기보다는 척불 여론 내지 의식에 힘입어 승려를 '타락한 것으로' 그려낸 것이기 쉽다. 물론 이러한 성현의 경우를 모든 문헌설화 찬자에 적용할 수는 없겠지만 그 개연성 즉, 찬자의 반불 의식이

---

52) 이상 장덕순의 견해, 『한국설화문학연구』, 서울대학교 출판부, 1978, 72~80면 참조.
53) 같은 글.

부정적 승상을 빚은 것이라는 점은 충분히 납득할 수 있는 것이다. 더욱이 승려의 현실적 타락상을 명백히 확인할 수 없는 현재로서는 '찬자의 개입'에 비중을 두고 이야기를 이해하는 것이 보다 효과적이기도 한 것이다.

승려의 처지는 조선 후기로 접어들 수록 열악해졌다 함은 주지의 사실이다. 사원 철폐로 길거리로 내몰린 떠돌이 중의 존재는 문헌설화에서도 많이 나타난다. 물론 그들 중에는 죄를 짓고 사원에 숨어든 범죄인도 섞여 있어 승려의 몸으로 오명을 남기기도 했을 것이다.54) 하지만 이러한 승려의 처지가 곧 그들의 불량한 행태와 직결되는 것은 아니다. 그러함에도 조선후기 문헌설화에 완승의 존재가 현저하게 나타난 것은 그것을 향유한 사대부의 시선에 따른 것이라 할 수 있다. 즉, 불교와 승려의 존재를 부정적으로 인식한 사대부들의 손에 의해 완승의 존재가 부각된 것이라고 본다. 그리고 '힘'과 '강간'은 승려를 부정적인 모습으로 형상화하는 데 있어 가장 유효한 방식으로 활용된 것이다.

전통적으로 우리나라는 외적의 침입과 같은 특수한 경우를 제외하고 문에 비해 무를 천시하는 경향이 있다. 무엇보다 승려는 안으로 '불심'을 키워 그것을 주변 사람들에게 끼치는 것을 본업으로 삼는 이들이다. '힘'의 강조는 이러한 승려의 본질을 무화시키기에 충분하다. 물론 임란기 때 승군을 조직하여 활약하자 상하층에서 그러한 승려의 무용을 높이 평가하였다. 하다 못해 승려들은 다리 공사 등과 같은 노역에 동원되어 국익에 보탬이 되기도 했고 그것이 그들의 처지로서는 당연한 것이다. 이런 점에서 볼 때 승려가 공익에 도움이 되지 않는 육체적인 힘을 행사한다는 것은 그 본질과 전혀 맞지 않는, 상도를 벗어나는 사태이다. 따라서 승려가 힘이 세다는 것이 문제가 아니라 그 힘을 어디에, 어떻게 썼는가가 문제라고 할 수 있다.

---

54) 이능화, 윤재영 역, 『조선불교통사』 하, 박영사, 1980, 48면.

한편 힘은 누가 지니고 있는가에 따라서 그에 대한 평가가 갈린다. 힘은 그것을 지닐 만한, 지닐 자격이 있는 사람의 전유물이고 그렇지 않을 때 사단이 일어나는 것이다. 그런 의미에서 천민으로서의 승려가 사사로이, 대단한 힘을 소유하고 있다는 것은 기존 체제를 상징하는 유생이나 무인에겐 도발적인 의미를 지닐 수밖에 없다. 아기장수 설화에서 장수가 어릴 때 관에 의해 죽임을 당하거나 날개가 꺾이는 것은, 실제적인 행위 여부를 떠나 그 잠재적인 파괴력의 싹을 자른다는 명분에서이다. 평천민 출신으로서 대단한 힘을 소유하고 있다는 것 자체가 관이 상징하는 기존 세계를 위협하는 것이기 때문이다. 마찬가지로 완승은 자격 없는 자로서 힘을 소유했기에 그 자체가 도발적인 모습으로 그려진 것이다. 전통 사회에서 체제 위협적인 혐의가 가장 큰 범죄임을 상기할 때 '힘'은 완승을 단순히 부정적인 형상이 아니라 극악무도한 범죄인으로 낙인 찍는 데 유효한 요소라고 할 수 있다.

다음 강간의 경우, 승려가 단순히 지계(持戒)에 실패하고 색욕을 채우는 것으로 이해할 수 없다. 그것은 이미 많은 서사문학에 보이는 바 파계승 화소일 뿐이다. 파계는 지계의 중단을 의미하는 것으로 승려로서의 면모를 전제로 하고, 승려이기 때문에 가능한 것이라면 완승의 강간은 승속의 문제가 아니라 이미 세속의 문제로 인륜을 파괴하는 것이다.

강간은 반인륜적 행위이지만 다른 반인륜적 행위와 그 기능이 변별된다. 우선 역사적 인물 특히, 전 시대의 왕을 부정적으로 다루는 데 있어 가장 효과적인 방식은 그를 성적으로 방탕한, 호색한으로 굴절시키는 것이다. 의자왕에 대한 『삼국사기』의 기록이 그러하며, 고려 말의 왕들에 대한 『고려사』55)의 평가가 그러하다. 한 나라의 통치자는 도덕적으로 완벽한 존재여야 하는데 그렇지 못해 즉, 부도덕한 행위를 일삼아 치세에 실패

---

55) 김현룡, 『한국문헌설화』 4, 건국대학교 출판부, 2000, 155면.

했다는 것이고 그러한 행위로 흔히 꼽히는 것이 성적인 방탕인 것이다. 이
는 그들이 실제로 그러했는가, 그리고 인간으로서 가장 빠져들기 쉬운 것
이 무절제한 성욕 추구인가의 여부를 떠나 사회적으로 그러한 성욕을 금
기시하고 경계했기에 가능한 것이다. 특히 조선시대의 경우 인간의 본성
을 억압하면서까지 정절을 높이 사는 사회적 풍토가 조성되었던 것을 고
려하면 성적인 방탕은 남녀를 불문하고 극히 경계해야 할 악덕으로 간주
되었을 것이다. 이런 점에서 성적인 방탕이 상대방의 훼절을 초래하고 인
권마저 유린하는 데로 치달은 강간은 극히 부도덕한, 패륜 행위인 것이다.
더욱이 이것이 기본적인 성욕마저 억제하고 중생을 자비로 감싸안아야 할
승려의 행위인 경우 그 패륜의 정도는 훨씬 심각한 것이다. 따라서 강간과
관련시키는 것은 승려를 가장 부정적인 모습으로 형상화하는 방식이라고
할 수 있다.

　이렇게 볼 때『어우야담』의 완승 이야기는 승려를 천시하고 죄악시했던
사회적 여론에서 생겨난 것이고 찬자는 이러한 이야기를 그대로 수록한
것으로 보인다.


## 1.6. 속승


### 1.6.1. 사례

・베를 지고 문경새재를 넘는 중을 산적이 공격함
・중이 반격하여 산적을 때린 후 던져버림
・중이 유숙하는 집에 산적이 살아 돌아옴
・중이 도망치다 호랑이 등에 타게 됨
・목수의 도움으로 살게 됨[56]

· 전국에 흉년이 들어 굶어 죽는 이가 많음
· 중 다섯이 시장에 갔다가 부잣집에 양식을 주며 아침밥을 부탁함
· 중들이 밥을 재촉하자 문 안에서 비단 옷을 던짐
· 그 옷을 시장에 팔아 쌀, 술, 음식을 사서 먹음
· 남은 쌀을 돌려주려고 가보니 다 죽어 있음[57]

이는 승려가 베를 비롯해 물건을 팔러 다니면서 겪는 정황을 소재로 한 것이다. 그러면서 생계를 위해 생업에 종사하는 승려 아닌 승상을 제시했다는 의의가 있다.

첫 번째의 경우, 중은 베 몇 필을 지고 새재를 넘는다 하였다. 베의 용도는 여러 가지가 있겠지만 여기서는 중의 면모가 일반 행상처럼 보여 팔기 위한 것으로 보인다. 중이 직접 베를 팔아야 생계를 유지할 수 있다는 점을 시사한다고 할 수 있다. 문제는 행상인의 면모라 하더라도 몽둥이를 들고 뒤쫓아와 중을 공격하는 산적의 행태이다. 이는 임란 후 생계를 유지하기 힘들어 양민들이 산적으로 돌변하여 남의 물건을 빼앗아 생계를 유지해야 했다는, 사회적 상황을 암시한다.

또 하나는 〈우적가〉에서처럼, 물건을 탐내는 산적을 감화시키기보다 맞서 싸워 자신의 물건을 지키고자 했던 중의 면모이다. 이는 그만큼 임란 후의 경제적 상황이 곤란했고, 그 속에서 승려들도 직접 생계를 위한 자구책을 도모할 필요가 있음을 시사한다. 따라서 중은 일반 행상인들처럼, 자신의 전 생계가 달린 베를 지키기 위해 상대방을 죽을 만큼 공격하고 내던지게 되었던 것이다. 또한 유숙하는 집이 바로 그 산적의 집이고, 산적이 마침 살아 돌아와 위기를 느끼자 집을 도망쳐 나온 것 역시 자신의 목

---

56) 〈산적의 해를 입은 중〉.
57) 〈물건 팔러 다니는 중들〉.

숨과 베를 지키기 위한 필사의 노력에 따른 것이다.

마지막으로 호랑이굴에 이르러, 비록 자신의 목숨이 위태한 지경에 빠져 있긴 하지만 호랑이새끼들을 모두 밟아 죽이고 도망가는 장면 역시 승려의 면모와 거리가 멀다. 승려로서 보통 사람들처럼 자신의 목숨을 지키기 위해 미물을 죽였기 때문이다. 게다가 목수의 도움으로 살아나게 되자 "마침내 몸을 의탁하며 목숨을 구해 달라." 할 지경에 이른다.

이렇게 보면 여기 승려는 일반 행상인의 면모로 자신의 물건과 목숨을 지키기 위해 상대방을 때려눕히기도 하고 미물을 밟아 죽인다는 점에서 승려의 본분사와 무관하게 되어 있다. 이를 통해 당시 경제적 사정이 어려운 속에서 승려도 생계를 유지하기 위해 골몰했음을 알 수 있다.

두 번째의 경우 1619년의 일로 필자가 60세에 직접 들은 얘기일 가능성이 높다. 이때는 임란 후 27년 째 되던 해로 "전국에 흉년이 들어 굶주려 죽는 이가 잇따랐다."고 하듯이 경제적 곤란이 극심했을 것이다. 이러한 점이 굶주림 때문에 하인 등이 다 떠나고 아녀자만 남았다가 결국 중들이 맡긴 양식을 며칠 만에 급히 먹어 전원이 몰사한 부잣집의 형상으로 나타난 것이 아닌가 한다. 여기서 중들의 행태는 앞의 행상 차림과는 또 다르게 한 끼의 식사와 음주를 위해 물건을 시장에 팔러 다니는 신세이다. 이를 통해 세속의 상황이 경제적으로 급박하였고 이 속에서 승려의 삶도 피폐했음을 알 수 있다. 그러면서 승려로서는 가장 참혹한 형상을 드러내었고 그 정도만큼 승상이 세속화되었다고 할 수 있다.


[전승 배경]

여기에는 〈내기 바둑으로 먹고 사는 큰스님〉(『청파극담』), 〈종이를 팔아 살아가는 중과 정효성의 기지〉(『기문총화』), 〈삼 값 두 냥을 지킨 산승〉이 있는데 뒤의 두 개는 다음 장에서 다룰 것이므로 첫 번째 이야기만 소개한다.

<내기 바둑으로 먹고 사는 큰스님>

> 정승 남재가 재상에서 물러나 묵사동 본집에서 한가로이 쉬면서 날마다 바둑
> 을 일삼았다.
> 묵사(墨寺)의 큰스님이 자주 와서 함께 바둑을 두었는데 스님이 지는 척 하노
> 라면 남공은 대단히 기뻐했다. 내기에 져서 머리에 쓴 것을 벗고, 또 옷을 벗은
> 다음, 속옷에 이르자 스님은 감히 벗질 못하고 여러 번 간청한 뒤에야 면하였다.
> 날이 저물어 스님이 절에 돌아가면 남공은 종 서넛을 시켜 쌀과 콩과 음식을 보
> 내주었다. 이로 말미암아 스님은 옷을 안 벗는 날이 없었지만 소득은 날로 늘어
> 갔다. 그러나 공은 그러한 사정을 알지 못하였다.
> ...

이 이야기에서 묵사의 큰스님이 재상에서 물러난 남재(南在)와 내기 바
둑을 두면서 지는 척 해서 남공을 기쁘게 하면 남공이 쌀과 콩 등을 절로
보내 준다고 하였다. 이로써 스님의 소득이 날로 늘어갔다고 했으니 이 또
한 묵사 스님의 생계지책이라 할 수 있다. 이보다 후대의, <종이를 팔아
살아가는 중과 정효성의 기지>, <삼 값 두 냥을 지킨 산승>과 함께 이러한
이야기는 속승에 대한 사대부의 관심이 반영된 것으로 볼 수 있다. 이러한
전승 배경 속에서 위의 이야기들이 생성되었다고 할 수 있다.


## 1.6.2. 찬집 의식

이 시대 속승의 형상은 생필품을 들고 다니면서 그것과 관련되어 사단
을 겪는 경우이다. 이러한 속승이 양산된 것은 불교 배척과 관련하여 승려
들이 거리로 내몰린 사태에 기인할 터이다. 그리고 이들 승려의 처지가 조

선 후기로 접어들 수록 열악해졌다 함도 주지의 사실이다.

물론 이러한 속승의 면모는『어우야담』이후로 더 많이 나타나지만 유몽인은 위의 두 번째 이야기에서처럼 자신이 직접 목도하거나 들은 속승 이야기를 수록하는 데 주저하지 않았다. 그만큼 물건을 팔러 다니는 속승의 면모는 유몽인에게도 범상한 사태가 아니었기 때문일 것이다. 그는 금강산 일대에 은거하면서 그 지역 승려들이 고관대작의 나들이에 가마를 메어 주는 부역과 기타 갖가지 공역에 대해 한탄 하듯 서술한 바가 있다.58)

이를 보면 유몽인이 승려들의 고단한 삶에 대해 많은 이해를 하고 있음을 알 수 있다. 즉, 속승의 존재는 당시의 곤란한 경제적 상황뿐 아니라 조선 초기부터 시행된 각종 억불 정책에 의해 승려가 사회의 천민으로 전락한 데 따른 것으로 보는 것이다. 따라서 유몽인은 이러한 속승의 출현에 대해 비상한 관심을 가지고 종교인으로서 그 위상에 대해 안타까워하는 심정으로 이러한 이야기를 수록한 것으로 보인다.


## 2. 세속화의 방식과 요인


조선 초기『용재총화』에서는 시승과 요승, 우승, 속승 등이 당시의 불교사적 특수성을 반영하는 승상이었는데『어우야담』에서는 승장, 이승, 완승 등이 새로 등장하였다. 시승처럼 문사들의 기예를 닦아 사대부 주변에서 삶을 도모하던 것도 불교의 처지가 좀 더 나을 때의 일이다. 그리고 고승이 요승이 되는 사태도 조선 초기, 지배계층이 불교와 맞대결을 하던 상황

---

58)『어우집』권4,〈증표훈사승학열서(贈表訓寺僧學悅序)〉.

에서 많이 발생하였을 것으로 보인다. 조선 중기에 이르면 불교의 세가 크게 움츠러들어 산중 불교 시대에 접어들었기 때문에 보우를 제외하면 그러한 사태가 그리 많지 않았던 듯하다. 따라서 권력을 전횡한, 승려 이야기가 많이 전하지 않는다. 큰 범주로는 요승에 속하는 것으로 무명의 일반 승려가 힘자랑을 하거나 여성을 강간하는, 완승이 오히려 이 시대에 부정적인 승상으로 자리 잡는다.

물론 임란기의 민족적 영웅인 사명당을 비롯한 승장, 임란 후의 불안한 사회적 분위기를 반영하듯, 대거 출현한 이승 등이 이 시기 야담집의 대표적인 승상이다. 그리고 부정적이든, 긍정적이든 이들 완승, 승장, 이승 등은 승려의 본분사보다 주변의 다른 일에 골몰하는 것으로 나타나 세속화된 승상이라고 할 수 있다. 특히, 이승은 오히려 도교의 도사와 같은 면모를 지니며 완승은 승려라기보다는 폭력배 내지 범죄인으로 다루어졌다는 점에서 극단적으로 세속화되었다고 할 수 있다.

## 2.1. 세속화의 방식

### 2.1.1. 신성성 약화시키기

이는 승려의 세속화 방식 중 가장 온건한 경우로 고승담에서 주로 나타난다. 그런데 『어우야담』에는 이렇다 할 고승담이 없기 때문에 이 방식에 속하는 이야기가 많지 않다. 그나마 고승으로서의 풍모를 유지하고 있는 신승 나옹과 선수·원철의 경우가 여기에 속한다.

나옹의 경우 귀신의 작용을 감지하고 불상을 태워 없앤 행위가 불교적 신이보다 사물에 대한 합리적인 이해의 측면에서 평가되었다. 즉, 신승으로서보다는 합리적인 측면에서 물건의 변화 내지 귀신의 작용을 통찰할 수 있는 자로 인식되었다는 것이다. 이런 점에서, 고승으로서 나옹의 면모가 크게 부각되지 않았고 그 결과 그의 신성성이 약화되었다고 할 수 있다.

선수와 원철의 경우 일반적인 승전의 구조 중 이타행을 중심으로, 그것도 사승 관계에 집중되어 있다. 그 결과 신비한 탄생담, 출가담, 영험담이 생략되는, 불완전한 승전식 서술이 되어 그 신승으로서의 신성성이 약화되었다고 할 수 있다.

요컨대 이들 신승의 경우 불교적 신이에 대한 세속적인 이해와 불완전한 승전식 서술을 통해 고승으로서의 진면목을 드러내지 못했다고 할 수 있다. 이로써 신성성이 약화된 정도만큼 이들의 고승으로서의 면모가 세속화되었다고 할 수 있다.


## 2.1.2. 신성성 무화시키기

이는 승려의 삶 중 세속적인 행적에 초점을 맞추어 그 본분사와 관련된 신성성을 소거하는 경우로 승장과 이승이 여기에 해당한다.

유정의 경우 승장으로서의 활약상을 강조하면서 수행, 득도, 열반 과정에서 나타나기 마련인, 고승으로서의 전모를 드러내지 않았다. 물론 국난을 당해 승장으로서 나라의 위기를 구하는 일 또한 크게 보면 고승의 보살행이라 할 수 있다. 하지만 이러한 승장으로서의 활약을 단순히 보살행으로 보기에는 곤란한 점이 있다. 무엇보다 승장으로서의 승상에는 구국에 대한 지배계층의 기대와 요구가 크게 작용한 것으로 보이기 때문이다. 이런 점에서 승군 활동은 보살행보다 충의라는 세속적인 덕목의 실천이라고 하는 편이 적절할 듯하다. 따라서 유정이 승장으로서 훌륭하다 함은 고승으로서의 고덕보다 충의라는 세속적 덕목을 기준으로 그의 행적을 평가한 것이다.

이렇게 볼 때 승장의 형상은 고승으로서의 본분사보다 충의라는 세속적 가치를 추구하는 쪽으로 결구되었다는 점에서 신성성이 무화되었다고 할 수 있다.

이승은 양생술, 점술, 환술 등 불도와 무관한 잡술에 능한 이들이다. 이런 점에서 이승은 비록 겉으로 드러난 신분은 승려이지만 본질적으로는 도교의 도사와 다를 바 없다. 물론 이들의 술법 내지 신통력같은 것은 원래 고승대덕에게 있던 것이다. 고승대덕은 신통력 발휘를 통하여 신이한 면모를 보였던 것이다. 그런데 이들 이승의 경우 고승으로서의 다른 면모는 전혀 없고 그 신통력만 남아 있다. 그리고 그 신통력이라는 것도 불교적 신이를 보여주기보다 기이한 술법을 통해 육신의 한계를 벗어나거나 운명을 점친다는 점에서 혹은, 환술로 세속의 이목을 어지럽힌다는 점에서 불교적 신통력과 다르다. 여기서의 신통력은 불안한 세태 속에서 현실의 경계를 뛰어넘고자 하는 세속의 기대를 충족시킨다는 점에서 세속적인 의미를 지니는 것이다.

이렇게 볼 때 이승의 경우 승려로서의 본분사보다 도교적인 잡술을 통해 세속적인 의미의 신통력을 발휘하는 이로 부각시킨 점에서 승려로서의 신성성을 무화시켰다고 할 수 있다.


## 2.1.3. 어리석고 비천하게 만들기

승려가 세속의 사람들보다 어리석고 비천하다는 점을 부각시킨 경우로 우승과 속승이 여기에 해당된다. 그런데 『어우야담』에는 속승만 나오며 『

용재총화』에 비해 물질적인 가치와 관련되어 있다는 점에서, 좀 더 세속적인 형상을 띤다고 할 수 있다.

베를 지고 가다 산적의 해를 입은 승려의 경우 신분만 승려이지 일반 행상인과 다름없는 면모를 보인다. 특히, 상대방을 해치면서까지 자신의 물건과 목숨을 지키려 한 데서 이러한 점이 잘 나타난다. 물론 이러한 승상은 당시의, 극도로 피폐한 경제적 사정을 반영하는 것일 수도 있다. 하지만 그러한 상황에 처해 있다 하더라도 자신의 물건을 지키기 위해, 혹은 생존을 위해 치열한 싸움을 벌이고, 더 나아가서 상대방을 죽을 정도로 상하게 한 점은 승려의 면모로서는 치명적이라고 할 수 있다.

시장에 물건 팔러 간 승려들의 경우도 이와 크게 다르지 않다. 어떤 물건인지는 몰라도 그것을 팔아야 할 정도로 절 생활이 곤란했음을 인정하더라도 승려의 형상이라는 것이 기껏 시장에 물건 팔러 다니는 것으로 되어 있다는 점에서 그렇다. 또한 전국이 기아의 재난에 빠진 상황에서 부잣집에서 내준 옷가지를 팔아 음식과 술을 마련해서 실컷 먹고 마신 것은 승려의 행위로서는 비정한 것이라 할 수 있다. 승려는 어려운 이들을 구제하는 자비의 상징이기에 그렇다. 이러한 승상은 그 부잣집 사람들이 굶주렸다가 갑자기 먹은 음식 때문에 모조리 죽은, 참혹한 상황과 대비되어 더 비정한 면모를 띤다고 할 수 있다.

요컨대 이상과 같이 물질적 가치를 추구하며 주변을 돌아보지 않는 승상은 다소간 당시의 어려운 경제적 현실을 반영한 것일 수 있다. 그렇다 하더라도 이러한 승상은 승려의 본분사는 전혀 드러나지 않고 일반인들보다 못한 비정한 면모를 띤다는 점에서 승려의 신성성이 소거된 것이라고 할 수 있다.

## 2.1.4. 부도덕하게 만들기

이는 승려로서의 고덕은 차치하고 세속의 윤리적 기준에도 못 미치는, 부정한 행태로 국가와 민간에 해를 끼치는 인사로 그리는 것을 말한다. 요승과 완승이 이 경우에 해당하는데 특히, 전대와 비교하면 완승이 새로 등장한 승상이다.

보우의 경우 고승으로서의 면모는 차치하고 권력과 부를 탐하는, 따라서 부정부패의 상징인 요승으로 전락되었다. 특히, 호화로운 불사를 일으키고 그 자신 사치를 누리기 위해 혹세무민한다는 점에서는 사회의 질서를 크게 어지럽힌 인사라고 할 수 있다. 물론 이는 불교 중흥에 위기감을 느낀, 찬자를 비롯한 사부대중의 불교관이 작용하여 세속적인 시각에 의해, 그리고 의도적으로 고승을 부도덕한 인물로 변질시킨 것이라고 할 수 있다.

완승은 승려로서의 본분사는 차치하고 힘자랑을 일삼아 주변을 위협하거나 성범죄를 통해 사회적 위계질서와 풍속을 어지럽히는 승상이다. 바로 풍기 문란의 당사자로서 민간에 크나큰 해를 끼치는 승상인 것이다. 특히, 전통 사회에서 무력의 남용 내지 성적인 문란을 무엇보다 금기한 것을 상기하면 이러한 승상은 일반인보다 못한, 따라서 타기해야 할 대상이 아닐 수 없다. 여기에서 특히, '힘'과 '성'의 문제가 완승의 형상화에서 중요한 역할을 하고 있음에 주목할 필요가 있다.

전통적인 서사문학에서 성욕 추구와 무력 남용은 인물을 부정적으로 형상화하는 데 있어 주요한 서사적 요소이다. 완승의 경우 바로 이러한 인물 형상화 방식을 동원해 승려를 부정적인 면모로 그린 것이라 할 수 있다. 따라서 완승은 그 극악한 면모로써 극단적으로 세속화된 승상이라 할 수 있다.

## 2.2. 세속화의 요인

### 2.2.1. 시대적 배경

조선 초기부터 시행된 억불 정책에 의해 조선 중기에 이르면 불교는 멸종의 위기에 처하게 된다. 이에 많은 승려들이 거리로 내몰리거나, 부역에 동원되는, 참혹한 지경을 맞게 된다. 물론 그 와중에도 몇몇 고승들을 중심으로 산사에서 수행과 불사에 진력한 승려들도 많았을 것이지만 불교와 승려가 더 이상 사회·문화적으로 영향력을 끼치지는 못했을 것이다.

이러한 상황에서 문정왕후를 중심으로 왕실의 지지를 받고 불교 재흥을 시도했던 보우가 사대부를 중심으로 한 지배 계층의 표적이 되어 순교를 당한 것은 필연적인 귀결이라 할 만 하다. 불교 재흥의 중심 사찰인 봉은사를 중심으로 한 보우의 행적은 그 동안 쌓아온 대불교적 정책을 뒤엎을 만큼 위협적이었기 때문이다. 이렇게 보우의 시도마저 좌절된 상황에서 불교는 더 혼란에 처하게 되었고 더 깊이 산속으로 들어갈 수밖에 없는 상황이 되었던 것이다.

다만 임진왜란을 맞아 분연히 산사를 떨치고 내려와 적군을 물리친 승군들로 해서 불교와 승려들은 다시 세상의 인정을 받는, 호기를 맞게 되었다. 물론 이러한 승군들의 지도자인 휴정과 유정은 보우가 불교 재흥 운동의 일환으로 재개한 승과제에서 배출된 인물이다. 하지만 이러한 승군들의 활동이 불교를 전적으로 구한 것은 아니다. 그들은 불국토, 보살 사상에 입각해 민족을 위기에서 구하고는 사태가 마무리되자 다시 산속으로 돌아가야 했다. 지배 계층을 비롯한 일반인들이 당시 불교 내지 승려들에게 기대한 것은 불도를 전수하고 세상에 전하는 것이 아니라 국가와 민족을 위기에서 구해내는 일이었던 것이다.

이렇게 보면 임란 후, 조선 중기에 이야기를 통해 전승되던 대표적인 승상은 속승과 승장이었을 것이다. 그리고 한 때 불교 재흥을 시도하다, 그리고 그것이 실제로 실현되면서 불교 안팎에서 충격적인 면모를 보였던, 보우에 대한 것으로 보인다. 물론 생계에 골몰하거나 부역에 동원되는, 그래서 승려로서의 기본적인 대우도 받지 못했을 속승 중 완승과 같은 존재도 속출했을 것이다. 마지막으로 임란 후의 불안한 사회상을 반영하듯, 그 본분사를 던져두고 각종 술법으로 세상사에 관여하는 이승이 대거 출현하는 것도 이 시대이다.

## 2.2.2. 찬집 의식

유몽인은 자기 주변 승려들의 삶을 직접 목도하거나 관련 이야기를 사실적으로 서술함으로써 당시 전승되던 승상들이 고스란히 『어우야담』에 들어오게 되었다고 할 수 있다. 이미 승려들의 사회적 처지 자체가 세속화되어 있었고 이것이 그대로 문헌에 수록됨으로써 승상이 세속화된 것이다.

물론 현실의 승상이 그대로 문헌에 수록되었다 하더라도 그것은 유형 차원의 문제로 보인다. 각 유형의 각편들을 세심히 살펴보면 그 강조와 생략 등 서술 방식에 의해 승상의 세속화 양상이 부각되어 있는 것이다. 예컨대 완승의 경우 구비설화에 비해 처벌 방식의 강화를 통해 그 행위의 흉악성을 강조한 점이 여기에 해당된다. 이렇게 보면 현실에서 승려가 속화된 것과 별도로 찬자 유몽인을 비롯한 사대부층의 관심, 불교관에 따라 승상이 속화되었다고 할 수 있다.

# Ⅳ. 3대 야담집과 완승의 문제

조선시대 문헌설화에서 승려는 대개 종교인으로서의 신성성이 소거된, 세속화된 모습으로 나타난다. 이는 당시 불교사의 특수성에 의해 현실적으로 영락한 승려의 사회적 위상이 반영된 데 따른 것이기도 하지만 설화 수습 과정에 있어 문헌 찬자의 역할도 간과할 수 없다. 이들은 개인적인 호불 여부를 떠나 당시 사대부 일반의 불교관에 깊이 침윤되어 있었고, 더구나 자기 계층 주변에서 전승되던 이야기를 문헌에 수록했다는 점에서 설화상의 승상에 큰 영향을 미쳤다고 할 수 있다. 따라서 조선시대 문헌설화에 나타난 승려의 세속화 문제를 다룰 때 당시 승려의 사회적 위상 못지 않게 사대부 찬자의 편집 의식이 주요하게 다루어져야 한다고 본다.

한편 조선시대 문헌설화에서 승려의 속화 문제가 일률적인 성격을 지니는 것은 아니다. 조선 시대를 초기, 중기, 후기로 나누어 놓고 볼 때 세속화 문제는 시대에 따라 다소간 차이를 보이는 것이다. 따라서 시기별로 주요 야담집을 선정하여 세속화 문제를 다룰 필요가 있다. 이는 세속화 문제와 관련하여 각 시기의 특징적인 면모 뿐 아니라 그 시대적 추이 문제를 검토하기 위해서도 긴요하리라 본다.

이 글은 이러한 문제의식에서 조선 초기의 『용재총화』, 중기의 『어우야
담』에 대한 논의에 이어 3대 야담집을 중심으로 조선 후기의 문제를 다루
기 위해 시도되었다. 본론에 들어가기에 앞서 3대 야담집에 수록된 관련
설화와 이본을 표로 제시한다. 이 중 앞장과 논의의 중복을 피하기 위해
이승 중에선 풍수중만 다루고 요승과 파계승은 완승 부분에서 대략적인
논의를 하기로 한다.

## [관련 설화 일람표]

| 유 형 | 편 수 | 세부<br>유형 | 편 명 | 출 처/이 본 |
|---|---|---|---|---|
| 고승 | 2 | 승장 | 군수 아들 가르친 서산대사 | 『동야휘집』 권3, 도류부,<br>〈선방훈서경미동〉 |
| | | | 영험 있는 탱화와 사명대사 | 『동야휘집』 권竹, 〈해도멱화습교추〉 |
| 이승 | 11 | 풍수중 | 은혜 갚은 풍수중과 여종의 지혜 | 『청구야담』 권2, 〈점명혈동비혜식〉 /<br>『동야휘집』 |
| | | | 풍수중 성거사의 보은 | 『청구야담』 권4, 〈득미처거사점혈〉 /<br>『동야휘집』 |
| | | | 은혜 갚은 풍수중 1 | 『청구야담』 권15, 〈점길지어유석함〉 /<br>『동야휘집』 |
| | | | 은혜 갚은 풍수중 2 | 『계서야담』 / 『청구야담』 |
| | | | 문유채의 출가 사연 | 『청구야담』 권9, 〈문유채출가벽곡〉 /<br>『학산한언』, 『동야휘집』 |
| | | | 홍초가 만난 이승 | 『청구야담』 권12, 〈홍사문동악유별계〉<br>/ 『동야휘집』 |
| | | | 택당 이식에게 주역을 가르친 부목승 | 『청구야담』 권10, 〈택당우승담역리〉 /<br>『학산한언』, 『동야휘집』 |
| | | | 관상을 잘 보는 신령스런 중 | 『청구야담』 권17, 〈회림관사유문상〉 /<br>『동야휘집』 |
| | | | 이원의 앞일을 예언한 어린 중 | 『청구야담』 권19, 〈이절도맥장우신승〉 |
| | | | 군수 아들 교육시킨 해인사 승려 | 『계서야담』 / 『청구야담』, 『기문총화』,<br>『동야휘집』 |
| | | | 염시도의 장래를 꿰뚫어본 묘길상<br>신승 | 『계서야담』 / 『청구야담』, 『동야휘집』,<br>『기문총화』 |

| 요승 | 1 | | 고유의 권세와 요승 남봉 | 『계서야담』 / 『동야휘집』, 『기문총화』 |
| 파계승 | 1 | | 양가 부녀와 사통한 중 | 『계서야담』 / 『기문총화』, 『동야휘집』 |
| 완승 | 2 | | 양반집 부녀자를 희롱한 중 | 『청구야담』 권1, 〈투검술이비장참승〉 / 『계서야담』, 『기문총화』, 『동야휘집』 |
| | | | 양반집 청상과부를 범한 중 | 『청구야담』 권8, 〈착흉승기성백화구〉 / 『기문총화』, 『동야휘집』 |
| 속승 | 2 | | 삼 값 두 냥을 지킨 산승 | 『청구야담』 권4, 〈치우상빈승봉명부〉 |
| | | | 해인사 승려들의 종이 부역 | 『계서야담』 / 『청구야담』, 『기문총화』 |

# 1. 유형별 검토

## 1.1. 고승

　조선 후기의 3대 야담집에는 전형적인 고승담이 거의 보이지 않는다. 『어우야담』에 2편 수록되어 있던, 신승에 대한 이야기마저 보이지 않고 승장에 대한 이야기가 2편 실려 있는 것이 전부이다. 그것도 『계서야담』에 수록되어 있는 〈군수 아들 교육시킨 해인사 승려〉에서 '해인사 승려'가 '서산대사'로 바뀌고 그 앞에 간단히 서산대사의 행적을 실은 이야기가 그 한 편이다. 그리고 나머지 한편은 임란기 최고의 구국승장인 사명대사의 이야기이되 전 시대 왜장과 날카롭게 맞서던 풍모보다 한층 완화되어 있는 면모이다. 그런데 이들 2편의 이야기는 3대 야담집 중 『동야휘집』에만 실려 있다. 3대 야담집의 불균형이 이런 데서 나타나거니와 그만큼 승장에 대한 이야기마저 활발히 전승되지 않았음을 알 수 있다.

　어쨌든 대규모의 야담집에 이렇게 고승담이 현격히 줄어 있다는 것은 심상한 일이 아니다. 이는 불교의 세가 전대에 비해 한층 약해졌음은 물론 일반 사회 특히, 사대부 사이에서 불교와 승려에 대한 관심이 크게 줄어들었음을 시사한다.

여기에서는 조선후기 3대 야담집 중『동야휘집』에 실려 있는 승장 이야기 2편의 서사적 특징을 검토하고 그것을 중심으로 승려의 세속화 문제를 다루려고 한다.


### 1.1.1. 사례

휴정

〈군수 아들 가르친 서산대사〉는 승장으로서 서산대사 휴정의 승전을 다루되 그 중 이타행으로서 약산 군수의 아들에게 덕을 베푼 행적을 중간에 삽입한 이야기다.


· 휴정의 일대기
· 이타행
  - 군수 아들 교육
  - 승장으로서의 활약
· 선사로서의 활약과 열반


그런데 군수 아들을 가르친 행적이 이야기의 주된 사건으로 보여 나머지 일대기 부분은 부차적 요소로 보인다는 것에 주목할 필요가 있다. 게다가 군수 아들과 관련된 삽화는 같은 행적이되 무명 승려가 주인공으로 등장하는『계서야담』소재의 이야기가 삽입된 것으로 볼 수 있다.

따라서 이 이야기는 크게 선사 휴정의 일대기와 문헌으로 전승되던, 고승이 군수 아들 가르친 이야기 부분으로 되어 있다. 우선 일대기에서 처음 부분은 법명, 법호, 속성 등에 대한 인정 기술식으로 되어 있다. 특히, 묘향산에 머문 적이 많아 서산을 호로 삼았다 했는데 이 묘향산은 작중에도 주요한 공간적 배경으로 나오면서 다른 공간적 배경과 잘 맞지 않는다는 점에 주의할 필요가 있다. 즉, 묘향산은 한반도에서도 북쪽 끝에 있는데 약산 군수 김모와 친해서 왕래하는 사이였고 그 아들을 가르쳤다는 것은 잘 맞지 않기 때문이다. 그리고 약산 군수의 아들이 묘향산 절에까지 가서 공부를 했다든지, 약산에 부임한 후 묘향산에 놀러갔다는 것은 무리 있는 설정이다. 이런 부분을 제외하고 묘향산은 서산이라는 휴정의 법호와, "묘향산의 중놈"에서 보듯이 작중에서 휴정을 지칭하는 상징적인 어휘라고 할 수 있다.

다음은 탄생담인데 고승보다는 장군의 탄생담에 가깝다. 3세가 되자 노옹이 방문해 작명을 해준다는 점에서 전형적인 고승의 탄생담이라 할 수 있지만 잉태 당시에 한 노파가 현몽해 "대장부를 잉태하셨으니 하례 드리러 왔나니이다." 하는 점에서 그렇다.

성장담은 "아이들과 놀 적에 돌을 세워 부처라 하기도 하고 모래를 모아 탑을 쌓기도 하였다."는 점에서, 출가담은 "부모 여읜 것을 가슴 아파하여 더욱 인생의 길에 대해 슬퍼하다가 문득 불교의 돈오법을 얻고 마침내 머리를 깎고 불법을 들으며 명산을 두루 밟았다."는 점에서 전형적인 승전의 취의를 얻었다고 할 수 있다. 또한 "이때부터 선종과 교종에 널리 통달하고 경전을 두루 섭렵하였으니 지팡이를 날리며 꽃비를 내린 것은 오히려 보잘 것 없는 일에 속한다."라고 하여 서산이 고승으로서 크게 활약했음을 알 수 있다.

그런데 그 다음에 나오는 군수 아들 가르친 행적은 이상의 승전적 구조에서 좀 엉뚱하다는 느낌이 들 정도로 돌출적이다. 게다가 앞뒤의 승전식 이야기에 비해 분량도 상당해 이것이 이야기의 주 내용이고 앞뒤의 승전적 구조는 주인공이 서산이기 때문에 그에 맞춰 급조된 느낌마저 든다.

내용을 요약하면 서산이 까막눈이면서 버릇없는 약산 군수의 아들을 데려다 혹독하게 교육시켜 성공시켰으며 이후에는 그의 장래사를 살펴 미래의 재액을 미리 막아 주었다는 것이다. 그리고 그 아들이 교육 과정에서 품은 대사에 대한 원한이 성공 후 자연스럽게 풀려 둘 관계가 원만하게 되었을 뿐 아니라 그 은혜에 크게 감사하게 되었다 한다.

문제는 그 과정에서 군수 아들이 대사를 비롯해 승려에 대해 참혹할 만큼 욕을 해대며 반항하였다는 것이다. 뿐만 아니라 대사의 지도에 따라 열심히 공부한 이면에는 다음과 같은 설욕의 계획이 있었다.

> 내가 중놈에게 모욕을 받는 것은 모두 배우지 못했기 때문이다. 마땅히 학문에 힘써 큰 벼슬에 오르면 이 중놈을 쳐 죽여 입에 가득한 악한 기운을 날려 버려야겠다.

이는 후에 과거에 급제하여 부임할 때에도 "오늘 이후로 묘향산의 중놈을 죽여 지난날의 분함을 씻겠다."고 한 바와 같이 그에게는 이때의 치욕이 잊을 수 없을 만큼 충격적인 것이었다. 즉, 당장의 강압 때문에 열심히 공부는 하였지만 공부의 목적은 오로지 성공해서 서산 대사에게 설욕하기 위한 것이었다. 즉, "이졸들에게 따로 몽둥이를 가지고 따르도록 당부했다. 절에 가서 그 중을 죽이려는 것이다." 한 바와 같이 서산을 죽이려고 했던 것이다. 물론 오랜 세월 다져진 그러한 결의가 대사를 보자마자 자연스럽게 사라지고 오로지 가르쳐 준 데 대한 감사함만 생겨났다 했지만 여기까지 오면서 그가 승려들에게 보인 면모는 문제적이라 아니할 수 없다.

우선 그가 그렇게 욕을 해대며 반항한 것, 그리고 서산대사를 지목해 죽이려고 구체적인 계획을 세우고 무기를 마련한 것은 상대가 중이기 때문이다. 아무리 자신이 무식하고 무도하지만 사대부의 자식으로 중에게 벌을 받고, 강제로 지도를 받는다는 것은 참을 수 없는, 치욕적인 것이라 생각한 것이다. 물론 결과적으로 둘의 관계가 잘 풀려 대사를 스승으로, 은인으로 깎듯이 대우하지만 그 과정에서 조선 후기, 승려에 대한 일반인 내지 사대부의, 경멸하고 천대하는 의식을 엿볼 수 있다. 더욱이 이는 서산과 같은 유명 고승이 어린 아이로부터 그러한 대우를 받았다는 점에서 충격적이다. 따라서 군수 아들 가르친 행적은 고승담으로서는 오도 이후 일반 중생에 대한 이타행의 일환으로 볼 수 있지만 그러한 의미보다 조선후기 불교 내지 승려의 사회적 처지를 날카롭게 제시했다는 의미가 더 크다. 그리고 그러한 점에서 여기 서산의 형상은 세속적인 의미를 부여받았다고 할 수 있다.

두 번째로 이 이야기 끝에 다시 앞의 승전적 구조에 이은 열반 부분이 나오지만 여기에도 승장과 관련된 역사적 내용이 많은 부분을 차지하기는 마찬가지다. 즉, 임진년에 임금이 대사를 만나 나라 구할 방도를 의논하고선 '팔도십륙종총섭(八道十六宗摠攝)'에 임명하여 승군을 모집하게 하였다는 것이 주 내용이다. 그 후 대사가 명군과 함께 전쟁터에서 크게 활약하여 공을 세웠다는 것, 적이 물러나자 자리를 내어 놓고 입산하기를 청했다 하였다. 임금이 그 뜻을 가납하여 '일국도대선사(一國都大禪師)'라는 호를 내렸으며 이제 서산은 묘향산에 돌아가 선사로서의 행적을 보였다는 것이 승장 관련 이야기의 귀결이다.

여기에서 승장으로서 서산의 활약이 구체적으로 나타나진 않지만 최초로 '총섭'의 자리에 임명되어 유정을 비롯한 승장과 승군의 활약을 촉발했다는 것은 민족사적으로, 불교사적으로 큰 의미가 있다. 하지만 그 행적이 승장의 활약에만 한정된 것은 고승의 면모로서는 크게 아쉬운 점이 아닐

수 없다. 임란기 때의 대표적인 승장으로서의 면모에 의해 고승으로서의
행적은 다소 저평가를 받았다는 것이다. 이런 점에서 서산의 승상은 세속
화되었다고 할 수 있다.

마지막으로 승전의 마지막 열반에 해당하는 대목이다. 임란기 때의 활
약 후 서산은 자신의 뜻에 따라 다시 입산하였으며 그 후 여러 명산을 왕
래할 때 늘 제자 천여 명이 따랐다 했으니 그의 고승으로서의 행적과 위
상을 알 수 있게 하는 대목이다. 그리고 나이 팔십 오세에 입적하였는데
그 때 "기이한 향기가 방안에 가득하였다가 삼칠일 후에 비로소 사라졌다"
고 하여 고승의 전형적인 열반담을 이루었다고 할 수 있다.

요컨대 이 이야기는 문헌 전승으로 잘 알려진 '승려가 군수 아들 가르친
이야기'를 주 내용으로 하면서 그 앞뒤로 휴정의 행장에 있던 내용을 덧붙
였다고 할 수 있다. 그러면서 사대부의 어린 아들에게 갖은 패악을 당한다
는 설정을 통해 조선 후기 승려의 위상이 얼마나 전락했는지 보여준다. 그
리고 민족적 영웅인 승장으로서 대우를 받지만 그 또한 고승의 본분사에
서는 크게 먼 감이 있어 고승의 본래적인 면모를 보여주는 데는 크게 한
계가 있다. 따라서 두 경우 모두 조선 후기 승장의 형상을 통해 승상이 세
속화된 사례라 할 수 있다.


[전승 배경]

3대 야담집에 나오는 서산의 탄생, 성장담은 그의 행장(行狀)[1]에서 따온
듯하다.

---

1) 편양(鞭羊) 언기(彦機), 〈금강산 퇴은 국일도대선사 선교도총섭 사자 부종수교 겸 등
   계보제대사 청허당 행장(金剛山退隱國一都大禪師禪敎都摠攝賜紫扶宗樹敎兼登階普濟
   大師淸虛堂行狀)〉(『청허당집(淸虛堂集)』, 『한글대장경』 151).

스승의 휘(諱)는 휴정(休靜)이요, 호는 청허다. 향산(香山)에 오래 머물렀으므로 서산(西山)이라 일컫는다. 속성(俗性)은 최씨이니 완산인(完山人)이다. …

그 전해 기묘년에 어머니 김씨의 꿈에 어떤 노파가 와서 읍하고 "사내 대장부를 임신하겠기에 와서 하례 합니다."고 하였다. 어머니는 이내 태기가 있어 아이를 낳았다. 아이는 살과 뼈가 맑고 트이었으며, 근기와 정신이 보통과 달랐다.

스승은 나이 겨우 아홉 살이 되자 시와 문장에 능하였다. 그 고을의 원 이공(李公)이 스승을 데리고 서울로 올라갔다. 스승은 2년 동안 반궁(泮宮)에 있으면서 관하(館下)에서 기예를 겨루다가 두 번이나 남에게 졌다. 스승은 결을 내어 남쪽으로 내려가 지리산에 놀면서 산천을 두루 구경한 뒤 석씨(釋氏)의 책을 보다가 심공(心空)에 급제(及第)하려면 반드시 대장부이어야 한다는 대목에 이르러, 비로소 과거의 공부는 한갓 빈 이름이었음을 깨달았다. 그리하여 능인(能仁) 장자(長者)에게 머리를 깎고 영관(靈觀) 대사에게 법을 들었다.

나이 20에 선과(禪科)에 올라 선·교 양종(兩宗)의 일을 맡았다. 하루는 '내가 집을 떠난 본 뜻이 어찌 여기에 있었겠는가!' 하고 탄식하고 금강산으로 들어가 미륵봉 밑에서 홀로 계셨다.

    …

임진년에 왜적이 삼경을 빼앗았을 때 대가는 서쪽으로 용만에 가셨다. 임금은 갑자기 생각이 나서 그 좌우의 신하에게 물었다.

"아무 상인은 지금 어디 있기에 왜 나를 잊었는가?"

하고 빨리 사자를 보내어 불러왔다. 스승이 오자 임금은 스승을 주렴 밖에 앉히고,

"지금 형세가 이처럼 위태하니 이 급한 어려움을 구하라."

하시면서 곧 팔도 십륙종 선교도총섭(八道十六宗禪敎都摠攝)에 임명하셨다. 스승은 눈물을 흘리면서 물러나와 순안 법홍사로 달려가 스님들을 모으고 천병(天兵)과 왕사(王師)를 도와 서경을 수복하였다. 적이 남으로 달아나매 그들을 쫓아 송도로 진격하여 성세를 서로 도와 남으로 한강을 건너 안성에 진을 쳤다. 스승은 나이 늙어 총을 부릴 수 없음을 생각하고, 그 제자 유정·처영 등을 불러 대중을 맡기면서 말하였다.

"나라를 위하는 내 마음은 화살이나 돌에 맞아 죽더라도 한 될 것이 없다. 다만 나이 장차 80인데 어찌 이 장군의 책임을 감당할 수 있겠는가? 너희들에게 장군을 대신하게 하는 것이니 부디 힘을 합해 나아가라."

그리하여 총섭의 인을 봉해 나라에 바치고 향산의 옛날 살던 절로 들어갔다.
…

이 중 진사시에 낙방하고 산천을 유람한 것, 불교를 공부한 후 부용영관
을 비롯해 여러 스님들을 통해 득도(得度)한 과정, 승과에 합격한 것 등
출가담, 수행담 부분은 3대 야담집 소재 이야기에 없다. 따라서 3대 야담
집 소재 이야기는 휴정 행장 중 몇 가지 사항을 발췌하여 앞뒤로 간단히
싣고 문헌 전승으로 널리 알려진 군수 아들 가르친 행적을 주로 다룬 것
이라 할 수 있다.
구전설화로는 다음과 같은 것이 있다.

① 단순히 사명당의 출가스승으로서 등장한 이야기: 〈서산대사와 사명
당〉, 〈사명당 입산 과정〉, 〈사명당 이야기〉, 〈사명당은 임진사〉[2]
② 왜장 항복 설화 중 사명당에게 도술을 부여한 것은 서산대사라는 이
야기: 〈사명당 이야기〉[3]
③ 사명당과 도술 겨루는 이야기: 〈사명당 일화〉, 〈서산대사와 사명당〉,
〈서산대사와 사명당〉, 〈서산대사와 사명당의 점괘〉[4]
④ 서산대사의 영험력을 숭배하는 이야기: 〈금지의 지명유래, 고리봉〉[5]
서산대사 사당에 자손을 빈다는 이 이야기는 서산(西山)이라는 지명
때문에 생긴 듯하다. 어쨌든 그 사당에 빌면 자손을 얻는다는 기복
신앙이 생길 정도로 서산대사의 고승으로서의 명성이 삼남에도 자자
했음을 알 수 있다.
⑤ 서산대사와 대흥사 관련 설화: 〈의병들의 원혼〉[6]

2) 각각 『대계』 1-7, 5-1, 5-1; 6-2.
3) 『대계』 5-1.
4) 각각 『대계』 5-2, 5-5, 6-4, 7-2.
5) 『대계』 5-1.

이렇게 보면 구비설화에서 서산은 대체로 사명당과 관련되어 이야기된다.(①-③) 역사적으로 서산대사와 사명당은 사승관계이면서 각각 조선 후기를 대표하는 최고의 고승이자 임란기를 맞아 승장으로 활약했다는 공통점이 있다. 그런데 좀 더 실제 싸움에 임한 것은 사명당이고 그의 활약이 역사적으로 더 유명하다. 따라서 사명당 이야기에 출가스승으로서 서산이 자주 언급된 듯하고 더욱이 사명당이 대단한 도승이지만 그 역시 서산에게 가르침을 받았다는 이야기가 널리 전승된 것으로 보인다.

나머지 이야기(④와 ⑤)는 주로 서산이 영험한 땅을 알아보고 자신의 유물을 보관케 했다는 것, 그래서 지역민들이 서산을 숭배해왔다는 것, 왕실에서도 이를 알고 서산의 사당을 모시게 되어 낙후되었던 대흥사 주변 지역민들이 편안히 살 수 있게 되었다는 것이 주 내용이다. 그런데 잘 보면 정조가 여기에 편액을 내리고 사당을 모신 것은 서산의 영험력보다 임란기 때 승장으로서 활약한 그 공적 때문이다. 이 점이 구비설화에서는 잘 드러나지 않았다고 할 수 있다.

유정

〈영험 있는 탱화와 사명대사〉는 유정의 행적 중 대장경 불사, 탱화 불사, 구국 불사, 수륙재 불사 중 뒤의 셋을 균형 있게 다루되 유정의 불사 행적의 덕이 일반민들을 비롯한 민족 전체, 그리고 미물에게도 베풀어졌음을 이야기한 것이다.

· 대장경 불사
· 탱화 불사

6) 『대계』 6-5.

· 왜장 항복 행적
· 수륙재 불사
· 외사씨의 평

탱화 불사는 문제의 탱화를 왜국에 빼앗겼다가 찾아왔다는 점에서 구국 불사와, 그리고 탱화가 영험이 있어 일반민들을 크게 이롭게 했다는 점에서 영험력으로 미물을 제도한 수륙재 불사와 상통하는 면이 있다. 따라서 이 네 불사는 유정의 행적을 대표하며 서로 긴밀하게 관련되어 있다고 할 수 있다. 이 중 내용이 풍부하며 『어우야담』에 없는, 탱화 불사, 수륙재 불사에 대해서만 분석하고자 한다.

먼저 탱화를 마련하는 과정이 신이한 이야기로 되어 있다. 즉, 그림을 그리겠다고 자원한 노승이 법당에 숨어 그리면서 자신의 족적을 조금도 노출하지 않으려 한 점, 결국 하루를 남겨 두고 엿보는 바람에 그림이 완성되지 못하고 새가 되어 날아갔다는 점에서 그렇다. 따라서 이 대목은 노승의 그 신비한 족적에 대한 것이 주 내용이고 90일 중 하루를 남겨 두고 일이 어그러진다는 점에서 설화로서의 긴장과 흥미를 유발한다.

그런데 탱화와 관련해 유정의 주요 행적은 다른 데 있다. 즉, 탱화 불사를 시작하는 대목에서는 그림을 그리는 데 필요한 비단을 마련하고 화공을 구하는 내력만 기술되어 있지만 그 탱화를 왜국에서 찾아오는 대목을 보면 그에 대한 숨은 뜻이 잘 드러나 있는 것이다.

즉, 여기서 탱화는 신령하여 비를 오게 할 수 있으며 재앙을 물리치고 상서로움을 부르는 것으로 이미 유정이 큰 계획 하에 공들여 이룬 것이다. 그런데 이것을 왜국에 빼앗겼으니 돌려주지 않으면 자신이 "구겁을 뛰어 넘거나 육도를 벗어날 수 없을 것"이라고 한 것이다. 이러한 강한 결의에 왜국에서 돌려주었던 것이고 이를 다시 동화사에 걸으니 그 신령한 효험이 산울림과 같았다"고 한 바와 같이 유정은 탱화 불사를 통해 국가와 민족의 재해를 막고자 했던 것이다. 따라서 탱화 불사에서 유정의 행적은 탱화의 신령한 면모를 포착한 점, 이를 위해 비단을 마련하고 신이한 화공을 초청하여 그리게 한 점, 이것을 빼앗기자 목숨을 걸고 다시 찾아온 점으로 요약할 수 있다.

두 번째 수륙재 불사의 경우, 무엇보다 다리를 지키고 있는 이물들의 존재를 도통으로 포착했다는 점에서 사명당의 신령함이 돋보이는 대목이다. 즉, 다리 공사를 맡은 화주가 공사대금을 착복한 죄로 큰 뱀이 되어 다리를 지키고 있는 것을 알아내고, 능엄경을 외워 사미승에게 그 실체를 보여준 것은 유정의 영험력에 대한 구체적인 실례이다. 그리고 마지막으로 수륙재를 베풀어 그것을 태워 제도하니 "다리를 에워싸고 구경하던 사람들이 모두 탄식하고 기이하게 여겼다" 하듯이 이 역시 그의 영험력을 시현했다는 의미가 있다.

따라서 이 두 이야기를 통해 볼 때 사명당은 잘 알려진 승장으로서의 형상뿐 아니라 신령한 탱화 불사를 이루어 민족의 재앙을 막으려 했을 뿐만 아니라 수륙재를 통해 미물들을 제도했다는 점에서 그 위대함이 입증되었다고 할 수 있다. 따라서 단순히 구국 행적만 다룬 이야기에 비해 이들 이야기는 고승으로서 사명당의 특징적인 면모를 균형 있게 잘 나타내었다고 할 만하다. 하지만 여기에서도 그의 출가, 구도, 오도, 열반 등 고승으로서의 전반적인 행적이 빠져 있어 이 역시 사명당의 승상이 다소 탈신성화되었다고 할 수 있다.


[전승 배경]

옛날 팔공산의 한 도승이 폭 넓은 비단 8필을 연시(燕市)에서 사다가 이어서 한 폭으로 만들고는 장륙(丈六) 불상의 탱화를 그리려고 했다. 팔도를 두루 다니며 그림에 능한 자를 널리 모집했으나 수년이 지나도록 얻지 못했다. 마침 풍악산의 중이 수륙재를 크게 올리니 거기에는 승속이 모두 모여 무려 수천 명이 되었다. 화주승이 대중들에게 불화 그릴 사람을 구한다고 광고했으나 여기에 응하는 사람이 한 사람도 없더니 말석에 앉아 있던 파리한 중이 응모하였다. 그와 함께 돌아와 목욕재계하고 불화 그려 줄 것을 청하니 중이 말하기를,

"이 불화는 30일이 차야 완성되오. 나 혼자 불전 안에 거처하면서 응신(應身)하여 그릴 터이니 절대로 들여다보지 마시오. 네 벽을 발라 틈이 없도록 하고 단지 밥 넣어 주는 구멍 하나만 남겨 두되 사흘에 한 번씩만 밥을 넣어 주시오. 밥을 넣어 줄 때에도 역시 훔쳐보지 마시오."

라고 했다. 화주승은 그 말대로 하여 감히 들여다보지 않았다. 그림을 시작한 지 29일만에 화주승은 스스로 요량하기를 '날짜가 비록 하루 모자라지만 그림은 필시 완성되었으리라.' 하고 잠깐 눈을 흘겨 훔쳐보았다. 그러자 화사는 크게 놀라 붓을 던지고 일어나며 말했다.

"그림이 아직 완성되지 않았는데!"

그 즉시 노란 참새 한 마리가 밥 넣어 주던 구멍으로 나와 날아가고 불전 안은 기척 하나 없이 조용했다. 화주승은 괴이쩍은 생각이 들어 불전 안으로 들어가 보았다. 불화는 이미 완성되어 있으나 다만 한쪽 발이 아직 미완성인 채로 그림에다 새발자국을 찍어 두고 가버렸다. 즉시 그 탱화를 동화사(桐華寺) 불전에다 걸었다. 무릇 장마나 가뭄, 질병이 나돌 때 반드시 이 부처에게 기도를 하면 영험이 또한 즉시 나타났다. 그런데 임진년에 왜놈들이 분탕을 칠 때에 이 탱화를 훔쳐갔다.

...

"이 부처님은 매우 영험하여 바람도 빌 수가 있고 비도 빌 수가 있으며 재앙을 물리고 상서로움을 가져올 수 있기 때문에 돌려주기를 원하오."

관백 이하 여럿이 일제히 말하기를,

"대사께서도 능히 바람을 부르고 비를 부를 수 있는데 하필이면 탱화를 반환해 가려고 하시오?"

라고 했다. 유정은 다시 더 강박하지 않고 돌아왔다.

이로부터 왜놈들이 감히 다시는 공갈하지 않았고 지금까지도 송운의 필적을 반드시 비싼 값으로 사서 행여 잃어버릴까 소중히 간수한다고 한다.[7]

---

7) 『순오지』 하(下).

이상은 『순오지』에 나오는 것인데 『동야휘집』의 이야기는 이것을 가져다 유정을 중심으로 하여 변개한 것으로 보인다. 즉, 팔공산 도승의 탱화 불사를 유정의 일로 바꾸고 그것을 다시 유정이 되찾아왔다고 한 것이다. 그런데 이렇게 탱화 불사의 주체를 유정으로 바꿈으로써 그가 탱화를 되찾는 과정이 보다 절박하고 절실하게 되었다고 할 수 있다.

물론 탱화를 요청하고 그에 대해 거절당하는 것까지는 둘이 같다. 그런데 왜인들이 돌려주지 않을 것이라 생각하고 "다시 더 강박하지 않고 돌아왔다."고 하던 것이 다음과 같이 한 차례 더, 그러나 절박하게 요청하는 것으로 변개된 것이다.

> "이것은 내가 공들여 이룬 것이니 만일 바다를 건너가지 않는다면 그만 두려니와 이미 바다를 건너가면서 이 그림을 찾아가지 못한다면 구겁을 뛰어넘거나 육도를 벗어날 수 없을 것이다. 차라리 여기서 죽을지언정 빈손으로는 돌아가지 않겠다."
> 왜적들이 감히 고집하지 못하고 마침내 탱화를 돌려주었다. 유정이 돌아와서 탱화를 동화사에 걸었는데 홍수, 가뭄, 질병이 있어 기도하면 그 신령한 효험이 산울림과 같았다고 한다.

즉, 유정 자신이 공들여 이루었다는 것, 그래서 이를 찾아 가지 못한다면 구겁(九劫)을 뛰어넘거나 육도(六道)를 벗어날 수 없을 것이라는, 영혼을 건 비원과 죽을지언정 빈손으로 돌아가지 않겠다는, 절박한 심정을 토로한 것이다. 이에 왜적들이 감히 고집하지 못하고 돌려주었다고 하였다. 즉, 유정 자신이 탱화 불사를 기획하고 이룬 것이기 때문에 그것을 돌려받을 수 있었다는 것이다.

후반부의 경우 왜장 항복 대목은 큰 차이는 없으나 보배 문답의 상대가 관백에서 청정으로 바뀐 점이 다르다. 따라서 몇 가지 차이는 있지만 본 이야기 중 탱화, 왜장항복 관련 대목은 『순오지』에서 취했다고 할 수 있다.

구비설화로는 〈절을 도색하는 학〉8)이 있는데 화사가 그림 그리는 부분만 소개하면 다음과 같다.

> "내가 나오도록까지 며칠이 되야도 내가 굶어 죽지 않으니까, 안에 도색을 다하고 나올 테니까, 내가 한갓 배고파 죽을게미, 나를 줄라고 허지말고. 생각을 마. 문새로 보지 마라. 내다 보지 마라. 행여라도 보면 큰일날텡께."
>
> 인자 그랬는디, 일주일이 됐는디, 문을 딱 장가놓고 안 나와부러. 아-무 소리도 없고. 그래도 그, 그 인자 주지가 생각해 봉께, 인제 죽어부렀거든. 사람이란 것은 일주일이 되면 죽어요. 그러니까 일주일에 끝내고 밥을 돌라고 줄 줄 알았는데, 일주일이 지나도 마 그냥 안 나와. 그러니께 의심이 나거든? 이 양반이 죽어버렸으니까 안 나오나 싶어서는 침을 딱 발라갖고는 문지방을 딱 찢어갖고는, 이렇게 내다봉게는 사람이 아녀. 새여 새.
>
> [조사자: 학예요?] 응, 학. 새 입에다 붓을 물고 새는 발이 손이 없으니까 입에다 붓을 물고 칠핸디 뭐 그냥 기가 막히게 칠해, 쫙쫙 칠해. 그런디, 그 칠해다 보니께 인자 그 창문을 보니까, 칠하다 보니까, 아 그냥 사람이 내다보고 있거든. 그래 팍 떨어져부렀어. 그래갖고 문을 열고 나와. 마 그냥,
>
> "내다 보지 말랑께 뭘러(뭣 하러) 내다 봤냐?"
>
> 고.[조사자: 그러면요 그 말할 때, 학이 사람으로 변해있는 상태에서 말했나요?] 그러기. 그래갖고, 도로 변해 돌아서 가버렸고, 그 사람은 인자 사라져부렀어. 에- 그리고 그 절을 가볼라치면은 3분의 2는 그렇게 환이 칠해졌고, 3분의 1은 환이 안 칠해져 있어. 그래서, 안 내다 봤더라면 환을 다쳤을 것인디, 내다봤기 때문에 환이 못치고, 그 사람은 간곳이 없고 절반뿐이 환은 못했다.
>
> …

이는 개천사의 창건과 폐사를 다룬 이야기이지만 주 내용은 절 내부를 도색하는 과정과 결과에 대한 것이라 본 이야기의 탱화 불사와 유사하다고 할 수 있다. 물론 여기서는 천장의 색을 칠하는 것이라 사다리도 필요

---

8) 『대계』 6-10.

할 터인데 화공이 사다리는 물론 끼니까지 거절하고 들여다보지만 말라고
했다는 점에서 차이가 난다. 그리고 역시 주지승이 들여다보니 화공의 정
체가 학이었다는 것, 그리고 누군가 들여다본다는 생각에 일을 중지하고
화를 내며 사라졌다는 것, 결과적으로 도색이 삼분의 일만 되어 있어 미완
으로 끝났다는 점에서 앞의 탱화 불사와 같은 구조로 되어 있다고 할 수
있다. '귀신이 했다, 신이 했다' 할 정도로 옛날에 지어진 절의 도색 상
태가 워낙 뛰어나 이러한 류의 이야기가 절간을 중심으로 전승된 듯하고
이러한 점이 그 신통력을 중심으로 사명당 설화와 결부된 듯하다.


## 1.1.2. 찬집 의식

〈영험 있는 탱화와 사명대사〉 말미에 다음과 같은 찬자의 평이 있다.


> 외사씨가 이르기를 예로부터 신이한 술법과 기이한 도술은 승려들에게 많이
> 있어 왔다. 우리나라로 말하면 도선과 무학은 모두 나라를 위해 하나의 큰일을
> 해내어 이름이 천년 동안 전하니, 어찌 이단이라고 하여 그들을 멸시할 수 있겠
> 는가? 유정이 국난에 임하여 정성을 다하였으니 그 공로는 무신보다 못하지 않
> 고 또한 드물고 신기한 일이다.
> 옛적에 송나라 이조가 말하기를 천당이 없다면 그만이려니와 있다면 군자가
> 오를 것이요 지옥이 없다면 그만이려니와 있다면 소인이 들어갈 것이다. 구렁이
> 를 태운 것은 허탄한 일에 가깝지만 과연 응보의 이치가 있다면 세상의 탐관오
> 리들 중 죽어 창고의 구렁이가 되지 않을 자 드물 것이다. 이 말 또한 탐욕 많은
> 이들을 격분시킬 것인가?


찬자 이원명(李源命)[9]은 예로부터 있었던 승려의 '신이한 술법과 기이

---

9) 이원명(李源命), 1807~1887. 조선 후기의 문신. 본관은 용인, 초명은 원경(源庚),
   자는 치명(穉明), 호는 종산(鍾山). 경기도관찰사·이조참판·이조판서 등을 역임

한 도술'을 인정하되 이것의 의의를 '나라를 위해 하나의 큰일'을 해냈다는 데 두고 있다. 그래서 고려와 조선 건국에 결정적인 역할을 한 도선과 무학을 그 대표적인 승려로 들고 있는 것이다. 그리고는 '이단'이라 하더라도 그들 승려를 멸시할 수 없는 것은 이러한 '충의(忠義)'의 행적 때문이라고 하였다.

이렇게 보면 찬자가 다른 야담집과 다르게 서산과 사명당의 행적을 다룬 것은 이들 모두가 구국의 행적을 보인 대표적인 승려이자 민족적 영웅이기 때문이다. 따라서 이들 고승의 행적 중 특별히 임란기 때 승장으로서의 사적을 다룬 것이다.

이원명은 야담집 편찬자 중에서도 양반 의식과 유교 이념에 투철하고 그에 따라 이야기를 배열하는 데 있어 합리성을 추구하는 자로 알려져 있다.10) 이렇게 보면 그가 고승의 이야기를 문헌에 수록하는 것 자체가 비상한 사례에 속한다. 위의 평결에서도 보이듯이 유교의 덕을 강조하기 위해서 천당과 지옥도 활용한 인사인 것이다. 사명당 이야기 중 수륙재 불사를 들면서 뱀을 태워 제도했다는 것을 '허탄'한 일이라 하고서 이를 탐관오리의 문제와 관련시킨 것도 이러한 그의 유자적 면모에 따른 것이다. 즉, 다리 공사 대금을 착복한 죄업으로 뱀이 되어 다리를 지키는 화주 및 관련 인사들의 이야기에 빗대어 "탐관오리들 중 죽어 창고의 구렁이가 되지 않을 자 드물 것이다."라고 한 것이다. 뱀이 된 화주처럼 탐관오리들도 국고를 축낸 죄업으로 거의 다 창고의 구렁이가 되어 있을 것이라는 말이다. 그리고는 "이 말 또한 탐욕 많은 이들을 격분시킬 것인가?"라고 하여 문제의 화살을 당시의 탐관오리의 문제로 돌리는 것이다. 이렇게 문

---

했다.
10) 이강옥, 「≪동야휘집≫의 세계관 연구」, 『야담문학론』 상, 보고사, 1994, 198~203면 참조.

제를 다른 데로 돌리지 않았다면 그가 사명당의 '허탄'한 수륙재 불사를 자신의 문헌에 수록하기는 힘들었을 것이다. 양반 의식과 유교 이념에 투철한 찬자가 천한 승려의 사적을 긍정적으로 다루거나 뱀을 태워 제도하는 사적을 그대로 수록하기에는 많은 어려움이 따를 것이기 때문이다. 이렇게 보면 앞서 고승의 행적을 다룬 것이 그 충의의 행적 때문에 가능했듯이, '허탄'한 영험담을 다룬 것 역시 그것을 통해 탐관오리의 문제를 지적할 수 있기에 가능한 것으로 볼 필요가 있다.

따라서 이들 두 고승 이야기가 『동야휘집』에만 실려 있다는 점 때문에 찬자를 호불적이라고 볼 필요는 없다. 유교 이념에 따른 충의 의식을 드러내기 위해 이들 고승의 행적을 끌어들인 것으로 보이기 때문이다. 이러한 그의 찬집의식에서 보더라도 서산과 사명당의 승상은 유교 이념 내지 현실 의식에 걸러져 그 본분사의 의미가 다소 손상을 입었다는 의미에서 세속화되었다고 할 수 있다.

## 1.2. 이승

3대 야담집에서 승려 이야기의 본령은 이승에 대한 것이다. 『어우야담』에서부터 본격적으로 양산되어 왔던 이승에 대한 이야기가 이때에 와서 더 많이 쏟아져 나온 것이다. 그리고 『어우야담』에서는 양생술, 점술, 환술 등을 부리는 승려나 신선의 세계를 목격하는 승려가 주로 등장했다면 여기서는 이러한 승려 외에 풍수중이 많이 나오기 시작한다. 또한 점술의 경우에도 미래를 예언하거나 관상을 잘 보는 승려들이 등장한다. 그리고 이들 이야기를 중심으로 3대 야담집 간의 전승 수수 현상이 발생한다는 점도 특징적이다.

양생술, 점술 등을 부리거나 신선의 세계를 목격하는 승려에 대한 것은

『어우야담』 부분에서 다루었기 때문에 여기서는 풍수중의 이야기를 주로
다루고자 한다.


## 1.2.1. 사례

풍수중-1

〈은혜 갚은 풍수중과 여종의 지혜〉는 풍수중이 보은의 의미로 잡아 준
길지를 상주가 버려두자 그 집 여종이 여기에 아버지의 묘를 이장해 성공
했다는 것, 그리고 온갖 지혜로 남편과 아들들을 성공시키고, 마지막으로
주인에 대한 은혜를 갚았다는 것이 주 내용이다. 이 중 이 글에서 주로 논
의할 부분은 중이 묏자리를 잡아주는 대목까지이다.

- 중이 보은의 의미로 묏자리를 잡아줌
- 여종이 길지를 가로채어 성공한 전말
- 여종이 보상한 전말

우선 중이 묏자리를 잡아준 것은 죽은 곽씨가 그를 벗처럼 대해 주었기
때문이다. "서로 터놓고 거리낌 없이 농지거리를 해대며 벗과 같이" 지냈
다는 것이다. 이에 대해 중은 장례식 때 찾아와 "미천한 중놈을 벗처럼 대
하셨사오니 죽음으로써 은혜를 갚을 뿐입니다."라고 하였다. 즉, 미천한 중
으로 선비와 허물없이 지냈으니 죽음으로써 갚을 만큼 그 은혜가 크다는
것이다. 이러한 중의 위상은 그가 곽씨 집에 조문을 왔을 때도 마찬가지이
다. 즉, 중이 선비의 죽음에 조문하는 것 자체도 큰 문제가 되어 상주인
곽씨의 아들로부터 책망을 받았던 것이다. 그리고 이러한 하대와 천대는

묏자리를 잡는 과정에도 나타난다. "상주가 믿지 않을 뿐만 아니라 자기도 풍수를 알기 때문에 묘 터를 두루 찾아볼 생각도 있지만 좋은 자리가 없을 것 같아 아직은 중의 말을 따르며 그 능력을 시험하기"로 했다는 것에서 이를 알 수 있다.

마지막으로 상주가 "내가 산을 보는 안목이 스님보다 못하지 않고 다른 사람보다 부친을 위하는 마음이 배나 더하니 그대 여러 말 말라."고 하며, 중의 말을 듣지 않고 좋지 못한 자리를 선택한 점에서 이상의 중에 대한 멸시 의식이 결정적으로 나타난다. 그리고 이러한 의식은 운명을 바꿔 놓을 정도로 그의 삶에 큰 영향을 끼치게 된다. 즉, 이야기 말미에서 곽씨 아들의 행색은 "궁핍하여 의지할 데 없는 지경"에 이른 것이다.

이렇게 보면 곽씨의 아들은 부친이 생전에 중과 허물없이 지낼 때부터, 결정적으로 그 중이 보은의 차원에서 부친의 묏자리를 점지하는 과정에서 중을 크게 천대하였다. 그리고 이로 인하여 그의 삶은 궁핍을 면하기 어려운 지경에 이르렀다. 여종의 성공담과 관련시키면 중의 풍수 지식이 적중했음을 알 수 있다. 물론 여종의 보은 행위로 군수 자리를 얻게 되어 곽씨의 아들 역시 성공적인 삶을 살게 되지만 그 군수 자리라는 것이 중이 말한 대로, '작은 읍의 원님'일 뿐이니 그것도 중의 풍수가 들어맞음을 입증하는 것이다.

요컨대 이 이야기는 풍수중의 점지를 어떻게 받아들이느냐에 따라 곽씨의 아들과 여종의 운명이 바뀌었다는 것이 핵심적인 내용이다. 그리고 풍수중의 등장과 그 풍수의 실현 과정에는 두 차례에 걸친 보은 행위가 있어 이 이야기는 풍수와 보은이라는 화제를 승려와 관련시켜 논란했다는 의미가 있다. 다만 그 과정에서 승려에 대한 두 가지 시각 즉, 곽씨와 그 아들의 시각이 대조된다는 점에 주의할 필요가 있다. 즉, 곽씨는 사회 일반의 의식을 초월해 미천한 중을 벗처럼 대해서 특이하고 그 아들은 사회 일반의 의식에 따라 중을 천대한 것이다. 그런데 결과는 중을 천대한 아들이 몰락하는 지경에 이르게 된다. 따라서 이러한 서사적 결말 역시 중을 천대한 이가 망할 수밖에 없다는 점을 강조하는 의미가 있다.

문제는 이러한 과정에서 지체를 내세워 무참히 승려를 천대한다는 점이다. 이를 통해 조선 후기 승려에 대한 일반 사회의 천대 의식을 엿볼 수 있지만 여기에 등장한 승려는 그 풍수 능력이 우월함에도 불구하고 젊은 선비로부터 크게 천대를 받는다는 점에 주목할 필요가 있다. 즉, 아무리 풍수 능력이 뛰어나도 신분이 미천하기 때문에 그러한 능력조차 의심을 받기에 이른 것이다. 이렇게 보면 풍수중이라는 신분 자체가 세속적인 시각으로 재단되고 평가된다는 점에서 승상이 세속화되었다고 할 수 있다.

### 풍수중-2

〈풍수중 성거사의 보은〉은 취성이라는 중이 스승이 금지한 술법 책을 본 죄로 절에서 쫓겨나 풍수로서 살아간다는 이야기다. 그러면서 자신에게 도움을 준 사람들 특히, 가난하고 힘없는 사람들에게 길지를 점지해주어 은혜를 갚고 그 과정에서 그의 풍수 능력이 입증된다는 이야기다.

· 취성이 지술에 관한 책을 통달함
· 그 죄로 절에서 쫓겨나 풍수노릇을 함
· 풍수노릇 1
· 풍수노릇 2

우선 취성이 풍수가 되는 과정이 흥미롭다. 취성은 출가 입산하여 운대사의 제자가 되었는데 여러 중들 중 가장 총명했다. 그런데 대사가 극진히 사랑하여 삼년 동안에 모든 불경을 다 가르치면서도 오직 어떤 책 세 권은 보지 못하게 하였다. 따라서 취성이 문제의 책 세 권에 대해 호기심을 갖는 것은 당연하다. 그뿐 아니라 대사가 출타하면서도 문제의 책을 보지 말라고 하여 그에 대한 궁금증을 더욱 유발하였다.

이렇게 보면 애초에 취성에게 술법의 미끼를 던진 것은 대사 쪽이다. 몇 번에 걸쳐 어떤 책 세 권만 보지 말라고 하니 총명하여 지적 호기심이 많은 취성으로서는 빠져들 수밖에 없는 것이다. 더구나 대사는 취성이 이미 반성하고 있음에도 한 때 그릇된 마음을 먹은 것 때문에 쫓아내기에 이른다.

어쨌든 취성은 타고난 총명함과 지적 호기심 때문에 지술에 빠져 들었고 그 능력을 손에 쥐었다. 그래서 절에서 쫓겨났지만 풍수로서 한 세상을 살기에 부족함이 없는 지경에 이르렀다. 그리고 그 능력으로 힘없고 가난한 사람들에게 큰 도움을 주기도 하였다.

문제는 절에서, 혹은 불교에서 지술을 사악한 술법으로 본다는 것이다. 즉, 술법에 빠져든 것을 '잡념'과 '사악한 마음'에 따른 잘못된 행실로 보는 것이다. 게다가 대사 역시 술법에 관심이 있어 이러한 책을 보관하고 있었는지 모른다. 혹은 대사뿐 아니라 대다수의 승려들이 이러한 지술에 빠져 있었다고 볼 수도 있다. 그리고 이는 임란 직후의 사회현실을 반영한 『어우야담』과 달리 더 후대로 내려가 조선 후기의, 승려와 관련된 세태를 반영한 것일 수 있다. 풍수중의 형상이 3대 야담집에서야 나타난다는 것은 조선 후기로 갈 수록 이러한 술법으로 세상에 관여하는 승려들이 많아졌음을 암시하기 때문이다.

따라서 취성은 승려의 본분사보다 풍수로서의 능력이 돋보인다는 점, 그것으로 세상에 관여한다는 의미에서 세속화된 승상을 지닌다. 더 나아가서 그 풍수로서의 능력이 '세상의 술법'으로서 '인간 부귀'를 쉽게 얻을 수 있는 방편에 불과하며 풍수로서의 행적이 불교 내에서 사악한 행실로 평가된다는 점에서 취성은 세속화된 승상을 지닌다고 할 수 있다.

풍수중-3

〈은혜 갚은 풍수중〉 1은 승려가 목숨을 구해준 선비에게 길지를 점지해 줌으로써 은혜를 갚되, 그 선비의 의심 때문에 복이 감하게 되었다는 이야기다. 그리고 최고의 길지는 놓쳤지만 예언이 실현되었다는 점에서 승려의 풍수 능력이 입증되었다는 의미도 있다

- ·이정운 조부의 은혜
- ·이정운이 죽자 중이 찾아와 조문함
- ·전날의 은혜를 갚기 위해 길지를 정해 줌
- ·증험과 감복

앞의 두 이야기들의 경우, 첫 번째는 사대부가 신분 때문에 승려를 멸시하는 과정에서, 두 번째의 경우 스승으로부터 지술을 익히는 과정에서 갈등이 있었다면 여기서는 그러한 갈등은 없다. 또한 지술을 놓고 절에서의 갈등도 나타나지 않는다. 즉, 이제 풍수중은 사대부로부터, 그리고 불교 내부로부터 어떤 갈등도 겪지 않는 것이다. 이는 그만큼 승려 중에서 풍수중이 많이 양산되었으며 그것이 낯익은 세태의 하나가 되었기 때문일 것이다. 다만 딱히 풍수중의 능력을 의심하는 것은 아니지만, 점지한 길지가 외관상 형편없다는, 주변의 논란에 휩싸여 그에 대해 다소간 의심을 하는 문제가 발생한다.

"이렇듯 낮고 습한 밭고랑 사이에 무슨 혈이 있으리오?"

하고 시비가 어지럽게 일어나니 이생이 비록 중의 말을 전적으로 믿고 하는 일이지만 여러 사람이 말리니 자연 의심스러운 마음이 없지 않아 그 중을 데리고 조용한 곳에 가서 물어 말하기를,

"내 비록 대사의 말을 전적으로 믿고 이 일을 결정했으나 여러 사람의 의논이 어지러우니 큰일을 당하여 확실한 징표를 보지 못하면 어떻게 모든 의논을 물리치고 이곳을 쓰겠는가?"

즉, 주변 사람들 사이에서 의심하는 논란이 일자 상주인 이생도 무심할 수 없게 된 것이다. 그래서 작은 징험이라도 보고자 한 것인데 결국 그 때문에 복이 감하는 사태가 벌어진다.

중이 손으로 그 뚜껑 한 쪽을 들고 촛불로 비추어 보니 맑은 물이 함 속에 가득하고 금붕어 세 마리가 그 가운데서 놀고 있었다. 이생이 보고 크게 놀라 드디어 급히 덮고 다시 그 헤친 흙을 전과 같이 단단히 메우고 즉시 매장하였다.

이러한 에피소드는 '은혜 갚은 풍수중' 이야기에서 흔히 볼 수 있는 것으로, 길지라고 알려준 곳이 너무 형편없다고 중의 능력을 의심해 길지를 조금 파헤친 결과 길한 기운이 빠져 나가는 것으로 나타난다. 그리고 그 때문에 결국 복이 감하는 일이 발생한다.

요컨대 이 이야기는 목숨을 구해준 선비에게 최고의 길지를 점지해 주는 것으로 은혜를 갚고자 했지만 당사자인 선비가 이를 의심해 복이 감하게 되었다는 것이 주 내용이다. 이렇게 보면 선비와 승려 간의 갈등 관계는 큰 비중을 차지하지 않는다. 그리고 그 갈등 관계라는 것도 주변의 입김이 크게 작용한 결과이다. 따라서 주 갈등 관계는 다른 데서 찾을 필요가 있다. 즉, 애초에 풍수중이 거지꼴로 와 걸식할 때 절의 중들이 그를 학대했다는 것이다.

마침 한 겨울로 아주 추울 때였다. 떠돌아다니며 구걸하는 한 중이 거지꼴로 절에 와 걸식하니, 밥 짓는 중이 제 저녁밥 한 그릇을 먹이고 하루 밤 지난 후 곧 구박하여 내쫓았다.

즉, 여기서 풍수중은 거지꼴을 하고 있으며 그 때문에 하루 밤이 지난 후 구박을 당하며 쫓겨나게 된다. 따라서 앞의 이야기에서는 승려가 본분사를 잊고 지술에 빠져 들었다는 것, 그 때문에 풍수중 자체가 부정적인 존재로 대우를 받았지만 여기서는 풍수 능력을 의심 받는데다가 초라한 행색 때문에 중으로서 대우를 받지 못한다는 점에서 세속화된 승상이라고 할 수 있다.

## 풍수중-4

〈은혜 갚은 풍수중〉 2도 앞의 이야기와 거의 같은 것으로 은혜를 입은 중이 길지를 잡아줌으로써 보은하려 하였으나 상주가 혈을 의심하여 복이 감했다는 이야기다. 특히, 여기서는 상주 자신이 징험을 본 이후로 안질을 앓다 죽었다는 점에서 중의 풍수 능력에 대한 의심이 적지 않은 파장을 일으켰다고 할 수 있다.

- 한광근의 어머니가 계집종의 목숨을 구해줌
- 계집종의 아들이 보은 차원에서 길지를 잡아줌
- 다른 지관의 말을 따라 이장하려 함
- 한광근이 안질을 앓다 죽음

우선 앞의 이야기에서는 상주 자신이 주변의 논란에 따라 혈을 의심하고 그것을 확신할 수 있게 징험을 보여 달라고 하면서 문제가 발생한다.

반면 여기서는 애초 상주는 그대로 혈을 믿어 중의 말대로 집안이 번창했는데 다른 지관이 개입하면서 문제가 발생한다는 점이 다르다. 혈에 대한 시비가 풍수라는 전문가 사이에서 발생했다는 것이다. 물론 해당 풍수중의 말이 모두 맞는 것으로 드러난다는 점에서 이러한 시비는 풍수중의 능력을 돋보이게 하는 역할을 한다.

또한 앞에서는 징험을 본 결과 복이 다소 감하는 것으로 나타나지만 여기서는 당자가 안질을 앓다가 죽는 것으로 나타나 중의 풍수 능력을 의심한 것이 예사롭지 않음을 알 수 있다.

마지막으로 중이 장례식에 나타나자 "너는 어떤 중이기에 감히 사대부집 초상에 와서 우는가?" 하는 것처럼, 사대부와 비교하여 승려의 사회적 처지가 현격히 낮음을 알 수 있다. 이러한 점은 풍수중이 자리를 잡아 주자 "상주들이 생각해 보니 지세가 빈약하여 다른 자리를 찾고 싶었으나 몹시 군색한 처지라 중의 말대로 매장을 하기로 하였다."에서처럼 군색한 처지라 어쩔 수 없이 중의 말을 들은 것에서도 나타난다. 이는 결국 승려에 대한 사대부의 편견에 기인한 것으로 볼 수 있다.

요컨대 이 이야기는 풍수중의 능력을 의심하여 생긴 재난에 대한 것으로 그만큼 풍수중이 비범함을 말해주는 것이다. 또한 이 풍수중은 다른 지관과 비교해서도 풍수로서의 능력이 뛰어나다는 점이 강조되었다. 다만 승려가 그 본분사보다 풍수로서 현실에 관여했다는 점, 그리고 풍수이기 이전에 승려로서 사회적으로 천한 신분에 있었음을 알 수 있다. 이런 점에서 승려의 세속화 현상을 확인할 수 있다.


[전승 배경]

구비설화로 〈만경 곽진사와 대사〉[11]가 있다. 그 일부만 소개하면 다음과 같다.

아 그 대사를 따라가는데 이것이 산으로 올라가야 묘를 쓰는 것 아녀? 근디 한데 갱대(강변?) 같은델 자꾸 가네. 그렇지만서도 어디로 가는지 물을 수도 없고 따라 가는 거여. [청중 : 봉산 열판으로 끌쿠 가는게뷔.] [청중 : 웃음] 그리더니 턱하니 여기다가 장소를 챙기라는 거여. 챙기라구. 그러니께 곽씨들 문중서 와가지고.

"아 진사어른 뫼 쓴다고 하더니 이런데 뫼를 쓴데. 하자를 났댜 물리를 났댜."

참 당연한 소리지. 그래 떡하니 쇠를 내놓더니 여길 파라 하더랴. [청중 : 웃음]

한 삽 파고 두 삽 파고 허물어지는게 아녀? 한 삽 파니께 그저 물이 훌렁 훌렁햐. 자꾸 허물어 지는게 아녀. 그렇게 그 곽씨들이 모여가지고는 멘들어간 음식, 술이다 몽땅 먹고는 죄다 가버려. 그렇게 진사어른에게 대사 말하기를,

"힘쓰는 사람 몇만 남겨놓으시고 다보내시지요."

그래 머심 둘하고 당신하고 남았지. 그래서 놓구 파던것 따라하더랴. 아 이것 요만치 파는데, 넓게 파면 될 게 아니여? 그런게 반석이 나오더랴. 반석이 나오더랍니다. 응. 장뜨(長石)같은 반석이 나오더라. 그렇게 곡괭이로 가운델 찍어보라 하시더랴. 그래 돌인가 흙인가 모른게 찍어보니, 아 찍어본게 얇게 덮어진 것이 딱 깨어지더니 학이 두 마리 날라가더라고. 그렇게 진사어른이 "저학, 저학, 저학." 하시다가 엎어져서 그집에 장사를 못지내고 돌아가신 게여. 게 명당도 분수에 맞아야 하는기여,

…


이는 기다리던, 풍수의 일인자 일이대사를 만났지만 그 외모상의 초췌함 때문에 점지해준 길지를 의심하다가 낭패를 당한다는 이야기이다. 역시 점지해준 길지의 징험을 보려다가 낭패를 당하게 되는데 복이 감하고, 병을 앓는 정도가 아니라 그 자리에서 죽었다는 점에서 더 심각한 사태가 초래되었음을 알 수 있다.

〈개구기 형국의 명당을 잡아 준 대사〉[12]의 일부를 소개하면 다음과 같다.

---

11) 『대계』 5-2.
12) 『대계』 5-3.

그전에는 명당을 잡을라믄 어터게 잡느냐 하믄, 대사라고 중인디, 이 대사가 지리를 잘 알아. 지금은 명당을 잡을라고 손님을 천거를 하지만, 옛날에는 대사가 댕기면서 사방 명산에 아는 곳이 많은디. 사람실험을 봐가지고, 저 사람이 명당을 줘서 잘되면은 읍는 사람 구제도 허고, 덕도 좀 베풀 것다 하는 이런 사람에게 명당을 줄러고 허지, 그냥 악혼(악한) 사람에게는 주딜 안헐라고 혀.

…

근개 이번이야 일러줄 테이지 허구 인자 발을 빼고 근너줬어. 아, 근디 또 가서는 가자고 그려. 혹간 어디가 어디 있다고 그런 얘기라도 헐랑가 혔더니, 그런 얘기도 안허고, 또 업어 건네라고 혀. 나중에 부아(성)가 나거든. 그제가 한 보름이 되얐는디. 명당이고 뭐고 참말로 마누래 볼 염치가 없어. 옆집이다 양(양식) 뀌다가(꾸어다가) 해주고 그러했는디, 볼 면목이 없어. 에이, 빌어먹을,

"아, 당신은 오늘도 헛걸음치니, 당신 여기다 처박아버릴라우."

…

아, 또 지관쟁이는 또 어떻게 됐냐? 3년 후에 그기 귀경(구경)을 갈라고 했어. 이. 그런디 지관은, 명사는 어떻게 맘을 먹었느냐 하면은 그눔이 한 보름까지라도 옳은 맘을 먹었으면 인정을 할턴디 아무리 읍서도(없어도) 맘이 벌써 글렀다(틀렸다) 이거여. 벌써 그것을 기다리는 마음으로 그것을 후딱 안 가르켜주면, 즈그 집 읍는 살림에 밥히주기도 괴로운 게 빠쳐 죽인다고 했은개, 너는 두어서는 성공을 못허겄다 그렇게 맘을 먹고는 요놈을 쑥대밭을 맨들을라고 명당을 잡는 것을 개구리성국(개구리形局)에다 잡아줬는디. [조사자 : 개구리 성구요?] 음, 개구리 성구(形局). 아 개구리 성국에다가 묘를 쓰면은 무엇이 와 침범을 허냐? 뱀이란 놈이 와서 달칵 채먹을 자리여. 그게. [청중 : 아! 저런!] 개구리란 놈을 배암이란 놈이 치어 먹은개 쑥대밭이 된다 이말여. 이런 자리를 써주었어. 그런디 아 3년만에 요놈이 쑥대밭 됐니라 하고, 묘를 찾어가 보닌개, 아 예전보다 더 벌초도 깨까시(깨끗이) 허고, 더 키워놓고 석축도 쌓고 아, 잘해 놨거든.

…

그런디 그렇게 아는 이도 실수가 있어. 황새봉을 못봤어. 근개 대지는 진짜 대지지. 왜냐면 개구리 성구서 비암이 와서 달칵 차먹을 것이다 했는디, 저 황새가 넘어다 보니까 비암이란 놈이 오덜 못혀. 그러서 거가 대지여. 그래서 명당은 그 대(運)가 그렇게 맞으야 한다고 혔어.

"아, 나같이 아는 사람도 그렇게 실수가 있구나."

…

민간에서 주로 풍수중이 지관 노릇을 했는데 상대방의 됨됨이를 보아 길지를 점지해 주고 상대방은 길지를 얻으려는 생각에 승려에게 대접을 잘 해 주었다는, 풍수 관련 세태가 잘 나타난다. 그리고 길지를 바로 알려 주지 않는다고 풍수중을 박대하고, 다시 이 때문에 그가 잡아준 길지를 의심하고 혹 재앙을 만나지 않을까 전전긍긍하는 사태가 흥미롭게 전개된다. 그리고 풍수중은 그 박대 때문에 좋지 않은 자리를 잡아 주지만 그것이 길지임이 밝혀지자 자신의 실수를 인정하고 한탄하기도 한다.

즉, 여기서는 그 천한 신분 때문에 승려의 점지를 의심하는 것이 아니라 자신이 박대한 행위 때문에 의심한다는 점에서 신분 때문에 생기는 갈등은 없다. 또한 결국 승려의 능력이 인정되고 의심한 사대부는 복을 잃거나 재난을 당한다는 문헌 소재 이야기들과 달리, 거꾸로 승려의 능력 부족, 실수로 인해 오히려 큰 복을 얻게 된다는 점이 다르다. 이러한 점에서 민간에서는 풍수중을 신뢰하면서도 그의 능력을 절대적으로 신봉하지 않았음을 알 수 있다.

〈도승이 구해 준 묘터〉[13]는 다음과 같다.

광해조 때 서울 장안에 유명한 도승이 한 분 계셨어. 하도 영험시러우니까, 이 말이 광해조 임금 귀에까지 들렸거든. 그래서 광해조가 아시다시피, 좀 폭군으로 지금 후세 사람들에 지탄을 받고 있잖은가?

그러나 역시, 그런 폭군도 인자 그런 참, 유명한 그 도승이라믄, 아마 좀 좋아했던 모양이지? 궁성에다가 [기침] 모서 들였어. 그래갖고 가히 스승처럼 그이를 참 존경을 하고, 자꾸 백사(百事)를, 정사를 하문(下問)을 했어. 그래 그 때 유신들이 상소를 해.

"안 됩니다. 우리나라는 삼강오륜의 동양 도덕이 엄연해 가지고, 공맹(孔孟)의 도덕으로 전부 정사를 해나가는디, 불도, 이단, 그런 중을 데리다가 궁성에다 앉혀 놓고, 뭘 문다고(묻는다고) 하는 것은, 이건 국체가 흔들립니다, 잘못해서

13) 『대계』 6-3.

는. 아, 고려 때마 하더라도 신돈이 중놈이 들어 가지고 나라가 망하지 않했소? 그라니 이 사람을 축출시켜야 합니다."

상소가 빗발칠 게거든. 그러나 광해조가 그 말 듣지 않고 그래도 버터고, 그 대사를 궁성에다 머물려 놓고, 대접을 하는디, 가만 대사가 아는 사람인데, 보니까 안 되겠거든. 그 뭐, 각처의 그 유생들, 성균관을 비롯해서 팔도의 유신(儒臣)들이 전부 상소를 올리는디, 아마도 이 끝처리가 자기가 안 좋겠다 그 말이여, 귀결이. 그러니까 인자, 자기가 몰래 궁성을 탈출했어.

…

길에서 보니까 아주 좋아, 묘자리가. 그래 길에서 얼마 참 머지 않은 곳이던가 올라가. 산에 가서 그 자리에 앉어서, 뒤 주산(主山)과 좌청룡 우백호, 안산(案山)을 떡 살펴보니, 아, 이 자리가 만석 거부가 곧 날 자리여. 만석 거부가 날 자리여. 그라면 묘자리란 것이 묘를 자리도 씨고, 삼 년 후에 발복될지, 일 년 후에 발복될지, 혹은 십년 후에 발복이 될지, 뭐 어떤 자리는 후에 발복이 될 때도 있고, 백년 후에 발복헐 때도 있고 그런 거이여. 한꺼번에 발복이 되는 것이 아이라, 다 거, 시한이 다 있어.

그런디 여기는 가령 묘시(卯時)에 하관(下棺)을 하믄 진시(辰時)에 발복할 자리여. 유시(酉時)에 하관을 하믄 술시(戌時)에 발복할 자리고, 그양 급속지지(急速之地)라 말일세. 그래 도사 혼자 자탄을 해. '좋다. 누가 여따가 묻힐 것인고? 여거다 묘를 씨므는 직접 만석 부자가 되겠는디 ….' 혼자 말로 그렇게 하고 인자 내려와.

…


이 이야기는 중이 광해군의 주선으로 궁에 들어왔지만 빗발치는 상소에 궁실을 도망쳐 나오다가 당대발목의 길지를 봐두었다는 것, 그리고 가난하지만 정성껏 대접하는 가난한 집에 그것을 알려 주어 그 집을 잘 살게 해 주었다는 이야기다.

여기에서는 승려를 궁실에 들이는 문제로 유생들이 상소를 올리며 고려 말의 신돈에 비유한다는 점에서, 조선시대 사대부들이 불교와 승려를 배척하는 양상이 잘 나타난다. 하지만 그렇게 지배계층으로부터 배척 받은

도승이 결국 자신을 정성껏 모시는 가난한 집에 당대발복의 길지를 점지
해 주어, 그 집이 잘 살게 되었다는 점에서 그 능력이 헛되지 않음을 역설
한다는 의의가 있다.

〈명사 도회〉[14]는 다음과 같다.

> 옛날 도회란 중이 있어. 도회라고 중 참 지리가 멩사(명사)여.
> "밥을 묵게 해도라."
> 허먼 밥 많이 묵을 데 써주고,
> "부자될 데 써도라."
> 허먼 부자될 디 써주고,
> "말 잘헐 데 써도라."
> 고 허먼 말 잘헌데 써주면 그대로 된단 말여. 말대로 되어부러.
> …
> "여그 씨먼　해 안에 진사가 나. 진사가 낭께 여그 씨고."
> 딱 갈쳐줌선 씨라고 인자 그대로 갈쳐줘 썼제. 딱 씨고는 뭐라고 헌고는,
> "여그 인자 삼십년이 되면 파야돼. 글안허면 니가 망해자빠징께 인자 진사나
> 나오고 그러면 잘살고 헐꺼잉께. 그때는 인자 파라. 삼십년만에 파라."
> 아 그 인자 그 풍수 말을 고지를 들었으면 그양 그때 똑 씨먼 잘 되었으면 인
> 자 파야할꺼인디 안팠단 말이여. 그래 해가 되고 인자 대가 묵어 인자 오래살고
> 헝께 안파고 그냥 둥께 아 기양 삼십년만에 망해자쳐뿌렀네. 그대로 말대로 기양
> 되아부려. 그런 명사가 도회라고 헌 멩사가 있어.

점지한 길지마다 징험이 일어나는 도사 이야기로, 그에게 어렵게 길지
를 얻었지만 주의 사항을 지키지 않았다가 낭패를 본다는 것으로 그의 말
대로 모든 것이 이루어진다는 것, 그만큼 능력이 대단함을 말하고 있다.

---

14) 『대계』 6-4.

## 1.2.2. 찬집 의식

풍수중 이야기는 민간에도 널리 알려져 있다. 특히, 외모상의 초췌함 때문에 그가 점지한 길지를 의심하고 주의 사항을 지키지 않아 복을 받기는 커녕 오히려 낭패를 겪는 이야기로 앞의 3대 야담집 이야기들의 문제 의식과 같다. 더 나아가서 광해군대를 배경으로 한 이야기는 승려에 대한 지배계층의 집단적이고 강력한 반발 때문에 받을 복을 놓친다는 점에서 같은 맥락이다. 이들 이야기를 통해 민간에서 성행한, 풍수중과 관련된 세태를 확인할 수 있으며 그 궁극적인 의미는 풍수중의 능력을 높이 사는 것이다. 한편 풍수중의 실수를 다룬 이야기는 이와 정 반대로 그의 능력이 절대적이지 않음이, 따라서 정해진 복이 아니라 자기 복으로 산다는, 운명 극복의 의미가 담겨 있어 가장 설화적인 발상에 충실한 이야기라고 할 수 있다.

이렇게 보면 풍수중의 능력을 의심해 낭패를 당한다는 3대 야담집 소재 이야기들은 이러한 민간에서 흘러들어온 것일 수도 있다. 다만 여기에는 외모상의 문제라든지, 다른 요인 때문에 승려의 능력을 의심하기에 앞서, 승려라는 천한 신분 때문에 의심을 한다는 점이 다르다. 특히, 사대부와 승려 간의 신분적 갈등이 사건의 핵심적인 요소라고 할 수 있다. 즉, 민간에서 전하는, 풍수중에 대한 이야기를 사대부와 관련된 문제로 변용시켰다고 할 수 있다. 그러면서 이정운, 한광근 등 당시의 역사적 실존인물의 삶과 관련시켰다는 점이 특징이다. 이는 특히, 『청구야담』이 찬자, 연대 미상의 야담집으로 주로 1700~1800년까지의 세태 묘사, 특히 하층민을 중심으로 한 사회적 갈등을 사실적으로 다룬 것과 무관하지 않을 것이다. 즉, 『청구야담』의 찬자는 민간에서 흔히 이야기되는 풍수중 이야기를 가져와 자기 주변의 이야기로 바꾸었다고 할 수 있다.

이들 이야기에서 사대부와 승려의 관련성은 사대부가 승려를 아무리 잘

돌보아주어도 결국 그의 능력을 의심하는 쪽으로 바뀌고, 그렇지 않으면 대체로 그를 천대하는 식으로 나타난다. 여기에서 풍수로서 승려의 능력은 중요하지 않다. 그가 아무리 뛰어나고 비범해 운명을 제대로 예언한다 해도, 천하기 때문이다. 물론 종국적으로는 승려의 능력이 입증되고, 그것을 의심한 사대부가 낭패를 당하거나 심지어 죽게 되지만 그 과정에서 승려가 천대를 받는다는 점에 주목할 필요가 있는 것이다.

이런 점에서 3대 야담집 소재 풍수중 이야기는 승려를 배척하는 단계를 지나 박대하고 천대하는, 조선후기 사대부의 승려관을 잘 나타내 준다고 할 수 있다.

## 1.3. 완승

부도덕한 면모를 보이는 승상으로 요승, 파계승, 완승을 들 수 있다. 이 중 성과 권력의 탐욕을 상징하는 요승 이야기는 『용재총화』의 신돈 이야기가 대표적이며, 그 중 권력만 관련된 것은 『어우야담』의 보우 이야기, 3대 야담집의 고유 이야기다. 그리고 파계승은 승려와 일반 여성과의 성적인 불륜에 대한 것인데 이는 『어우야담』에서부터 나타나기 시작하여 3대 야담집에서도 나타난다. 마지막으로 완승은 단순한 불륜이 아니라 중이 일반 여성을 강간하거나 그 과정에서 살인까지 저지르는 경우를 말한다. 물론 힘센 중이 단순히 힘자랑을 하다 유생에게 낭패를 겪게 되기도 한다.

이렇게 볼 때 세 승상 중 3대 야담집에서 가장 특징적인 것은 완승이다. 특별히 작품 수가 많다기보다 그 부정적인 면모가 앞 시기에 비해 강화되어 있기 때문이다. 따라서 이 글에서는 완승에 대한 이야기를 중점적으로 다루고자 한다. 완승에 대한 전반적인 논의는 앞 장에서 했기 때문에 구체적인 작품 분석을 통해 3대 야담집에 나오는 특징적인 면모만 다루기로 한다.


### 1.3.1 사례

> ·완악한 중이 배에 뛰어들어 부녀자를 희롱함
> ·이비장이 꾸짖은 후 죽임
> ·완승이 이비장을 찾아옴
> ·이비장이 중을 죽여 용력과 검술을 빛냄[15]
> ·황인검이 평안감사로 있을 때 미결의, 살인사건이 있었음
> ·황인검과 친하게 지내던 중이 실토함
> ·황인검이 중을 죽임[16]


이들 이야기에선 힘센 중이 그 완력을 부녀자 희롱과 강간, 살해라는 패륜 행위에 사용한다. 물론 후자의 경우는 특별히 힘이 센 것은 아니지만 "그 약함을 믿고 밤에 들이닥쳐 강제로 범하려" 했다는 점에서, 여성에 비해 힘이 센 것으로 나타난다. 완승은 힘자랑 하는 유형과 부녀자 범죄형으로 구분되는데 3대 야담집에 와서는 이 중 후자의 경우가 더 많이 전하고 그만큼 문제적인 승상이었던 것으로 보인다.

이비장 이야기는 여러 문헌에 유전하면서 많은 변모를 겪은 이야기다. 먼저 『계서야담』에서는 사납게 생긴 중이 찾아와 이원을 죽이려 한다. 결국 이원이 결투 끝에 그를 죽이지만 그 중이 누구인지, 왜 이원을 죽이려

---

15) 〈양반집 부녀자를 희롱한 중〉. 『동야휘집』 〈담우기시초면화(噉牛氣試樵免禍)〉 (권4, 성행부(性行部) 하, 『한국문헌설화전집』 3)에선 이여매(李如梅)의 후손 이명명(李冀明)의 일로 나오고, 그가 강가에서 이미 죽인 중과 대결하지 않고 중의 제자와 대결하는 것으로 되어 있다.
16) 〈양반집 청상과부를 범한 중〉.

했는지 알 수 없다. 『청구야담』에선 이와 같은 의문점이 해결된다. 먼저 거구의 완승이 배안에서 부녀자를 희롱하는 사건이 일어난다. 그것을 목격한 이비장이 "네 아무리 완악한 놈이나 승속이 다르고 남녀의 구별이 있거늘 네 어찌 감히 양반 부녀자를 무수히 희롱하고 방자히 욕보인단 말이냐? 네 죄 마땅히 죽으리라." 하며 그를 쳐 죽여 강물에 던졌다. 바로 그 완승이 찾아와 앞서와 같이 결투를 청했다는 것이니 왜 완승이 이비장을 죽이려고 했는지 알 수 있게 된 것이다. 물론 이비장이 죽여서 강물에 던진 중이 어떻게 살아났는지 하는 점도 의문인데 『동야휘집』에선 그 완승의 제자가 원수를 갚으러 온 것으로 되어 있어서 훨씬 합리적으로 변모되었다고 할 수 있다. 물론 이 이야기는 종국에 이비장의 무용과 검술을 강조하기 위한 것으로 초점이 바뀌어 있다. 이와 관련하여 〈박창두주사흔관(縛蒼頭主師欣款)〉[17] 역시 불의를 참지 못하는 무인 전림이 부녀자를 희롱하는 가야사 중을 결투 끝에 죽여 버린다는 것으로 역시 행악에 대적하는 전림의 무용을 보이고자 한 것이다.

승려가 양가집 부녀자를 강간하는 것은 승려로서는 가장 극악한 면모라 할 수 있다. 일반인들 간의 강간 사건도 사회의 도덕적 전락의 표지로 간주되었다 한다.[18] 황인검 이야기의 '살인 사건'은 그러한 류의 사건을 말하는데 이것을 해결하기 위해 해당 관원이 수십 년을 골몰했다고 할 만큼 부녀자 강간 사건은 미증유의 큰 범죄 행위였음을 알 수 있다. 그런데 이러한 패륜 행위의 당사자가 사회적 천민인 승려인 경우 문제는 더욱 심각하다 할 수 있는 것이다.

먼저, 앞장에서 논의한 『어우야담』의 〈승지의 부인을 범한 중〉은 친한 중이 과거에 승지 부인을 겁탈해서 자결하게 만든 일로 하여 서생이 중을

---

17) 『동야휘집』 권4.
18) 김현룡, 『한국문헌설화』 4, 건국대학교 출판부, 2000, 178면.

죽인 이야기다. 그런데 황인검 이야기에 와선 중의 신분으로 범행했다는 것으로 내용이 변하였다. 후대로 갈 수록 중의 패륜을 강조하는 방향으로 전승된 것이다.

『계서야담』에는 은혜를 입은 중이 속인이었을 때 절개를 지키는 부녀자를 강간해 자결케 한 과거의 일로 황인검이 중을 검거했다는 이야기가 나온다. 그런데 젊은 시절 중으로부터 은혜를 많이 입었다는 전반부에 이어 중으로부터 그 범죄 사실을 듣게 되는 정황이 자연스럽지 못하다. 이에 반해 여기 황인검 이야기는 좀 더 합리적으로 사건이 조직되어 있다. 전반부에 황인검이 평안감사로서 처리해야 할 도내 살인 사건에 대한 정황이 상세히 나온 후에 중으로부터 사건의 전말을 듣기 때문에 범죄 사실에 대한 인지 과정이 다소 자연스러운 것이다.

게다가 『계서야담』에서처럼 승려가 속인이었을 때 범한 것이 아니라 승려의 신분으로 범한 것이라 승려의 강간이라는 주제가 확고히 자리 잡았다고 할 수 있다.

요컨대 이 이야기는 승려가 양가집 부녀자를 강간한 것으로 승속의 차원을 넘어 범죄행위를 다룬 것이다. 앞서 승지 부인 이야기는 서생이 사사로이 죽였지만 여기에서는 해당 관원에 의해 법적으로 처결된 것이 다를 뿐이다. 이 두 이야기가 『동야휘집』에서는 하나의 이야기로 묶여져 있는 것도 주목할 만하다. 그만큼 문헌설화를 중심으로 승려의 강간 화소가 널리 회자되었음을 알 수 있다.


[전승 배경]

문헌 전승과 관련해서는 서사적 특징을 다룰 때 소개했으므로 구비설화의 경우만 소개하는 데 이 역시 앞의 『어우야담』 항목에서 다룬 것이다. 하지만 3대 야담집의 이야기와 구비설화의 관련성을 확인할 필요가 있기 때문에 간단히 소개한다.

구비설화로는 〈박문수의 멋진 판결 두 가지〉, 〈스스로 무덤 판 중〉 1, 2 등이 중의 강간을 다룬 것이고 〈힘이 센 중이 행악하다가〉는 힘을 자랑하는 완승을 다룬 것이다.

이 중 3대 야담집에는 〈스스로 무덤 판 중〉과 같은 부녀자 강간형이 수록되어 있으며 이들 이야기가 여러 문헌에 유전하는 것으로 보아 조선 후기에 활발히 전승되었던 것으로 보인다.

## 1.3.2 찬집 의식

앞의 『어우야담』 부분에서 조선 후기 문헌설화에 완승의 존재가 현저하게 나타난 것은 그것을 향유한 사대부의 시선에 따른 것이라 하였다. 그리고 불교와 승려의 존재를 부정적으로 인식한 사대부들의 손에 의해 완승의 존재가 부각된 것이며 '힘'과 '강간'은 승려를 부정적인 모습으로 형상화하는 데 있어 가장 유효한 방식이라 하였다.

3대 야담집에 와선 그 중 '강간'이 더 강조되는 경향이 있어 완승의 부정적 면모가 더 강화되었다. 그를 처벌하는 방식도 사사로운 것이 아니라 관원이 공공연히 참형하는 쪽으로 바뀐 것도 그러한 점을 입증한다.

물론 조선 후기에 승려의 사회적 처지는 더 열악했고 그만큼 그들이 사회적 범죄에 노출될 기회도 많았을 것이다. 그리고 특히, 조선 후기 열 관념을 강조하는 시대적 풍조에 따라 강간이 극히 부도덕한, 패륜 행위로 지목된 것도 사실이다. 하지만 현실적인 승려의 열악한 처지를 불량한 행태로 직결시키는 것은 곤란하다. 더욱이 서사에서 보이는 승려의 불량한 행태는 다소 과장된 면이 있으며 특히, 같은 범죄라도 승려이기 때문에 더 강도 높은 처벌을 가하는 경향이 보인다. 승려를 종교인으로서 대우는 해

주지 않으면서 파계와 관련된 범죄와 관련되면 더욱 더 지탄하는 경향이 보이는 것이다.

따라서 3대 야담집에 와서 완승의 형상이 부녀자 강간 사건과 관련되고 그 처벌 방식도 가혹할 뿐더러 여러 문헌에 활발히 유전되는 것에는 조선 후기 승려에 대한 사대부층의 극단적인, 부정적 관점이 작용한 것으로 볼 수 있다.


## 1.4. 속승

조선 초기 『용재총화』의 속승은 그 시대에 맞게 문사의 재예를 흉내 내는 승려, 그리고 당시에 승려들이 빈번히 국가 공역에 동원된 사실을 반영한 부역승이었다. 그리고 『어우야담』에는 베를 지고 고개를 넘다가 해코지를 당한다든지, 시장에 물건을 팔아 음식을 사먹는 등 생계를 위해 생업에 종사는 속승들이 등장한다. 임란 후의 곤란한 생활상이 승려의 삶에 결부된 것이다. 3대 야담집의 두 속승 이야기는 해인사 승려들의 종이 부역에 대한 것과 신을 만들어 파는 승려에 대한 것으로 앞의 두 유형의 이야기가 모두 나온다고 할 수 있다. 이 중 후자의 이야기를 중심으로 속승의 문제를 논하고자 한다.


### 1.4.1. 사례

〈삼 값 두 냥을 지킨 산승〉

· 신을 만들어 파는 산승이 생마를 사려고 시장에 감

· 길에서 돈 스무 냥을 주움

· 돈 임자를 찾았으나 산승의 삼 값 두 냥까지 자신의 것이라 함

· 중이 판결로 돈 두 냥을 찾게 됨


　여기에서는 중이 신을 만들어 시장에 내다 팔아 생계를 유지한다는 점에서 승려의 세속적인 형상이 구체적으로 나타난다. 더욱이 그렇게 생계를 유지하는 데 필요한 돈마저 남에게 빼앗길 뻔하였다는 것, 그 과정에서 만인 앞에서 속인과 실랑이를 벌이는 모습, 그리고 결국 관청에까지 가서 판결을 받는 모습에서 승려는 이미 종교인으로서 면모를 상실했다고 할 수 있다. 오히려 세속에서 속임을 당하며 이리저리 곤란을 겪는 모습에서 조선 후기 사회에서 승려는 가장 천한 지위로 전락했음을 알 수 있다.

　게다가 이 이야기는 그러한 승려의 모습이 핵심적인 사항이 아니라 홍양묵이라는 이의 명백한 판결 능력을 보여주고자 한 것이다. 그 과정에서 생계에 필요한 돈 두 냥을 지키기 위해 많은 실랑이를 벌이며 자신의 명백함을 증명해야 하는 승려의 모습이 투영된 것이다. 따라서 여기 승려는 종교인으로서 본분사는 차치하고 생계 때문에 세속에서 곤란을 겪는다는 점에서 세속화된 형상이라고 할 수 있다.


[전승배경]


〈종이를 팔아 살아가는 중과 정효성의 기지〉


　현곡 정백창의 부친인 감사 정효성이 일찍이 청주 목사로 있을 때 지나가던 중이 와서 호소를 하였다.
　"종이를 팔아서 살아가는데 오늘 수백 권을 지고 오다가 잃어버렸사오니 찾아 주시오소서."

...

    그런 뒤에 그 중을 불러 그 가운데 그가 잃어버린 종이를 가려내게 하였다. 그 이름을 확인하여 그 산 곳을 찾아 도둑질한 사람을 잡았다. 정감사는 그 중의 종이를 찾아주고, 나머지 종이도 백성들에게 돌려주었다.

    정효성은 이처럼 정사를 편 일이 많았는데, 그 때문에 백성들을 잘 다스렸다고 세상에 이름이 났다. (『기문총화』)

청주 목사 정효성의 기지를 강조한 것인데 여기에 종이를 팔아 생계를 유지하는 중이 등장한다. 이 역시 그 종이를 도둑 맞아 곤란을 겪는다는 점, 그 때문에 관청에 가서 하소연하여 종이를 되찾는다는 점에서 위의 이야기와 유사한 면모이다.


## 1.4.2. 찬집 의식


3대 야담집의 속승은 전대처럼 생필품을 팔러 다닐 정도가 아니라 재료를 구입해 그것을 만들어 팔고, 무엇보다 자신의 재물 때문에 속인들과 실랑이를 벌이고 관원의 판결에 의존하는 모습으로 나온다. 물론 이러한 승상의 문제가 이야기의 주 내용도 아니다. 명판결로 유명한 관원의 기지를 보여 주는 것이 이야기의 주목적이기 때문이다. 속승의 사건은 그러한 명판결의 한 사례로 등장한 데 불과하다.

이렇게 보면 당시 이러한 승려가 많았고 그것이 일반적인 승려의 모습임을 알 수 있다. 게다가 3대 야담집은 찬집 당시의 세태뿐만 아니라 민간 전승의 영향도 많이 받았음을 상기하면 현실적으로 세속화된 승상을 고스란히 수록했다고 할 수 있다. 이로써 찬자는 당시 승려의 일반적인 삶의 모습을 가감 없이 전해 주었다는 점과 함께 그것을 문제의식 없이 수록했다는 점에서 승려의 세속화에 관여했다고 할 수 있다.

## 2. 세속화의 방식과 요인

3대 야담집에 나타난 승려의 세속화 방식과 요인을 논의하기 전에 전반적인 세속화 양상을 짚어보기로 한다.

3대 야담집에 들어서는 승장에 대한 이야기를 제외하면 고승담이 거의 수록되어 있지 않다. 이들 3대 야담집이 민간 전승으로부터 많은 영향을 받았음을 상기하면 이러한 고승담의 부재는 사회 전체적으로 불교, 승려에 대한 인식이 호의적이지 않았음을 반영한 것으로 볼 수 있다.

또한 이승 중에서 풍수중에 대한 이야기가 큰 비중을 차지하는 것도 3대 야담집의 특징이다. 이는 임란 후 현실의 문제 뿐 아니라 미래의 일을 점치고자 하는, 세태가 반영된 것으로 볼 수 있다.

마지막으로 3대 야담집에 많이 나타나는 승상은 완승이다. 『어우야담』에서부터 완승이 등장하지만 이때에 들어 더 활발히 이 유형이 전승되는 것이다. 이는 성과 힘을 남용한다는 점에서 승려로서는 가장 극악한 모습인데 특히, 구비전승보다 문헌전승에 많이 나타난다는 점에서 사대부층의 불교, 승려에 대한 부정적 시선이 반영된 것으로 볼 수 있다.

## 2.1. 세속화의 방식

### 2.1.1. 신성성 약화시키기

이는 세속화의 방식 중 승려의 신성성을 보존하면서 서사적 측면에서 거기에 다소간의 흠집을 내는 경우로 주로 고승 이야기가 여기에 해당한다. 그런데 3대 야담집에는 이렇다 할 고승 이야기는 없고 〈영험 있는 탱화와 사명대사)의 경우가 이 방식에 가깝다고 할 수 있다.

이 이야기는 대장경 불사, 탱화 불사, 구국 불사, 수륙재 불사 등 각종 불사를 통해 유정의 신이한 면모를 보여주려 한 것이다. 특히, 이 중 탱화 불사를 통해서는 민족의 재난을 막고 수륙재 불사를 통해서는 미물까지도 제도하려고 한 점에서 고승으로서 유정의 보살행과 신통력이 잘 나타난다고 할 수 있다.

다만 탱화를 그리는 과정과 그 효험의 측면에서 이미 유정의 신령한 면모가 드러나긴 했지만 결국은 그것을 빼앗기자 목숨을 걸고 왜국에서 되찾아온다는 데 이 이야기의 초점이 있다. 즉, 탱화 불사가 결국은 왜장 항복 모티프와 관련되어 구국 불사로 수렴되었다는 것이다.

또한 수륙재 불사는 죄업으로 고통 받는 미물을 제도한다는 점에서 그의 신통력과 보살행이 구현된 것이다. 하지만 결국은 그 죄업의 실상이 탐관오리의 행태와 관련되면서 현실을 비판하는 데로 귀결된다. 또한 승려의 신이한 술법과 기이한 도술의 의의를 구국에 두며 승려의 존재 의의를 충의(忠義)의 행적에 두었다. 이렇게 보면 수륙재 불사 역시 구국 불사로 수렴된다.

요컨대 이 이야기에서 신승으로서 유정은 승장으로서의 유정에 비해 고승으로서의 면모가 잘 드러나 있긴 하다. 하지만 그 신이 불사가 결국은 현실적인 요청에 따른 구국의 행적으로 수렴된다는 점에서 고승으로서의 신성성이 다소 약화되었다고 할 수 있다.


## 2.1.2. 신성성 무화시키기

이는 고승의 삶 중 세속적인 행적에 초점을 맞춤으로써 그 본분사와 관련된 신성성을 소거하는 경우로 승장과 이승이 여기에 해당한다.

먼저 승장 휴정의 경우 승전식으로 고승의 삶을 그렸지만 중간에 삽입된, '승려가 군수 아들 가르친 이야기'가 주 내용인 듯이 보인다. 전체 승전 구조 중에서 '이타행'에 해당되는 그 부분이 분량 면에서나 역동적인 사건의 측면에서나 이야기에서 중심을 이룬다는 것이다. 여기에다 사대부의 어린 아들에게 패악을 당한다는 설정은 고승으로서의 위상과 면모에 적지 않은 손상을 끼친 것이 사실이다.

다음으로 군수 아들 가르친 이야기 끝에 돌연 승장으로 활약한 행적이 나온다. 이 역시 이타행의 일환으로 구국 불사를 다룬 것이지만 승장으로서의 승상은 고승의 전모를 담기에 한계가 있다. 대장부를 잉태할 꿈이라는, 출생 당시의 태몽담을 상기하면 이러한 승장으로서의 일대기는 이야기에 일관성을 부여했다는 의의가 있다. 다만 세속적인 의미의 출생담과 이타행을 통해 고승의 승전을 승장의 일대기로 변질시켜 고승으로서의 신성성을 소거했다는 문제가 있다.

이승의 경우 풍수중이 많이 나타나는데 이들은 승려의 본분사와 무관한 일에 종사하면서 그로써 행세하고 삶을 도모한다는 점에서 승려로서의 면모를 상실한 것으로 볼 수 있다. 게다가 그 능력이 의심을 받거나 갖가지 방식으로 천대를 받는 것은 그가 천한 신분의 중이기 때문이다. 따라서 풍수중은 승려로서의 진면목을 상실했다는 점에서 승상이 세속화되었다고 할 수 있다.


## 2.1.3. 어리석고 비천하게 만들기

이는 승려를 세속의 사람들보다 어리석거나 비천한 처지에 있다는 점을 부각시킨 경우로 우승과 속승이 여기에 해당하는데 3대 야담집에선 후자만 나온다.

삼 값을 되찾은 산승의 경우, 중이 있는 곳은 절이 아니라 시장이다. 시장은 속인들이 물건을 팔고 사는, 그런 점에서 가장 대표적인 세속적인 생활 공간이다. 중 역시 신을 만들어 파는 일을 생업으로 하고 있으며 그 신을 만드는 데 필요한 생삼을 사기 위해 시장에 온 것이다. 따라서 중이 생삼을 사기 위해 시장에 온 것, 그가 당한 문제의 사건이 시장을 중심으로 일어난 것은 그가 본분사보다 세속의 일에 종사하고 있음을 말해 준다.

더욱이 그 사건은 중이 생삼 살 돈 두 냥을 빼앗긴 것이다. 물론 중에게는 그 돈 두 냥이 자신의 생업에 긴요한 것이기에 그것을 되찾으려 함이 사리에 어긋난 것은 아니다. 하지만 어디까지나 돈에 대한 것이라 그것을 위해 집요하게 속인과 실랑이를 벌이는 것은 산승의 면모로서는 어울리지 않는 것이다. 또한 그 과정에서 많은 사람들이 보는 중에 속인에게 이리저리 속임을 당하며 곤란을 겪는데 이 점에서 중은 승려로서의 위상을 지니기는 커녕 지적 능력 면에서 보통 사람들보다 못한, 열등한 인사로 보이기조차 한다. 결국 그 빼앗긴 삼 값을 되찾기 위해 관청에 가서 자신의 명백함을 증명하게 되는데 이 대목에서 중은 종교인으로서 면모와 위상을 상실했다고 할 수 있다.

요컨대 산승의 경우 생업에 필요한 돈 두 냥을 지키기 위해 승려가 저자거리의 속인들과 실랑이를 벌임으로써 보통 사람들보다 못한 비천한 인사로 결구되었다고 할 수 있다. 이런 점에서 이 중은 승려로서의 면모를 잃고 세속적인 의미를 부여받았다고 할 수 있다.

## 2.1.4. 부도덕하게 만들기

　이는 승려가 윤리적인 측면에서 부정적인 면모를 지니고 있으며 그로써 국가와 민간에 해악을 끼친다는 점을 부각시키는 경우를 말한다. 여기에는 완승이 해당되는데 『어우야담』에 비하여 힘자랑하는 승상보다 양가의 부녀자를 희롱, 강간하고 살인하는 승상이 많이 등장한다. 승려의 패륜을 강조하는 쪽으로 완승 이야기가 변모한 것이다.

　황인검 이야기는 중이 과거에 양반집 청상과부를 강간하려다가 실패하고 살인한 사건을 다룬 것이다. 특히, 그 과부는 남편의 무덤 곁에 초막을 짓고 아침저녁으로 곡하며 제사를 정성껏 지내오던 터라 마을 사람들이 모두 애절히 여겼다고 하였다. 따라서 그녀를 강간, 살인한 것은 누구의 소행이든 지탄받아 마땅한 것이다. 특히, 전통 시대 열 관념을 강조하는 시대적 풍조 속에서 부녀자 강간은 사회적으로 가장 금기시하는 패륜 행위인데다가 그녀의 처지가 너무도 애절하기 때문이다. 그런데 이를 승려가 저질렀다고 했으니 충격적인 사건이 된 것이다.

　승려를 부정적으로 그리는 데 있어 성과 관련된 패륜 행위는 무엇보다 효과적인 방식이라 할 수 있다. 금욕의 지계를 지켜야 하는 승려로서 사회적으로 타기시하는 성 범죄를 저지른 것이 되어 종교적인 측면과 사회·윤리적인 측면에서 승려의 탈선적 면모를 부각시킬 수 있기 때문이다. 따라서 같은 행위라도 승려이기에 더 주목을 받으며 지탄을 받는 것이다.

　또한 그에 대한 처벌이 전대에처럼 사사롭게 행해지지 않았다는 점에 주목할 필요가 있다. 관원이 공식적으로 참형하는 쪽으로 바뀐 것이다. 승려의 강간이 윤리적인 차원에서 지탄을 받는 패륜 행위에 머물지 않고 법적인 차원에서 범죄 행위로 성립되었음을 알 수 있거니와 그만큼 승려의 강간이 흉악하고 위협적인 사건으로 일반에 인식되었다고 할 수 있다.

요컨대 완승은 힘과 강간이라는, 승상을 부정적으로 형상화하는 장치를 활용하여 승려를 부도덕한 인물, 더 나아가서 패륜을 일삼는 인물로 만들어 극단적으로 세속화된 승상이라고 할 수 있다

## 2.2. 세속화의 요인

조선후기로 갈 수록 불교 내지 승려의 사회적 위상이 더 악화되었다 함은 주지의 사실이다. 다만 임진왜란 때 왜적을 물리친 승장은 민족적 영웅으로서 세상의 인정을 받게 되었다. 하지만 승장의 형상은 유교 이념 내지 현실 의식에 걸러져 그 고승으로서의 본분사가 크게 손상을 입었다는 의미에서 세속화되었다고 할 수 있다. 게다가 후대로 갈 수록 충의의 행적마저 흥미 위주로 바뀌어 그 세속화의 정도는 더 심화되었다.

그리고 풍수중 이야기는 승려를 배척하는 단계를 지나 그러한 승상이 승속을 불문하고 만연해 있는 현실을 반영하는 동시에, 승려를 박대하고 천대하는, 조선후기 사대부의 승려관을 잘 나타내 준다고 할 수 있다. 완승의 경우 승려를 강간 내지 살인과 관련시켜 사회 일반에서 승려를 극히 부정적인 모습으로 인식하고 있음을 시사한다. 속승의 경우 속인과 다름 없거나 그보다 못한 승상으로 나타나는데 이 역시 사회적으로 전락한 승려의 위상을 반영한다고 할 수 있다.

이렇게 볼 때 3대 야담집에 나타난 승상의 세속화는 무엇보다 전대보다 더 전락한 승려의 사회적 위상 내지 처지를 반영한 것으로 볼 수 있다. 하지만 전승 배경을 검토하는 대목에서 나타나듯이 승상의 세속화 양상을 이러한 현실 반영의 문제로만 돌릴 수 없다. 민간전승과 달리 문헌에 수습되면서 그 세속화의 정도가 더 심화되었기 때문이다.

따라서 이는 문헌찬자를 비롯한, 사대부층의 불교관이 다소간 작용한

것으로 볼 필요가 있다. 찬자를 비롯한 사대부들은 승려의 삶을 다루면서 그것을 자신들의 이념으로 재단하거나 흥미 위주로 윤색했을 것이기 때문이다. 또한 이념적으로 배척하던 승려를 호의적으로 다루기는 힘들었을 것이기에 민간에서 떠돌던 부정적인 승려에 대한 이야기를 가감없이 문헌에 수습한 것으로 보인다. 이렇게 보면 현실에서 승려가 세속화된 것과 별도로 찬자를 비롯한 사대부층의 관심, 불교관에 따라 승상이 세속화되었다고 할 수 있다.

마지막으로 3대 야담집에 들어 승려 이야기의 서사 분량이 크게 늘어났는데 이러한 점도 승상의 세속화에 관여했다고 본다. 같은 유형의 승려 이야기를 다루더라도 좀 더 구체적이고 흥미 있게 이야기가 전개된다는 의미에서이다. 이는 3대 야담집이 민간에서 서사의 원천을 많이 끌어 오고 또한 문헌 간 교섭이 활발하다는 측면과 무관하지 않을 것이다. 특히, 승장의 경우 임란 후 시간이 많이 흐른 상태에서 그 역사적인 행적보다 그를 둘러싼 갖가지 풍문 내지 시비가 반영되어 보다 많은 흥미 요소가 이야기에 삽입된 것으로 보인다. 같은 맥락에서 완승의 경우 성과 관련되었다는 점에서 갖가지 엽기적인 행각이 이야기에 삽입되어 서사 분량이 늘어난 것으로 보인다. 이러한 서사 분량은 그 자체로 이야기를 풍부하게 하고 흥미롭게 하는 역할을 하지만 이로 인해 승려의 형상은 현실에서 더 멀어져 단순히 비난, 비판, 흥미의 대상이 됨으로써 그 세속화를 더 가속화시켰다고 할 수 있다.

# V. 승려의 세속화

　　지금까지 조선 초기의 『용재총화』, 중기의 『어우야담』, 후기의 3대 야담집에 나오는 승려 이야기를 분석하고 승려의 형상화 방식을 중심으로 세속화 문제를 논의하였다. 이 장에서는 지금까지의 논의를 정리하면서 세가지 잡록, 야담집 전체를 대상으로 승려의 세속화 문제를 종합적으로 검토하려고 한다. 특히, 세부적인 기법의 측면에서 세속화의 문제를 다루어 승려의 형상화 방식에 따른 세속화 논의를 보완할 것이다. 마지막으로 세속화 양상과 요인을 중심으로 각 자료군을 비교하면서 전체적인 흐름을 잡아 보려고 한다.


## 1. 세속화의 요소

　　조선시대 문헌설화는 사대부 찬자가 자기 계층의 주변에서 회자되는 이야기를 수록한 것이다. 따라서 문헌에 수록된 승려 이야기에는 사대부 사회에서 승려를 어떻게 대우했는지, 그들 사회에서 승려는 어떤 위상을 가졌는지 잘 나타난다. 물론 이러한 문헌설화는 많은 부분 당대 민간 전승에서 서사의 원천을 끌어온 것이다. 그런데 민간에서 역시 승려를 천하게 대한 탓에 부정적 승상이 많은 것으로 보인다. 이런 점에서 현실적인 불교 내지 승려의 처지가 이야기에 반영되었다고 할 수 있다. 하지만 민간에선 승려를 부정적으로 보더라도 그 형상화 방식이 희화화 쪽에 기울어 있다면 문헌 전승에선 풍자도 서슴없이 한다는 것이 다르다. 그리고 부정적 승상에 대한 처벌도 구전에 비해 가혹하다는 점도 확인되었다.

이렇게 보면 조선시대 문헌설화에서 승려의 세속화 문제는 당시의 불교사적 특수성에 기인한 면도 있지만 문헌 찬자 내지 그가 속한 계층의 불교 내지 승려에 대한 부정적 관점이 크게 작용했다고 본다. 그리고 그 부정적 승려관의 최종 목표는 승려의 성(聖)스러운 면모를 탈각시키는 것이다.

성스러운 대상을 탈신성화하는 방식 내지 장치에는 여러 가지가 있을 것이다. 이제까지의 논의에서는 그 중 승려의 형상화 방식을 중심으로 탈신성화, 즉 세속화 문제를 논의하였다. 주지하는바 서사문학에서 형상화 방식은 서사적 차원에서 이루어진 것으로 인물의 행위가 주된 요소이다. 따라서 승려의 세속화란 해당 승려에게 부정적인 행위 양식을 부여하여 세속적인 승상을 창출하는 것을 말한다.

그런데 세속적인 승상은 이러한 형상화 방식을 통해서만 창출되는 것은 아니다. 이야기에는 그것 말고도 혹은 그것을 보완하는 것으로 승려를 세속적인 면모로 보이게 하는 요소 내지 장치가 있다고 본다. 여기에서는 그 중 두 가지를 검토하려고 한다.

## 1.1 세속화와 공간

엘리아데의 성속(聖俗) 개념에 있어 공간은 중요한 징표이다. 그런데 여기에서 성스러운 공간과 세속적인 공간이 절대적, 객관적으로 구분되는 것은 아니다. 종교적 인간에 의해 어떤 공간이 성스러운 곳으로 체험되는 것이다. 이에 반해 세계의 신성성을 부인하고 속된 생존만을 받아들이는 비종교적 인간에게 세상은 세속적인 공간일 뿐이다. 즉 종교적 체험에 의해 성스러운 공간과 세속적인 공간이 구분되는 것이다.[1] 이러한 엘리아데의 신화학적 공간 개념이 이 글에서 다루는 세속화 문제와 직결되는 것은 아니지만 성속과 공간의 관련성은 시사 받을 수 있다고 본다.

우선 작중에서 승려들의 주요 행위가 이루어지는 공간적 배경을 검토할 것인데 특히, 세속화의 정도가 심한, 완승과 속승의 경우에 한정하려고 한다. 이렇게 자료를 한정하는 것은 세속화와 공간의 관계를 명확히 하기 위해서이다.

이 중 완승의 경우를 보면 이들의 행위 공간은 수행 공간으로서의 절이 아니다. '나약한 유생에게 당한 힘센 중'에게는 씨름판이, '관리의 부인을 희롱한 중'에게는 주점과 길거리, '승지의 부인을 범한 중'의 경우는 승지의 집 안채, '양반집 부녀자를 희롱한 중'의 경우는 배, '양반집 청상과부를 범한 중'의 경우는 무덤가 초막이 행위 공간이다. 물론 '힘자랑 하다 죽은 굴암사 중'의 행위 공간은 절이지만 여기서의 절은 수행공간으로서보다는 나그네가 묵는 객사인 동시에 중 자신에게는 힘자랑을 하는 공간으로서의 의미를 지닌다. 이렇게 보면 이들 완승의 행위 공간은 완력을 과시하여 주변을 위협하거나 성 범죄에 접근하기 쉬운, 민간의 폐쇄된 공간이다. 이는 조선 초기 기승의 행위 공간이 절은 아니지만 대중 포교 내지 무애행을 수행하기에 좋은 성안의 저자거리인 것과 다르다.

또한 속승의 경우 '토목공사에 동원된 중'의 경우는 성안의 공사판, '산적의 해를 입은 중'의 경우는 고개, '시장에 물건 팔러 다니는 중들'의 경우

---

1) M.엘리아데, 『성과 속』(이은봉 역), 한길사, 1998, 55~56면 참조.

는 시장과 마을, '삼 값 두 냥을 지킨 중'의 경우는 시장이 행위 공간이다. 물론 '글씨를 잘 쓰는 축구라는 중'의 경우는 행위 공간이 명시되어 있지 않은 가운데 절로 보이지만 이것도 수행 공간으로서보다는 자신의 글씨를 자랑하는 공간으로서의 의미를 지닌다. 또한 작품 분석에서는 생략한, 〈해인사 승려들의 종이 부역〉(『계서야담』)에서 해인사 역시 수행 공간으로서보다는 종이를 만들어 나라에 바치는, 부역의 장소로서의 의미를 지닌다. 이렇게 보면 속승의 행위 공간은 대체로 사회적 천민으로 동원되어 부역을 행하는 공간, 생업을 위해 물건을 사고 파는 시장, 그리고 세속적인 기예를 과시하는 공간 등으로 요약될 수 있다.

이상 완승과 속승의 행위 공간은 그 자체로 이미 세속적인 성격을 띤다. 무엇보다 이들 승려들은 절에 있지 않다. 씨름판에서 씨름을 하거나 공사판에서 노동을 하며 시장에서 매매를 한다. 이들 씨름판, 공사판, 시장 등은 종교적 수행 내지 체험의 장소로서 성스러운 공간이 아니다. 물론 성스러운 공간이 꼭 절일 필요는 없다. 엘리아데의 경우처럼 종교적 체험이 이루어지는 곳은 어디든 성스러운 공간이 될 수 있는 것이다. 그런데 이들 승려들에게는 절도 수행의 공간으로 체험되지 않는다. 부역을 하거나 힘 자랑을 하는 곳일 뿐이다.[2] 더욱이 그들의 행위 공간이 사회적 범죄의 장소일 경우 이러한 공간은 세속적일 뿐만 아니라 흉악한 범죄의 장소로 성스러운 공간과 대척점에 있게 된다.

이렇게 보면 완승과 속승은 세속적인 행위에 앞서 공간적 배경에 의해 이미 세속적인 의미를 띤다고 할 수 있다. 혹은 그러한 공간적 배경에 의해 그들의 행위가, 결국은 그들의 세속적인 형상이 보완되고 완성된다고

---

2) 이와 관련하여 김승호는 절을 신화학적 의미의 성소(聖所)로 간주한 바 있는데 (김승호, 『한국승전문학연구』, 민족사, 1992, 225~248면 참조) 이러한 성소로서의 절이 조선시대의 불교사적 특수성에 의해 세속적인 공간으로 변모했다고 할 수 있다.

본다. 성스러운 대상인 승려가 세속적인 공간에 배치됨으로써 세속화의
효과가 극대화된다는 것이다.


## 1.2 세속화와 인상(印象)


앞서 승려를 세속적인 면모로 그리는 네 가지 방식을 논의하였는데 이
중 가장 효과적인 것은 네 번째인, 부도덕한 인물로 만드는 것이다. 그리
고 이 중에서도 완승이 가장 부정적이며 따라서 가장 세속적인데 이는 그
가 승려의 신분으로 사회에서 가장 민감하게 반응하는 성범죄를 저지르기
때문이다. 물론 사회적 위계질서를 어지럽히며 완력을 행사하는 것도 그
이유이다. 그런데 완승이 단지 완력을 행사하고 성범죄를 저지르기 때문
에 세속적인 승상인지 생각해 볼 필요가 있다.
　이은봉은 순수함과 불순함을 성속과 관련시켜 논하면서 성에는 숭배,
사랑, 감사 등의 감정을, 속에는 혐오, 공포, 위협 등의 감정을 귀속시켰
다.3) 이들은 여러 감정 중 성과 속의 양 극단에 위치한 것으로 보인다. 성
스러운 대상과 세속적인 대상의 차이만큼 그로부터 느끼는 감정도 극단적
으로 다른 것이다.
　이 중 완승과 관련하여 공포, 위협 등의 감정을 눈여겨 볼 필요가 있다.
완승은 성범죄를 저지르거나 완력을 행사하기 전에 완력을 과시하는 승상
이다. 즉, 완승은 완력을 행사하여 상대방에게 실제적인 해악을 끼치기 전
에 주변에 위협적인 느낌을 주어 공포심을 조장하며 그런 의미에서 위험
한 인물이다. 여기에서 위협적인 느낌과 공포심은 성스러운 대상에게 느
끼는 두려움과는 다른 것이다. 두려움은 성스러운 존재 특히, 신의 능력

---

3) 이은봉, 「성과 속은 무엇인가-M.엘리아데의 『성과 속』」, 26면.

내지 절대적 권위로부터 전해지는 위압감으로 숭배와 양가적인 관계에 있다면 공포심은 치명적인 해악을 예상하며 느끼는 감정이기 때문이다.

이러한 공포심의 실상을 〈관리의 부인을 희롱한 중〉을 통해서 보기로 한다. 중이 부인의 가마 뒤를 따라가다가 주점에 이르러 그녀를 범하는 장면이다. 중이 장막을 밀어젖히고 곧장 들어가니 "몸종이 바람에 쓰러지듯 하고 가마 멘 이들은 기가 꺾여 감히 가까이 하지 못했다."고 하였다. 이 이야기에서 완승이 세속적인 것은 관리의 부인을 희롱하기 때문이다. 하지만 그 이전에 이미 위협적인 인상으로 주변 사람들을 제압하고 공포로 몰아넣었는데 이러한 점도 그를 세속적인 승상으로 만드는 데 일조한다고 할 수 있다.

〈양반집 부녀자를 희롱한 중〉에서 양반집 부녀자를 희롱한 완승은 "몸집이 큰 완악한 중"이라 하였다. 완악하다 함은 성질이 사납고 악독하다는 뜻인데 이는 인물의 행위를 보아야 판단할 수 있는 것이다. 그런데 이 이야기에서는 중이 등장하자마자 완악한 중이라 하였으니 인상 자체가 험악하게 생겼음을 두고 한 말이라 할 수 있다. 중이 부인을 희롱하자 주인공 이비장이 때려죽이고자 했으나 "그 중의 용력이 어떠한지 알지 못하여 아직은 참으면서 아주 분해하였다."고 하는 것도 그 중의 인상을 두고 한 말이다. 따라서 여기서도 완승은 용력의 행사 내지 부녀자 희롱의 행태 이전에 이미 그 험악한 인상으로 주변에 위협적인 느낌을 주었다고 할 수 있다.

이렇게 보면 완승이 세속적인 것은 완력의 남용과 패륜 행위를 통해 사회의 질서를 어지럽히고 인명을 해치기 때문만은 아니다. 그러한 행위 이전에 이미 위협적인 인상으로 주변을 공포 분위기로 만들었기 때문이다. 따라서 승려를 세속적인 면모로 그리는 데는 인물의 행위를 중심으로 하는 형상화 방식뿐 아니라 세속적인 대상으로부터 느끼기 마련인, 위협적인 인상이라는 서사적 요소가 활용되었다고 할 수 있다.

## 2. 시대별 특징

### 2.1 승상의 유형

고승의 경우 후대로 갈 수록 편수가 적을 뿐 아니라 그 성스러운 면모가 많이 약화되었다고 할 수 있다. 즉, 초기에만 해도 불완전하지만 승전식에 따라 고승의 일대기가 찬집되었다면 후기로 갈 수록, 이러한 유형의 이야기는 줄어들고 승장 등 현실적으로 필요한 고승이 많이 다루어진다는 것이다. 그 전환점은 임란 직후의 시기로 보이는데 이를 기점으로 고승 이야기는 승장을 중심으로 이루어지게 된다.

이승 역시 임란 직후 극도로 불안하고 혼란스러운 사회적 분위기 속에서 승려에게 그 본분사보다 현실적인 문제의 해결을 기대하는 시대적 풍조가 반영된 것으로 보인다. 그런데 처음에 이승은 환술, 양생술, 점술 등에 능한 승려였다. 그러던 것이 후대에는 풍수중으로서의 이승이 많이 등장하고, 또한 풍수 능력과 무관하게 천한 승려라는 점 때문에 천대를 받으며, 무엇보다 그 풍수 능력이 의심 받는 쪽으로 변이가 이루어졌다.

요승은 조선 초기 때부터 매 시기 현실적으로 큰 문제가 되었던 승상이다. 보우처럼 당대의 불교계에 영향력 있고, 따라서 지배 계층에 위협적인 승상은 후대에도 더러 등장했기 때문이다. 그런데 요승은 딱히 권력을 전횡하는 승상 외에 큰 범주로서는 완승과 같은 부정적 승상을 포괄한다. 이렇게 볼 때 요승은 초기에 더 문제가 되었던 승상이고 후대에는 그들을 대신해 완승의 비중이 높아진 것으로 보인다. 즉, 권력을 탐하고 전횡하는 데서 성을 탐하고 완력을 행사하는 쪽으로 부정적 승상이 전이된 것이다. 따라서 큰 범주로서의 요승은 국정을 뒤흔들, 체제 위협적인 존재가 아니라 사사로이 민간인을 위협하는 치한으로 바뀌었다고 할 수 있다.

속승의 경우 초기에는 문사의 재예를 흉내 내거나 부역에 동원되는 승상에서 후대에는 생업을 위해 물건을 만들어 팔거나 시장에서 다툼을 벌이는 승상으로 바뀐다. 더욱이 이들 후대의 속승은 시장에 드나들다가 속인들에게 사기를 당하거나 갈취의 위험에 노출되기도 하고 손실을 보전하기 위해 만인 앞에서 세속인과 실랑이를 벌이거나 관청의 힘으로 해결을 보기도 한다. 이렇게 보면 속승은 후대로 갈 수록 좀 더 구차한 모습으로 바뀌었고 그만큼 세속화의 정도가 심화되었음을 알 수 있다.

따라서 전체적으로 보았을 때 승상의 유형은 후대로 갈 수록 세속화의 정도가 심해졌다고 할 수 있다. 이는 후대로 갈 수록 불교 내지 승려의 처지가 악화되었음을 말해준다. 즉, 불교 배척 기간이 장구화되면서 세를 회복하지 못한 승려들이 정치권력이 의도한 대로 사회의 최하층민으로 전락해서 반전을 꾀할 힘조차 없게 되었다는 것이다.

무엇보다 후대 승상의 세속화 정도에 있어 불교 배척의 현실을 무비판적으로 받아들인 찬자 내지 그가 속한 사대부 계층의 불교 내지 승려관을 간과하면 안 된다. 그들은 배불여론에 편승해 전 사회적으로 승려를 타기시하는 풍조 속에서 그들 주변의 승려 이야기를 그대로 수용하거나 자기 계층의 관심사에 맞게 변용시켰던 것이다. 따라서 후대로 갈 수록 승상이 부정적으로 바뀐 것은 이들의 불교 내지 승려관에 기인한다고도 할 수 있다.

## 2.2 세속화의 방식

'신성성 약화시키기', '신성성 무화시키기', '어리석고 비천하게 만들기', '부도덕하게 만들기' 등 네 가지 세속화의 방식은 뒤쪽으로 갈 수록 부정적인 면모 혹은 세속적인 면모가 강하게 나타난다. 즉, 뒤쪽의 방식들이 승려를 세속적인 면모로 그리는 데 효과적인 것이다. 그리고 이들 방식은 대체로 각 시기마다 나타나지만 시대별로 사정은 같지 않다. 후대로 갈 수록 뒤쪽의, 부정적인 방식들이 많이 나타나는 것이다.

이를 자세히 살펴보면 '신성성 약화시키기'는 고승의 경우에 해당되는데 후대로 가면 고승 이야기가 거의 나타나지 않기 때문에 고승이 더러 나타나는 초기에 문제가 되는 방식이라 할 수 있다. 중·후기에는 고승 중 승장 정도가 이 방식에 해당된다고 할 수 있다. '신성성 무화시키기'의 경우 초기에는 시승과 기승이, 중·후기에는 승장과 이승이 여기에 해당된다. '어리석고 비천하게 만들기'는 초기에는 우승이, 중·후기에는 이승이, 전 시기에 걸쳐 속승이 여기에 해당된다. 물론 속승은 각 시기별로 나타나되 불교사의 특수성 내지 사회경제적 상황에 후대로 갈 수록 생업에 얽매이는 모습이 더 강하게 나타난다고 할 수 있다. '부도덕하게 만들기'의 경우 매시기 주요한 요승이 등장하지만 초기에 더 문제가 되고 후대에는 완승이 많이 등장한다. 그리고 같은 완승이라도 후대로 갈 수록 더 흉악한 면모를 보이고 그에 대한 처벌도 가혹하다는 특징이 있다.

이렇게 보면 네 가지 세속화 방식 중 가장 효과적인 것은 네 번째인, '부도덕하게 만들기인데' 이 방식은 후대에 더 많이 나타나고 그 부정성의 정도도 강화된다는 특징이 있다.

## 2.3 세속화의 요인

주지하는 바 조선 초기부터 도첩제 폐지, 승과제 폐지 등 억불 정책이 시행되었다. 더욱이 고승조차 국정혼란, 혹세무민 등의 죄를 입어 순교를 당하였다. 특히, 해당 시대 불교 안팎으로 영향력 있는 고승의 경우 요승이라는 명목으로 시해를 당하기도 하였다. 불교 재흥을 시도한다는 혐의로 지배 계층의 표적이 되어 순교를 당한 것이다.

이러한 일련의 불교 배척의 과정에 의해 승려에 대한 부정적인 인식이 정착되었을 것이다. 또한 이는 민간에까지 영향을 미쳐 전 사회적으로 승려를 위험하고, 부도덕하고, 비천한 무리로 낙인찍게 되었다고 본다.

또한 현실적으로 배불 정책에 의해 많은 승려들이 거리로 내몰리거나, 부역에 동원되는, 참혹한 지경을 맞게 된다. 그리고 이러한 승려의 사회적 처지는 조선 후기로 접어들 수록 열악해졌으며 불교는 멸종의 위기에 처하게 된다.

이렇게 보면 당시 사회 전면에 일어난 불교 배척, 그로 인한 교세의 전락, 승려의 탄압이 승려의 면모를 세속화한 것이라 할 수 있다. 즉, 승려는 정치적 의도에 의해 신성한 면모를 박탈 당하거나, 사회적으로 비천한 처지에 놓임으로써 세속화된 것이다. 그리고 이러한 점이 문헌설화에 반영된 것이 세속화된 승상이라고 할 수 있다.

문제는 현실에서 승려의 세속화가 진행되었다 하더라도 설화에 이러한 현실이 그대로 반영되었겠는가 하는 것이다. 특히, 문헌 찬자가 사대부라는 점, 그것도 성현, 유몽인, 이원명 등 당시 조정에서 유력한 위치에 있었으며 유학에 충실한 부류였다는 점에서 이들에 의해 현실의 승상이 다소간 변용되었으리라 보는 것이다. 다만 이들 찬자가 살던 당시의, 불교사적 특수성, 불교에 대한 관점에 따라 얼마간의 차이는 있었으리라 본다.

성현의 경우 직접 목격한 바도 있지만 자기 주변에서 회자되던, 이야기들을 찬술했던 것을 상기하면 대부분의 승상은 그의, 혹은 그의 계층의 손에 걸러진 것일 가능성이 높다. 그리고 그 또는, 그들은 이념적으로 배척하는 대상인 승려를 호의적인 시각으로 다루기는 힘들었을 것이다. 따라서 사대부 찬자의 손을 거치면서 승상이 왜곡되었을 가능성이 있다. 사대부 주변의 승려들만 입전되었다는 것도 유형 차원에서 승상이 제한적이었음을 말해 준다.

유몽인은 자기 주변 승려들의 삶을 직접 목도하거나 관련 이야기를 사실적으로 서술함으로써 현실의 승상에 좀 더 근접해 있다고 할 수 있다. 그리고 당시 승려의 처지는 전 시대에 비해 한층 더 전락한 상태였다. 따라서 유몽인의 경우 그의 매개보다는 당시 승려들의 사회적 처지 자체가 세속화되어 있었고 이것이 그대로 문헌에 수록됨으로써 『어우야담』에 등장하는 승상들이 세속화되었다고 할 수 있다.

이원명은 야담집 편찬자 중에서도 양반 의식과 유교 이념에 투철하고 그에 따라 이야기를 배열하는 데 있어 합리성을 추구하는 인물로 알려져 있다. 이렇게 보면 이원명이 조선후기 3대 야담집 중 유일하게 서산대사와 사명당의 행적을 다룬 것은 그들 모두 구국의 행적을 보인 대표적인 승려이자 민족적 영웅이기 때문이다. 즉, 그 '충의'의 행적 때문에 수록한 것이다. 또한 사명당과 관련된 '허탄'한 영험담을 다룬 것 역시 그것을 통해 탐관오리의 문제 등 현실적인 사안을 적실히 지적할 수 있기 때문이다.

이렇게 보면 현실에서 승려가 세속화된 것과 별도로 문헌 찬자의 관심, 불교관, 체험에 따라 승상이 세속화되고, 그 양상 또한 다소 달리 나타나게 된 것이라 할 수 있다.

[원 문][4]


『용재총화』


효심 깊은 혼수대사

釋混修號幻庵. 早喪厥考, 年甫十三, 隨叔鵠獵于郊, 有一鹿前走, 若有顧待者, 俄而一鹿兒追至, 因感慨曰: "獸之念兒, 與人何別?" 即念考休獵, 祝髮爲釋, 習竺墳, 名聲藉甚, 儕流莫敢拼而倫之. 往金剛山, 食木衣麻, 脇不霑席, 若將終身焉, 念慈母倚門之望, 遂還作偈云, '寄語巖前松柏樹, 重來與爾終天年.' 後師事息影庵, 習楞伽經, 衆皆粗得其皮, 師獨深味骨髓. 玄陵建道場於廣明寺, 以懶翁主之, 一時衲子無有升堂者, 上有不豫色, 薄暮將罷場, 師後至, 上喜甚迓之. 師立門外, 懶翁問: "如何是當門句?" 師曰: "不落左右中, 中而立." 問: "如何是入門句?" 師即入門曰: "入已, 還同未入時." 問: "如何是門內句?" 曰: "內外本空中, 云何內[5]?" 問: "山何嶽邊止?" 曰: "逢高即下, 遇下即止." 問: "水何到成渠?" 曰: "大海潛流, 到處成渠." 問: "飯何白米造?" 曰: "如蒸沙石, 豈成嘉餐?" 深肯之. 辛禑遂以爲國師, 師聞之不懌然, 作偈云, '三十年來不入塵, 水邊林下養情眞. 誰將擾擾人間事, 係縛逍遙自在身?' 一日在靑龍寺有疾, 喚門人, 囑後事曰: "吾行在晚, 至晚倚墻." 作偈曰, '任運騰騰度一生, 病中消息更惺惺. 無人識得吾歸處, 窓外白雲橫翠屛.' 儼然而逝. 師嘗請尹評畵山水十二幅, 又請尹紹宗作詩, 紹宗擧目而觀, 走筆成之. 紹宗出, 師謂門人曰: "此詩雖好, 難上於屛, 不如邀牧老耳." 遂邀. 牧隱到房, 張屛坐其中, 良久沉吟, 先書題目曰: "此黃鶴樓也, 此滕王閣也." 一一名之, 然後搦筆成詩,

---

4) 본문에서 분석된 작품 중 한문으로 된 것을 대상으로 원문 교감을 하고 별도로 표점을 찍음.

5) 內: 원문엔 '立'으로 되어 있음.

詩思入神, 遂手書屛上而去, 師曰:"此眞老手也." 嘗寶玩之, 後爲廣平府院君
李仁任所得. 余少時, 至儒生歌謠廳, 見此畫, 筆蹤疎宕而遒勁, 卽牧隱手筆
也.(권6)


## 유생 세 명을 압도한 나옹화상

懶翁住檜巖寺, 士女奔波, 有儒生三人相謂曰:"彼髡有何幻術, 而使人驚駭
如此? 吾輩往見壓之." 遂到方丈, 翁踞榻而坐, 容貌雄偉, 眼波明瑩, 望之儼
然. 忽大聲唱云:"三人同行, 必有一智. 智不到處, 道將一句來." 三人魄遁, 頂
禮而還.(권6)


## 낙산사 중 해초의 반격

洛山寺僧海超, 出入吾門已久. 一日來求供佛之具, 有本在房曰:"高架棟宇,
塗以丹雘, 塑泥木爲像, 晝夜虔誠而飼之, 有何利益?"僧卽應聲答曰:"高架棟
宇, 塗以丹雘, 斲栗木爲主, 四仲之月, 虔誠而飼之, 有何利益?"有本不能對.
(권6)


## 학문과 시작에 능한 고승 둔우

釋屯雨者, 幻庵之高弟. 自幼力學, 內外經典, 無不探討, 精究其意. 又能於
詩, 詩思淸絕, 與牧隱·陶隱諸先生相酬唱. 我朝不崇釋敎, 名家子弟, 不得祝
髮, 以故緇徒無知書者, 而師名益著. 四面學者如雲, 集賢之士, 皆就問榻下,
蔚爲儒釋士林之表, 人皆敬之. 我伯仲氏, 嘗讀書于檜巖寺, 見師年九十餘, 容
兒淸癯, 氣體尙强. 或倂日不食, 不甚饑餒, 人若饋之飯, 則或喫盡數鉢, 亦無
飽意, 雖至數日, 未嘗如厠. 恒兀坐虛室, 懸玉燈, 張淸几, 徹夜看書, 絲毫細
字, 一一硏究, 未嘗交睫偃臥. 辟人不許在傍, 若有所召, 則手擊小錚, 門下隨

而應之, 未得高聲大喚也. 日本國使僧文溪求詩, 縉紳作者數十人, 師亦承命賦詩, 詩曰, '水國古精, 灑然無位人. 火馳應自息, 柴立更誰親? 楓岳雲生屨, 盆城月滿閫. 風帆海天闊, 梅柳故園春.' 時春亭主文, 改'洒然無位'之句, 爲'蕭然絶世人', 師曰: "卞公眞不知詩者, '蕭然'豈如'洒然', '絶世'豈如'無位'? 是斲喪自然無爲之趣耳." 每見文士, 悵悵不已. 今有『千峯集』, 行於世.(권6)

## 문사들의 사랑을 받은 학전 스님

學專上人, 號一庵, 其爲人純謹無他, 表裡如一. 雖知作詩, 而所占無警句, 雖知內典, 而不深究根本, 雖不入山修道, 而亦無浪跡, 好與人棋, 而常不勝亦不爲慍. 與人無貴賤, 一與之語, 卽成心交, 至如申高靈·李延城·朴平陽·成謹甫·柳太初·姜晉山·徐達城·洪益城·李陽城·成夏山昆弟·任西河·李平仲·金福昌, 皆其至交, 而高靈尤愛護之. 一日夏山設宴慰高靈, 佳賓滿座, 歌妓擁後, 高靈愀然不樂曰: "若有一庵, 吾可罄歡." 夏山伻人請邀. 少焉一庵欣然入室, 彎袖而舞, 高靈與座客, 皆解顏, 終日罄歡而散. 及拜禪堂判事, 入院之日, 簪珥盈門, 人皆榮之. 雖無文名者, 亦皆與之交, 退老于文化具葉寺, 使華往訪者不絶. 至今年過九十而, 身猶康强也. 子嘗作句曰, '棋無面象終難勝, 詩失先聯不自由.' 高靈聞之曰: "此正實錄也." 謹甫嘗作一庵詩曰, '上人學佛者, 揭一名其庵. 吾徒學孔子, 還慚德二三.' 時人以爲善名狀也. 一庵求詩於縉紳間, 所藏詩卷, 連床盈篋, 而一時精妙[6]之詩, 皆萃於此矣.(권7)

## 키 큰 중 장원심

國初有僧長遠心者, 身雖長, 行於道中, 則魁然出衆, 能以手捫長廊椽題. 其爲人滑稽, 無私無欲, 居無常處, 行不出境. 夜則或倚墻底達曙, 病則臥市中,

---

6) 妙: 원문엔 '抄'로 되어 있음.

市人爭來饋之, 公侯宰樞家, 挈榼贈食者, 亦無算. 國有水旱妖災, 則聚弟子, 精勤祈禱, 或有所應. 受千金, 不以爲喜, 失百物, 不以爲慍. 人與之, 則不揀男女衣服, 皆被於體, 人或丐之, 則盡脫而遺之. 有衣則掩形, 無衣則赤裸, 或編草爲服而不恥, 或衣錦而不以爲榮, 受人贈物者, 雖無限, 施遺於人者, 亦無數. 見公卿, 不必敬, 覩愚婦, 亦與話. 見死尸, 則負而埋之, 一日見尸於壑, 痛哭盡哀, 起而負之, 尸付背脊, 三日不解, 其門徒祈佛獲免, 自後終不負尸. 嘗謂其徒曰: "我欲燒骨化身." 其徒積柴爲臺, 遠心踞坐其上, 見火光漸迫, 不勝其苦, 潛隨烟燼而遁, 還至方丈. 其徒意師已滅, 相泣而返, 見遠心儼然坐禪室, 拜問其故, 遠心曰: "我從西天來, 四大雖已化去, 法身常住不滅." 遂抵掌大笑.(권6)


## 닭중의 노래

有僧容體矮小, 一足微蹩. 每居長安, 日日周遍城中, 朱門貴宅, 無不歷到. 常拍手作鷄鼓翼狀, 蹙口作聲, 或雄鷄長嘷, 或両鷄相鬪, 或雌鷄遺卵, 千聲萬態, 無不吻合. 或有村鷄應鳴者, 又作歌搖身而唱曰, '此生此生! 一間第屋心可樂. 此生此生! 懸鶉百結亦不惡. 閻羅使者若來迓, 雖欲住世那可得?' 又曰, '觀音帝釋, 帝釋觀音! 此身若淪化, 全墮地獄間.' 其歌多類此, 曲節似農歌. 兒曹隨行, 千百爲群, 僧常曰: "吾丘率之多, 雖三公不能及也." 一日所得, 多至擔石, 以是衣食之, 時人號曰'鷄僧'.(권6)


## 파계승 신수의 울부짖음

有僧信修者, 生長坡州吾鄕曲, 結草廬于洛水南. 性放蕩詼諧, 口出一言, 人無不絶倒. 又無吝財愛物之色, 盡以家産田地分級諸姪, 未嘗犁鉏畊種, 而夏月常食白飯. 僧又年老, 顔如假面, 搖頭轉目, 作十六羅漢像, 一一異狀. 又見

人擧止, 輒效其形, 雖達官素不相識者, 一見如舊, 呼名相爾汝. 寺傍老翁有年少妻, 僧與之相通, 翁家貧欲賴僧庇, 率妻來寓寺中, 僧亦愛翁, 多給衣食. 三人同被共宿, 不相忌妒, 生一子一女, 僧曰'翁之子.' 翁亦曰'和尙子.' 僧在寺, 則翁刈薪理蔬, 僧若行, 則翁負物爲僕. 居數年妻死, 猶隨僧居, 義若昆弟, 翁死, 僧負而葬之. 僧善飮酒, 千鍾百榼, 如鯨吸川, 人或詆饋他物, 至如牛溲泥水, 一飮快倒曰:"此酒甚苦." 又善食, 雖乾餬硬餠, 略無所辭, 頃刻食盡. 乃於衆會中, 公然大嚼魚肉, 人有笑之者, 答曰:"此是土也, 非我所殺, 食亦何妨?" 庚寅年間, 余以喪居坡州, 僧常徃來, 年過七十, 氣猶矍鑠. 或問:"何故對妻啖肉?" 僧曰:"今世之人, 妄起私念, 利慾相攘, 或心藏暴惡, 或未脫煩惱, 彼名出家者, 亦皆如是. 聞肉薰臭, 强取饞涎, 見人艷美, 强操淫心. 我則異於是, 聞馨則飡, 見色卽取, 如水沛然, 如土委塹, 與物無心, 毫私盡滅. 我於來世, 若不成如來, 必證羅漢矣. 世人吝惜財物, 猶務畜儲, 此身一化, 卽付他人, 不若生前好飮食行樂耳. 凡爲人子, 事厥考, 須作大餠, 淸蜜一升, 漉酒切肉, 朝夕饋之, 死後以乾物乾果殘盃冷炙, 泣奠柩前, 其有食者乎? 汝雖未及以此事親, 庶令汝子以此事汝可也." 有時奠食於前, 振鈴誦經, 自唱魂曰:"信修信修! 往生淨土. 生雖狂悖, 死當眞實." 卽出聲大哭, 聲甚悽壯. 仍復拍手大笑, 掛布囊遁去, 不曾告主人別.(권6)


## 천한 일 하는 자비라는 중

有慈悲僧者, 性直無曲節. 雖公卿大相, 皆以名呼之. 人有施與, 則雖重物, 不讓而受, 人有丐之者, 盡數與之, 只著破笠破衣而已. 日日糊口於京中里閭, 與之食則食, 不與之則不食, 腪饋不以爲美, 粗飯亦不以爲歉. 凡言物必稱主, 言石則云'石主', 言木則云'木主', 其他物亦皆類此. 儒生見僧向晚忽忽去, 問曰:"向那裏去?" 僧曰:"往尼舍, 覓烏主家." 蓋言覓袴具也, 人皆笑之. 僧腮有傷痕, 人問其故, 僧言:"曾入山採薪, 有虎與熊相鬪, 僧就前謂之曰, '何故相害?

宜各和解.'虎主聽戒而去, 熊主不聽僧戒, 來咬僧面. 適被山人來救而得免矣."
予嘗與諸宰樞會一處, 僧亦來到, 座中人問云: "僧不曾入山修道, 何苦每在人
間修橋樑路井小事?" 僧曰: "少時師僧戒云, '入山苦行十年, 則可以悟道.' 僧入
金剛山五年, 臺山五年, 勤苦繕性, 竟無其效. 師僧又云, '讀『蓮華經』百遍, 則
可以悟道.' 僧依敎誦遍, 亦無其效, 自是始知佛氏虛妄難信也. 然僧無他輔國,
但欲修橋梁道井以施功德於人." 人皆樂其眞率也.(권7)


## 신돈의 음행

辛旽[7]初秉國政, 寓奇顯家, 與顯妻通, 顯夫妻侍側如老奴婢. 旽威權漸盛,
生殺在手, 所欲置之死地, 則無不如意. 若聞士大夫妻妾有姿色者, 每以微譴
囚其夫于巡軍獄, 顯等令人傳[8]報其家, '若主婦親訴其冤, 則得免矣.' 其婦即
就旽家, 則入大門去馬從, 入中門去婢僕, 旽家人牽行入內門, 旽獨坐書堂, 旁
設衾枕, 隨意縱淫. 所欲愛者, 則或留數日而遣之, 仍放其夫, 如或不遜, 則或
罰或竄, 因以有致死者, 故婦女聞其夫被囚, 則必靚粉先就旽門, 殆無虛日. 旽
慮陽道衰, 每斬白馬莖, 或膾蚯蚓而食之, 若見黃狗蒼鷹, 愕然驚懼, 時人以爲
老狐精.(권3)


## 상좌에게 골탕먹은 중 1

上座誣師僧, 自古然矣. 昔有上座, 謂僧曰: "有鵲含銀筋, 上門前刺楡." 僧
信之, 攀緣上樹, 上座大呼曰: "吾師探鵲兒, 欲炙而食之." 僧狼狽而下, 芒刺
盡傷其身, 僧怒撻之. 上座乘夜, 懸大鼎於僧所出入門戶, 大呼曰: "火起矣."
僧驚遽而起, 爲鼎所打頭, 眩仆地, 良久而出, 則無火矣. 僧怒責之, 上座曰:
"遠山有火, 故告之耳." 僧曰: "自今只告近火, 不必告遠火."(권5)

---

7) 旽: 원문엔 '肫'으로 되어 있음. 이하 같음.
8) 傳: 원문엔 '傅'로 되어 있음.

## 상좌에게 골탕먹은 중 2

又有上座誣師僧曰: "吾家隣有寡婦, 年少有姿色, 常謂余曰, '寺園裏柿子, 汝師獨食之乎?' 余答曰, '師豈獨食之? 每分與人矣.' 婦曰, '汝以吾言乞之, 吾欲食之矣.'" 僧曰: "若然, 則汝可摘而往遺之." 上座盡摘, 而往遺其父母. 來謂僧曰: "婦悅而甘食之, 復曰, '玉堂所設白餅, 汝師獨食之乎?' 余曰, '師豈獨食之? 每分與人矣.' 婦曰, '汝以吾言乞之, 吾欲食之.'" 僧曰: "若然, 則汝可撤而往遺之." 上座盡撤, 而往遺父母. 來謂僧曰: "婦悅而甘食之, 乃曰, '何以報汝師之恩?' 余答曰, '師欲與之相會矣.' 婦欣然許之曰, '吾家則多親戚僕隷, 師不可來, 吾當挺身而出, 一詣寺相見矣.' 余以某日爲期." 僧不勝雀躍. 至期遣上座往迎之, 上座來謂寡婦曰: "吾師有傷肺之疾, 醫言婦人粉鞋, 煖而熨腹, 則可愈, 願得一隻而歸." 婦遂與之. 來蔽門屛而伺之, 則僧淨掃禪室, 設褥席, 獨言而笑曰: "余在此, 婦在此, 余勸飯, 婦食之, 余携婦手, 入房可與歡." 上座遂入, 以鞋擲僧前曰: "大事去矣. 余請婦而來, 婦到門, 見師所爲, 大怒曰, '汝誑我矣, 汝師狂疾人也.' 奔走而還, 余追之不及, 只得所遺鞋一隻來矣." 僧垂首悔恨曰: "汝棒余口." 上座即以木枕盡力捧之, 牙齒盡碎.(권5)


## 물 건넌 중의 유래

有僧謀寡婦往娶之夕, 上座誣之曰: "粉虀生豆, 和水而飮之, 則大有利於陽道." 僧信而飮之. 至婦家, 腹脹滿, 艱關匍匐而入, 垂帳而坐, 以足撑穀道, 不得俯仰. 俄而婦入, 僧危坐不動, 婦曰: "何如是作木偶狀?" 以手推之, 僧仆地滑矢瀉出, 臭氣滿室, 其家杖而黜之. 夜半獨行迷路, 有白氣橫道, 僧意以爲川水, 褰裳而入, 乃秋麥花也, 僧憤怒. 又見曰'白氣橫道'曰: "麥田旣誤我, 復有麥田耶?" 不攝衣裳而入, 乃水也, 衣服盡濕. 過一橋, 有婦數人, 淘米溪畔, 僧曰: "酸哉酸哉!" 蓋言狼狽受苦之形也. 婦人不知其由, 群來遮之曰: "淘酒米之

時, 何發酸哉之語乎?"盡裂衣服而毆之. 日高不得食, 枵腹不耐苦, 掘薯蕷而
啖之, 俄有呵唱之聲, 乃守令行也. 僧伏橋下避之, 乃默計日, '薯蕷甚美, 若以
此進呈, 則有得飯之理.'守令至橋, 僧翻然突出, 守令馬驚墜地, 大怒棒之而
去. 困臥橋傍, 有巡官數人過橋視之日:"下有死僧, 可與習棒矣."爭持杖相繼
棒之, 僧恐怖不得喘息, 有一人, 抽刃而進日:"死僧陽根, 宜入於藥, 可割而用
之."僧大叫而走. 黃昏到寺, 門閉不得入, 高聲呼上座日:"出開門."上座日:
"吾師往婦家, 汝是何人乘夜來耶?"不出視之. 僧由狗竇而入, 上座日:"何家狗
歟? 前夜盡舐佛油, 今又來歟?"遂以杖棒之. 至今言遭狼狽辛苦之狀者, 必日
'渡水僧'云.(권5)


## 재상집 과부와 사통한 중

有將軍姓李者, 年少俊邁, 風標如玉. 一日縱轡過大街, 街頭有女年可二十
二三, 美艷異常, 牽婢僮數人, 問卜於盲. 將軍目送不止, 女亦似慕將軍之儀,
相與注視. 將軍令卒往尋女所往, 則卜畢騎馬牽婢僮入南門, 向沙堤洞, 家在
洞中最高處, 亦巨室也. 翌日將軍入沙堤洞, 出入閭閻, 適有弓匠在洞裏, 將軍
武人, 仍與結交. 日日談話, 問洞裏諸家, 弓匠一一言之. 將軍又問:"彼山麓大
宅誰氏家?"弓匠云:"宰相某公之女, 新寡矣."將軍見往來出入之人, 必問其
所. 一日有年少女來乞火, 弓匠云:"此寡婦宅人也, 將軍知之."翌日來到, 以
情告之日:"予愛彼女, 念之不忘, 若因主人而成之, 則死生惟命."弓匠邀請其
女, 報以將軍之言, 仍納貨布, 女遂諾. 將軍日:"愛汝太甚矣, 然有一段情懷,
汝能聽之, 則非徒厚賂當汝産."女日:"第言之."將軍日:"近者見汝主於大街,
自此以後, 神心惚恍, 不甘餐食."女日:"此甚易耳."將軍日:"爲之奈何?"女
云:"明日黃昏到吾門外, 則我出待之."將軍如期而往, 女欣然出迓, 邀入其房,
戒之日:"毋急速, 忍而待之."遂閉戶鎖之. 將軍惶懼, 疑爲其女所賣, 俄聞內
間有燈燭喧鬧之聲, 則主婦如厠也. 其女下來, 遂挾將軍而入, 置諸內閨, 復戒

云: “忍之忍之, 不忍敗謀.” 將軍遂投暗房, 俄有燈燭喧鬧之聲, 則主婦入矣. 群婢皆退, 婦脫衫盥面塗粉, 玉分皎潔, 將軍意疑‘迎我’矣. 梳盥畢, 遂就銅爐, 熾炭炙肉, 又煖酒於銀盃, 將軍意疑‘饋我’也. 將欲出, 忽念其女忍之之言, 姑坐而待之. 俄有亂沙撲窓之聲, 主婦起立, 開窓而入, 則乃一傴蹇丈夫也, 遂抱主婦挑之. 將軍膽落, 欲出不得. 少焉丈夫與主婦並坐, 食肉飲酒, 丈夫脫帽, 則凜凜然一髡首也. 將軍思有以制之, 搜房中得長繩一把, 僧與主婦同臥, 將軍突出, 以繩縛僧於柱, 以棒亂打之, 僧哀呼不已. 將軍與主婦一敍歡, 將軍云: “欲行軍中新禮, 汝能辦之乎?” 僧曰: “惟命.” 遂給新禮宴具. 將軍往來婦家, 婦亦愛將軍, 經歲不替.(권5)


## 뱀이 된 중

我外舅安公, 爲林川守時, 普光寺僧有大禪師某者, 頻來謁, 可與話, 相見甚熟. 僧嘗娶村女爲妻, 潛往來焉, 一日僧死化爲虵, 來入妻室, 晝則入甕, 夜則入妻懷, 繞其腰, 以頭倚胷, 尾間有疣肉, 如陽莖, 其繾綣宛如平昔. 外舅聞之, 令妻持虵甕而來, 至則外舅呼僧名, 蛇出頭, 外舅叱之曰: “戀妻爲蛇, 僧道果如是乎?” 蛇縮頭而入. 外舅密令人作小函, 令妻誘蛇云: “使君贈汝新函以安其身, 可速出來.” 遂以裙鋪函中, 蛇出自甕移臥函裏, 健吏數人蓋板釘之, 蛇踊躍碾轉, 欲出不得. 又於銘旌書僧名前導, 僧徒數十鳴鼓鉢誦經隨行, 浮于江水而送之, 妻竟無恙.(권5)


## 글씨를 잘 쓰는 축구라는 중

有僧丑邱善書, 自言‘吾筆似獨谷成相之筆.’ 遂付諸壁而誇示之. 一日獨谷到房見壁書曰: “此吾往日所書, 汝何從得之?” 僧大喜, 欣然自得.(권3)

## 토목공사에 동원된 중

有僧曾搆箭串橋, 伐萬石越大川作橋, 橋跨三百餘步, 安如屋宇, 行人如履平地, 而成宗以爲能, 命其僧搆之. 欲不煩官力, 而多給米布, 僧費用而數歲無功, 纔立棟宇, 而成宗竟未登御, 百寮悲痛. 其後天使王献臣來, 朝廷畢修而加丹雘焉. 其後箭郊作大橋, 名'濟盤橋', 又搆東大門外往尋坪大橋, 名曰'永渡橋', 皆御筆所定也.(권9)


## 『어우야담』

### 왜장과 담판한 호걸승 유정

惟政者, 東國豪僧也. 號松雲, 休靜弟子也. 常居五臺山月精寺, 萬曆壬辰年, 居金剛山楡岾寺, 倭兵大至, 與同舍僧避寇深谷間. 有僧往覘, 倭入楡岾寺, 縛居僧數十人, 索金銀諸寶, 不出戕殺之. 政聞之, 欲往救之, 僧皆挽之曰: "吾師欲爲同寺僧救其死, 慈悲莫大. 然探虎頭將虎鬚, 無益, 只取禍耳." 政不從, 入亂兵中, 傍若無人, 倭怪之. 至寺門, 諸倭或坐或臥, 劍戟交鍛. 政不拜揖, 不顧眄, 不留行, 曳杖揮手而入, 倭熟視而不之禁. 歷山映樓, 至法堂下, 僧皆縛在兩廡下, 見政泣, 政不之顧. 有倭在禪堂外, 治文書如軍目者, 政立觀之, 倭兵亦不禁呵. 觀其文字, 不可曉, 或有隷字間其間. 直上法堂, 諸倭將列椅而坐, 政垂手不爲禮, 彷徨縱觀之, 如癡人. 有一將以文書問之曰: "爾解字否?" 政書以示之曰: "粗解文字." 又問曰: "爾國尊七祖乎?" 政書之曰: "有六祖, 焉有七祖?" 曰: "願聞之." 卽列書六祖示之, 倭將大異之曰: "此寺有金銀諸寶, 爾可盡出之, 不然當殺之." 曰: "我國不寶金銀, 只用米布, 金銀諸寶, 舉國罕有, 況山僧之只事供佛, 茶食草衣, 或絕粒餐松, 或乞飯民間以爲生, 豈有蓄金銀之理? 且觀將軍, 能知佛事有六祖, 佛法全以不殺爲上, 今觀無罪愚僧, 縛在廡

下, 責以珍寶貨財, 彼一笻千山, 寄食村間, 以供朝夕者, 雖刲身粉骨, 豈有一
寸寶? 願將軍活之." 諸倭傳視其書, 動色顧下, 卒趨下堂, 盡解兩廡二十餘僧,
政揮手曳笻而出. 倭將以大字書大板, 掛寺門曰, '此寺有知道高僧, 諸兵更勿
入.' 卽罷而去, 自此倭兵更不入楡岾寺. 朝廷除政爲僧將, 統管八道僧軍, 出
入倭陣, 以遊說爲已任. 嘗入倭陣, 見倭將淸正, 曰: "爾國何寶最貴?" 政曰:
"我國無所貴, 貴乃將軍之首也." 淸正强笑, 而中實憚之. 難旣定, 入日本國,
家康以雪綿子二萬斤與之, 辭不得, 盡與對馬島主橘智正而歸. 及朝廷重修廟
闕, 政鳩集一國僧軍以助役. 余嘗見於香山普賢寺, 剃髮存髥長至帶而白. 時
爲嘉善大夫, 後死於雉岳山, 年未七十, 有文集.(권1, 人倫篇, 忠義)


## 도깨비 붙은 불상을 쓰러뜨린 나옹

懶翁者, 麗末神僧也. 爲檜岩寺住持赴任, 未至寺十里許, 有一破衲篛[9]笠
者, 伏謁道左, 翁問曰: "爾是何人?" 對曰: "貧道, 乃寺中乞粒僧也. 聞大寺臨
弊刹, 敢要諸路." 翁使之前焉, 僧涉水不搴裳, 而如踏平地, 已點知非常人, 入
寺門, 不知所向. 翁已入寺, 不禮佛, 直舍廊閣, 寺僧怪之. 俄而, 先令寺僧辦
麻索大合圍者數十丈, 諸僧尤異之曰: "大師初蒞, 不禮佛, 先徵物出力, 何也?"
然不敢拒, 具而進. 翁上大佛殿, 擇健僧百指, 使將大索纏第幾座丈六佛仆地.
寺中老僧齊會, 合掌而請曰: "自前日此佛靈驗異常, 祈雨而雨, 祈病而愈, 祈
子而孕, 凡所有祈輒應. 大師初政, 衆大傾耳側目, 而先仆世尊之像, 大可怪
也." 翁嗔目叱之曰: "爾輩聽我指使而已." 諸僧不敢拒, 齊力引之, 木像金神非
重物, 而百掣一不動, 老翁揚眉而言曰: "果若人言靈, 佛不可侮, 大患將至矣."
翁自上榻, 一手摘之, 卽仆于地. 牽而出之沙門之前, 積薪而燒之, 羶鼻滿山.
於是, 更造他像而立之, 又有妖患如前, 焚之, 三造而新之, 更無災. 仍安之曰:

---

“凡安佛像香火供饗之, 或有山魅木魅憑焉, 假作如來靈幻者, 比比有之, 所謂某寺有靈佛, 有惑輒應者, 皆此類也. 愚10)僧尊而奉之, 或致闔寺貽患, 僧徒無故而斃, 可不懼哉?” 吁! 懶翁神僧也, 物久則神, 神必依焉, 矧佛寺朝夕供養之地乎! 鬼之求食者, 舍此而安往哉? 且如今人墳上或刻石人以衛神道, 歲久則或有山鬼替受其祀. 今或有用石華表, 頗亦有理也.(권2, 宗敎篇, 僧侶)

## 제자들이 죽음도 불사하고 따르는, 수사 스님과 철사 스님

南方有哲師·黙師·則師·修師四僧, 謂之四皓. 修師者, 善修也, 燊11)樹驛躄足卒也. 落髮爲僧, 入頭流山, 修道多識佛經, 遠方釋子, 皆影從12). 前年辭連逆獄, 禁府都事未至, 修坐知之, 謂弟子曰: “山外有人來督過我, 爾等勿怖而已.” 都事至, 老躄步不能寸, 群弟子聞風至, 各以行路飦粥之具, 隨籃13)輿而行者, 數百餘人. 至全州盡囚之, 只令數十人擔負而往. 到京審其無情, 卽放還. 噫! 有罪無罪, 事係逆獄, 骨肉之親, 猶望風鼠竄14), 僧之徒數百人, 豈不異哉? 哲師者, 圓哲也. 修道於天冠山, 及其死也, 群弟子二千餘人來觀, 火葬其積薪而焚之, 也有兩箇沙彌曰: “吾師滅度, 我獨留此, 何爲? 從吾師同歸極樂世界.” 遂投火而死, 沙彌之尊師殉身, 尤其異哉!(권2, 宗敎篇, 僧侶)

## 이원익이 만난 이승

李相國元翼, 少時遊寒溪山, 入蘭若中, 有一老僧狀貌魁琦, 坐睡丈室, 見元翼, 頗禮貌之. 坐久, 僧取小紙書數字, 擲之庭中, 未幾有仙鶴下庭盤旋. 相國異之, 問其由, 僧驚曰: “書生可與語. 衆莫之見, 子獨覿之. 子欲奇觀, 躡我

---

10) 愚: 원문에는 ‘遇’로 되어 있음.
11) 燊: 원문엔 ‘鰲’로 되어 있음.
12) 從: 원문엔 ‘徒’로 되어 있음.
13) 籃: 원문에는 ‘藍’으로 되어 있음.
14) 竄: 원문엔 ‘鼠’로 되어 있음.

來.”於是, 扶藜而往, 相國隨而行. 遂陟後峰, 步步皆玉貝籍地, 辟路璀璨, 相
國問之曰: “是何寶玉之多耶?” 僧曰: “豈無珠玉? 惟不貪者見之, 子可敎也.”
俄有笙蕭之聲出於五雲, 雪峰在五雲中矣. 僧逡巡嶺上望雪峰, 而不肯前, 相
國願往觀之, 僧曰: “此則上仙會遊之所, 非人間宰相所縱觀也.” 仍低迴而降.
後相國登科, 洎爲承旨, 罷官閑遊, 復遊寒溪山, 而不見僧, 欲再尋後嶺, 而失
其路.(권2, 宗敎篇, 仙道)


## 이승을 만나 술사가 된 중 이하

李賀者, 京山釋子也. 少時居三角山僧伽寺, 常居客室, 意欲竢察異僧. 忽有
敝衲老僧, 狀貌淸奇, 每中夜必出外, 如便旋然盥漱[15]已, 如屋後向北而拜. 心
異之, 知非常人, 事之甚敦, 未嘗須臾離. 留僧伽客舍, 許多日矣, 一日先曉鼓,
荷鉢而去. 賀望望踵後, 不使之知, 終日直西而往, 入天磨之知足庵. 旣定, 賀
入而拜, 老僧驚怪, 問之曰: “爾來自何?” 賀曰: “貧道願爲弟子, 不敢離下風.”
老僧深惡之, 然殫誠禮服從如前. 累日而後, 拜而請曰: “貧道在客舍, 俟候長
老多矣, 知大師必有異, 敢請承敎.” 老僧怫然作色曰: “年少沙彌, 何妄耶? 吾
何有異?” 每請輒堅拒據[16]之, 閱多日, 始感其愈固也. 敎之卜筮, 賀粗識文字,
性且慧, 不勞而曉. 每占一事, 試其推決, 斥正其善否. 由粗就精, 終至百不一
謬, 又請益以大數則, 曰: “爾雖至此, 一生衣食有贏, 其他則吾不知之.” 在知
足數月, 乘夜不告而去. 賀起而要其蹤了, 無知所如, 遂痛哭而返. 自此之後,
遇事輒占, 其合如契, 聲名四揚, 懷糈者, 旁午而至, 遂解衲還俗, 遨遊縉紳之
間. 隣有書生失奴問于賀, 賀曰: “獨乘鈍馬, 向南行, 必得.” 生如其言, 乘駑
駘, 不帶僮僕獨往, 馬倦不前. 遂下馬入灌叢, 折枝爲鞭, 逃奴伏於灌叢下, 遂
與偕還. 洪州牧使遣騎邀之, 旣至與之飯, 飯未已, 遂投匙而驚曰: “有事請亟

---

15) 漱: 원문에는 '嗽'로 되어 있음.
16) 拒: 원문엔 '據'로 되어 있음.

歸.”詰之則曰: “吾命在今日午前, 請歸死于家.” 仍拂袖而起. 時州判官, 再三邀之, 固留之, 而與之酒, 方夏月用燒酒, 賀嗜飮連進五六器, 於席上吐火而死. 或曰: “其師老僧, 卽鄭希良也.”(권2, 宗敎篇, 仙道)


## 조순이 만난 이승

有僧祖純有多識佛書. 少時遊金剛山, 至十王百川洞, 皆海松子積於岩罅[17], 碎去其子, 如有物啖之者, 忽見沮洳處, 人跡新印. 遂要蹤而去, 不數里逢一似人者, 遍體靑毛長尺餘, 始逡巡欲遁, 乃迫呼之, 揖而與之言, 能作湖南語. 引祖純至一處, 淸溪白石, 峰巒峻峭, 非樵採所及也. 溪邊有石確能如鼎, 容斛餘斗. 烟熬[18]海松子, 作團如麴圓, 分一團饋祖純, 自言, “本是湖南人, 爲僧入是山, 不忍其饑, 餐海松子以療其飢, 始則淸腹潤肥, 終則遍身生靑毛, 不衣而暖. 今已百餘歲.” 夜與共寢, 起而視之, 已失其所矣. 祖純常居金剛山, 暮年移寶蓋山, 厭寺院煩擾, 獨築小土宇而居之, 後不知其終.(권2, 宗敎篇, 僧侶)


## 중이 환술과 재주에 능하다는 것

昔余學韓文于申校理灉氏, 至〈送高閑上人序〉, ‘浮屠善幻多技能.’ 問: “何爲善幻善技能?” 校理曰: “近來果川園丁, 稛叢甘瓜一駄, 上漢江船, 同船有一僧曰, ‘逢天之暑, 我心如焚, 願施甘瓜與同舟分.’ 園丁曰, ‘耕耘漑灌, 努力成熟, 不賣于市, 反爲若德乎?’ 僧曰, ‘耕耘在我, 成熟孔易, 我自有之, 何待於爾?’ 遂取筇枝, 耕于船中, 耕訖而種, 種訖而生, 生訖而蔓, 蔓訖而花, 花而實, 實而長, 長而熟, 須臾之間, 滿船籬籬, 蒲鴿之色, 甘香振鼻. 捲蔓而摘之, 盡分同船, 同船之人, 無不解渴. 已而, 船到北崖, 僧携筇下船而去. 園丁登陸, 視其

---

17) 罅: 원문에는 ‘鑄’로 되어 있음.
18) 熬: 원문에는 ‘憼’로 되어 있음.

駄, 平空矣, 追其僧, 不知所之. 此之謂‘浮屠善幻多技能.’”(권2, 宗敎篇, 仙道)


## 요승 보우의 종말

普雨妖僧也. 多識諸經, 能詩書屬文, 居春川之淸平山, 遠近釋徒尊信之. 嘉靖中京山創奉先·奉恩兩寺, 設無遮會于奉先寺, 蒸粒屢百石以飯僧, 四方白足雲委焉. 雨以錦雲袈裟, 萬僧擁護, 奉之于上座. 有一老僧敝衲百結, 顔色枯槁, 扶錫末至. 雨望見趨進拜伏, 以面掩地不敢仰視. 左右微睇, 雨兩眦流淚至地, 匍匐久不起. 老僧平立以錫擬之曰:“噫噫! 吾不料爾至此.”不交一言而去. 雨索然不歡者屢日, 衆咸異之, 詢其道號, 卽智行云. 雨以高僧一善爲有道, 備厚禮迎之于妙香山, 一善無一言, 大書與之, ‘雲橫奏嶺家何在? 雪橫藍關馬不前.’終不起. 後事敗, 雨竄身寒溪寺岩穴, 搜得之配濟州, 牧使使雨備客舍灑掃, 日令有膂力武人四十人各加一拳以爲常, 雨終斃拳下. 一善在妙香, 終身入定, 不下榻, 雖大官至, 未嘗出戶迎. 李樑權貴也, 遊妙香敬一師, 脫紬衣衣之, 梁纏下山, 脫而與從者曰:“安用此而死?”其詩集行于世.(권2, 宗敎篇, 僧侶)


## 선비집 과부와 사통한 중

京城武士別業在密城, 往來星州·尙州間, 尋所善儒生, 常多留宿, 而四五年不遑京家事, 不得往來. 萬曆十年, 復下密城, 於行路尋其友尙星間, 其友亡已三年矣. 日暮不得之他, 仍解裝暫歇, 其妻自內聞之, 哭聲極悲, 命蒼頭掃客室處之, 武士念舊疚心, 夜久不寐. 客室北墻垣甚峻, 階上有密竹成林. 時月色微明, 竹間勃萃有聲, 疑其有虎豹狸狌, 潛身而熟視之. 有僧露頂, 闞亂竹裏四顧, 俄而, 挺身而直入向閨閤. 武士輕步而隨, 見閨窓照燈, 唾指端, 鑽紙而窺之, 年少婦女, 淡粧濃艶, 方熾炭靑銅爐, 燒肉煖酒以餉僧, 僧喫訖, 於燈下恣

其歡戲. 武士不勝其忿, 抽失滿彎, 從窓穴射之, 僧乃一吼而斃. 武士藏弓就
寢, 陽作鼾睡聲, 良久聞自內婦人高聲疾呼, 擧家奴婢叫, 四隣而喧鬧, 武士驚
起而問之, 則曰: "主家士族也, 而寡居, 夜間狂僧豕突, 寡婦拔劍, 殺其僧, 剮
其百體. 仍自斷指毀形欲自殺, 家人力救而止之. 武士藏笑, 發歎而去. 越明年
復過其閭, 已竪節婦㫌門矣.(권1, 人倫篇, 朋友)


## 향교 생도의 처와 사통한 중

寧邊校生郭太虛, 定虜衛金無良之甥也. 頗喜佛事, 多與釋徒交. 太虛出外,
而其妻私於僧, 太虛自外至, 僧壓之胸, 太虛力弱不能轉. 僧拔劍, 太虛手批
之, 擲劍於地, 僧指其妻曰: "將此劍來." 妻不忍於手, 而以足漸近於前, 於是,
犬臥於其側, 太虛慨然而言曰: "犬乎! 犬乎! 爾若有知, 當去此劍." 犬乃聞言,
輒起咬劍棄於外, 復入咬僧喉, 僧遂斃. 太虛說其事於妻黨, 牽其犬而去, 已渡
河涉嶺, 其家疾呼邀之, 太虛不應顧之. 妻黨係妻頭於樹, 以巨椎椎其胸矣.(권
2, 宗敎篇, 僧侶)


## 나약한 유생에게 당한 힘센 중

井邑·龍安·咸悅三邑之間有廣場, 每年中元日, 湖南一道有膂力者, 裹糧
而往, 較角觝之戲. 有一僧膂力絕倫, 一道之人盡屈, 終日戰莫與敵, 遂擅場而
罷. 有京師書生觀而壯之, 仍與結懽問所如, 將向京師. 書生與之同路, 欲資之
備不虞. 至分岐之路, 其路一向京師, 一向慶尙. 有年少儒生瘦儱纖弱, 只帶三
尺童, 向慶尙路. 書生與僧, 取京路北上, 儒生駐馬呼曰: "僧來!" 僧藐之, 不應
而行. 儒生益怒曰: "僧乎! 爾敢不來, 令童拽耳而來." 僧以錫杖挑童兩腿間,
躍丈許而落, 童呼泣, 僧遂大呼而進, 書生意'此僧必齏粉此竪儒, 我當力解之.'
僧旣與儒生遇, 儒生劃拉僧仆地, 以足蹴其項, 奪僧錫杖, 資其撻撲, 僧不敢措

一手一足, 但攫地頓面而已. 書生疾趨解亂曰: "此僧累日同行, 心事極好, 偶失禮於左右, 願爲我饒之." 哀乞, 儒士曰: "初欲殺之, 爲賢友貸爾死, 自今愼勿恃力凌人." 僧整而走曰: "吾平生所當無敵, 不科今日卒困於一羸儒, 微指大幾爲路邊枯骸, 自古兵敗於驕, 患生於所忽, 吾過矣吾過矣."(권4, 社會篇, 驕虐)

## 힘자랑하다 죽은 굴암사 중

龜城窟岩寺有一僧, 頗有膂力善脚觝, 自以爲人莫與兢. 有客自北道, 一健馬馱海菜, 過其寺投宿, 衣破衣面目黎. 僧視之傲如曰: "客能與我脚觝乎? 我負, 我與客布十五端, 客負, 客與我一馱海菜." 客曰: "吾不辭脚觝, 且路上困飢, 有何興與人較力?" 僧猶挑戰不已, 客終不應. 明朝客驅馬, 出門而去, 僧憑短墻指客曰: "怯哉客! 怕我不敢脚觝. 雖溺水亦爛死客." 客怒, 繫馬於樹枝, 復入謂僧曰: "吾不欲與上人較力, 上人謂我爛死溺水, 不能無介, 然請與我決雌雄. 上人能內交脚我乎, 能外交脚我乎? 能背我乎, 能扛我乎? 唯爾所能." 遂以一掌擎僧腹, 一掌拉僧背, 橫擧肩上, 僧如蝦蟆張四支. 客曰: "我今擲爾地, 能令爾片時間死乎, 又能令爾呻痛數月而死乎? 唯爾所願." 僧不答, 客曰: "貰汝死片時, 當令辛苦數月而死, 可乎?" 遂投諸石礎間, 僧肩骨半蹙. 客拂袖而去曰: "吾止雪憤, 而不欲爾十五布." 仍驅馬而去, 後數月僧死.(권4, 社會篇, 驕虐)

## 관리의 부인을 희롱한 중

隆慶中有一官人, 除南方縣監, 先之任, 其妻待秋分赴邑, 獨有一弱子隨之. 上下轎之際, 有僧竊睨而心慕之, 追其後戲具從婢, 或侵其轎卒. 弱子呵, 不能止, 深患之. 及其夕, 次野店, 僧排帳直入, 從婢風靡, 轎卒摧拉, 莫敢近. 有

內禁衛全德興京師人也, 膂力絕倫, 方居喪適舍比隣, 衆咸勸之曰: "非子莫能
當此賊." 德興不勝憤, 攘臂而進, 僧抱持婦人, 婦人驚懼氣絕. 德興跨其僧, 躡
兩手而坐其胸, 僧以足趾蹴德興腦, 流血迸地. 德興左手抉其頷, 右手裂其口,
僧隨手而斃. 德興膂力絕倫, 性多怯, 每武試聞呼名, 不覺洩溺.(권4, 社會篇,
慾心)


## 승지의 부인을 범한 중

有一書生入山寺讀書, 積時月, 與同舍僧相昵. 僧每朝以盂飯香爐供佛之餘,
兼請承旨夫人靈駕, 生問其故, 僧不答. 後日又聞請靈駕如前, 更詰之, 僧旣與
生相款, 迺悉言其由曰: "始與某承旨相識, 欲謁而往, 會承旨禁直不還, 日暮,
仍借門外側室宿. 時夏月如晝, 不勝情, 直入于內, 閤門不閉. 諸婢交蹠而宿,
見床上有一婦人露體而臥, 玉色可餐, 乘睡而干之. 出臥于門外如初, 尋聞自
內喚婢進沐浴湯. 吾未曉而遁, 旣明過其門, 渾家有哭聲, 聞之鄰, 夫人昨夜繫
項而死, 未知因某事云. 每念節婦因俄而死, 是以終身享之耳." 生聞之, 不勝
膽裂, 欲拉殺之, 力弱恐反遭害. 乃誘其僧與之出遊, 指高峯曰: "此峯奇峰可
賞, 願伴我登眺." 僧偕至極頂, 斷崖千尋, 其下險截, 人跡所不到. 生戲謂僧
曰: "我與爾身長孰優?" 僧笑曰: "秀才焉敢擬我?" 生請試之, 僧背立而準, 生遂
奮臂推之絕壑, 倒落于千尋之下而斃. 君子曰: "生之殺僧, 快則快矣. 惜乎不
得聲其罪而正法誅之也." 儒生名姜子愼, 後爲坡牧, 碩德之侄也. 夫人姓氏無
傳焉.(권4, 社會篇, 慾心)


## 산적의 해를 입은 중

聞慶縣有僧, 持數疋布踰鳥嶺. 日將暮, 有人持杖而來, 僧疑之讓露使之先,
其人强僧前行. 且顧至一處, 路轉且阻, 持杖者從後打其僧. 僧遂側身奪其杖,

反擊之垂死, 投之壑中而去. 夜投山村, 有數婦倚門而立, 若有所竢, 見僧迎入, 止舍客室, 既入仍鎖戶, 僧疑久不寐. 夜深有呻呼者至, 倚門者驚問之, 答曰: “爲僧所困.” 婦人掉手止其語曰: “僧在此.” 僧從隙察之, 乃向者持杖者也. 自度不免, 欲出則門已鎖矣. 蹙壁而出, 踊身超籬, 籬外有伏虎, 遂嚘而負之背, 超脩林跨巨壑, 騰踔如飛, 度所行不知幾百里也. 日且明, 弭之林莽而休焉, 僧神雖惝怳, 身體則完. 開目視之, 虎子滿前, 虎遂裂去僧衲, 伏其體, 以爪[19]刮其皮, 血出則群雛餂之者數矣. 忽有一聲自山上來, 林木皆震, 見一鵰攫虎子而飛, 虎高聲追逐而去. 久不還, 乃奮身而起, 踏殺虎子, 穿林而逃出林外. 有引鉅聲, 往尋之, 乃木匠持大斧斫木爲盤, 遂托身求生, 問其山, 曰: “智異山.” 自聞慶相距六百里, 虎則半夜行矣. 仍隨木匠投之村舍得活.(권2, 宗敎篇, 僧侶)


## 물건 팔러 다니는 중들

萬曆四十七年己乙[20]未, 八道年穀大無, 餓殍相望. 有僧五人販貨之市, 入村將朝爨, 見巨室, 附戶皆空, 外廊無人. 僧叩門久之, 有人聲自內應之, 僧進五人之粮, 自門內受之, 不露其面目. 日且仄, 市場將罷, 僧促其炊, 俄而, 自門內投綠羅錦衣於門外曰: “吾士人家, 隣舍僮奴, 或飢死, 或流徙[21], 獨有婦人兒女七人口, 而不粒者五六日, 見其飯不自禁, 已盡之無餘, 請以此衣償之.” 僧相顧惻然, 固辭之, 拒而不納. 遂持衣市諸市, 市中米價極踊, 只得五斗, 以兩斗爲酒食, 五僧共之, 有一僧曰: “吾飯不敵羅衣, 彼士族女飢而無告, 盍以三斗歸之?” 齊應曰: “善.” 復尋其家叩門, 無應者, 入視之, 老幼七人騈首死矣. 蓋飢, 先以粥濡腸不死, 此則卒食飯, 氣窒而死, 悲夫!(권4, 社會篇, 生活苦)

---

19) 爪: 원문에는 ‘瓜’로 되어 있음.
20) 己: 원문에는 ‘乙’로 되어 있음.
21) 徙: 원문에는 ‘徒’로 되어 있음.

# 3대 야담집

## 군수 아들 가르친 서산대사

休靜字玄應, 號淸虛子, 多在香山, 故又號西山, 俗姓崔. 母金氏老無子, 一日夢一婆來曰: "胚胎丈夫, 故爲嬰孾來賀."云. 果誕師, 三歲有老翁來訪, 以兩手擧兒, 呪數聲摩其頂曰: "以雲鶴名此兒." 言訖出門, 莫知所之, 以故小字雲鶴. 與群兒游戱, 或立石爲佛, 或聚沙成塔, 稍長事親至孝, 力學不懈. 每愴早失怙恃, 益感悲生之義, 忽得禪家頓悟法, 遂剃髮聽法, 遍踏名山. 入金剛, 作〈三夢詞〉曰, '主人夢說客, 客夢說主人. 今說二夢客, 亦是夢中人.' 登香爐峰詩曰, '萬國都城如垤蟻, 千家豪傑若醯鷄. 一窓明月淸虛枕, 無限松風韻不齊.' 自此廣通道敎, 博涉經典, 飛錫雨花, 猶屬淺行. 與藥山守金某親熟往來, 守年老有一子, 溺愛失訓, 年啓舞象, 而目不辨豕. 一日大師謂守曰: "公子年旣成童, 尙不就傅, 何也?" 曰: "顧憨華髮晩始弄璋, 情切舐犢, 慮疎放豚, 荏苒至此, 方深憂悶." 大師曰: "玉待琢磨, 木就規矩, 物理猶然, 況公子氣宇俊邁, 將成大器, 抛却學業, 任他橫逸, 則非但裵門之文種絕矣, 其於馬家之練綵無染, 何哉?" 守曰: "此兒早乏義方之敎, 便如不羈之騾, 日受呵撻, 猶不從命, 奈何?" 大師曰: "貧道粗能文字, 當圖勸學, 肯許之否?" 守曰: "若令解蒙, 豈非萬幸?" 大師曰: "第有仰質者, 一送山門之外, 割斷恩情, 更勿通路, 嚴立課程, 刑威操縱, 都付貧道擅行, 成給印記, 立証何如?" 守曰: "唯唯." 因書給約條, 送兒隨師, 向山門去. 兒自上山之後, 日闍黎等戱要, 東西跳踉, 慢侮師僧, 辱之歐之, 無所不至. 師視若不見, 任其所爲. 過五六日後平明, 大師定其弁袱, 出坐方丈, 會徒衆, 各對經案, 禮儀嚴肅. 乃命一沙彌拿致厥童, 童號哭詬罵曰: "千可殺萬可殺賊禿."云, 抵死不來. 大師拍案, 大叱之責衆僧縛兒來, 衆僧一齊下手, 不得抵擠, 縛致之前, 大師出示印記曰: "汝之大人, 書此給我, 從玆以往, 汝之生死懸於吾手. 汝以士夫子弟, 目不識丁, 專事頑悖, 此習不祛, 將覆汝門戶,第受吾罰."遂以錐末炙火待赤, 而刺其股, 兒窒半晌而醒, 又欲刺之, 乃哀乞曰:"唯大師之命是從, 更勿刺之."大師執錐而責之諭之, 良久始放, 使之近前, 以千字文先受, 排日督課, 不許暫休. 兒年紀漸長, 智思亦開, 聞一知十, 甫過一年, 讀遍『通鑑』. 師恒在旁, 警飭夜以繼晝, 三易穀燧, 幾絶韋編. 每讀語于心曰:"吾之受辱山僧, 皆不學所致, 當勤業墨帳, 致身靑雲, 打殺此禿以洩一口惡氣."一孜孜, 不勸而篤, 大師喜甚. 俾隷功全, 亦可戰藝, 遂相携還衙而告曰:"公子文藝, 優可以列旗騷壇, 報捷禮圍, 貧道從此辭歸.""迷兒遷喬, 多蒙慈航濟度, 何等感謝?"始摯眷歸洛, 三加六禮, 次第而行, 出入鸞庭, 操觚鼓篋, 數歲之後, 遂登桂籍. 過幾年, 繼典藥山府, 心獨喜曰:"吾今以後, 可殺香山寺僧, 以雪宿昔之憾." 及莅任將遊香山, 飭吏具別杖, 到寺門打殺此僧. 行到洞口, 大師率緇徒, 迎于路左, 守見之, 遂下轎, 執手致款. 大師陪着笑臉曰:"貧道老而不死, 今見明府下臨, 欣幸曷喩?"仍導前入寺曰:"貧道居室, 卽使爺負笈喫苦處, 今夜移定寢所於此室, 特許貧道同榻以續舊緣甚好, 冒死敢請."守許之. 更深後, 師密告曰:"使爺受學時, 必有殺22)貧道之心乎?"曰:"然."師曰23):"自登科之佩符, 此心靡沴乎?"曰:"然."師曰:"啓牖時, 矢心欲殺, 別具刑杖乎?"曰:"然."師曰:"若然, 則何不打殺, 而下轎致款乎?"曰:"疇昔之忿, 着在肚裏, 及逢場拭靑, 此心氷消雲散, 不覺莘然欣悅."師曰:"貧旣知揣知矣."遂與敍舊話, 今倒困倒廩, 至夜分, 師進一紙曰:"此是貧道爲使爺推數編年數, 踰七耋, 位至大官, 誠可賀. 某年按節箕城, 貧道當送一沙彌, 換候幸加, 款接如見貧道, 夜必同寢一室焉. 此係使爺大事, 愼勿忘置."必須如是, 丁寧囑付, 守曰:"諾."翌日以錢帛賞賚, 優厚酬昔日訓字之勞, 作別出山門, 師拜辭曰:"老朽之物, 無由更奉警咳, 曷勝惘悵? 惟願千萬保重, 箕營事必銘念."申囑不已. 數年後, 果爲關西伯, 抵營未幾日, 閽者告曰:"山僧欲入謁."巡使

---

22) 殺: 원문엔 '移'로 되어 있음.
23) 曰: 원문에는 없음.(경북대본에는 있음)

怳然覺悟, 命入來, 使之升堂, 抽袖促膝, 問大師安否, 夜與聯枕. 至夜深後,
房堗過溫, 乃易寢席而臥睡, 夢中忽有腥穢之臭, 以手探僧臥處, 有水漬手, 仍
呼侍童, 擧火燭之, 割刃僧腹, 血流滿茵, 巡使大驚, 急使運置於外. 翌朝窮覈,
則巡使房嬖, 卽官奴所眄, 奴以是含憾, 要割巡使, 錯認臥處而呈凶也. 鉤得其
實, 遂置之法, 治僧喪送本寺, 蓋大師預知此厄, 而故送沙彌代受也. 其後功名
壽限, 皆符大師之推數矣. 壬辰車駕, 西狩龍灣, 大師迎謁道左, 上諭之曰: "國
事棘矣, 爾[24]能發慈悲普濟耶?" 大師泣而拜曰: "臣老病, 不堪從, 或臣之弟子,
散在諸路, 謹當激倡義旅, 山中緇徒, 當令在地, 焚修以祈神助." 上義之, 卽命
爲八道十六宗摠攝, 諭方岳任其號召, 諸道僧軍合五千餘名. 遂與天兵爲後先
以助聲勢, 斬獲甚多. 賊旣退, 大師上言曰: "臣年垂八十, 筋力盡矣, 請以軍事
屬之弟子惟政, 願納摠攝印, 還香山舊棲." 宣廟嘉其志, 賜號一國都大禪師.
自是義益高, 名益重. 往來諸名山, 常隨弟子千餘人, 年八十五作書付惟政, 趺
坐而逝, 異香滿室, 三七日後始歇云.(『東野彙輯』(『한국문헌설화전집』 3 수
록) 권3, 道流部, 〈禪房訓書警迷童〉)


## 영험 있는 탱화와 사명대사

惟政字松雲, 禪號曰'四溟大師', 西山之高足也. 佛家之書倍於儒門, 而東國
行布者尠, 獨於陝川海印寺有八萬大藏經板本, 積置於六十餘間. 新羅王時,
命刻板染之, 我國紙地不敷難其印, 惟政僅印一本, 藏於海印寺無說殿. 又買
大絹八疋于燕市, 聯作一幅, 欲畵丈六金軀爲幀, 周行八道, 廣募能畵者, 數年
不得. 適値楓嶽大張水陸, 僧俗咸聚, 可累千人. 惟政遍告大衆, 求畵佛手, 莫
有應者. 座末瘦癃一僧, 自願應募, 與之偕來于大邱八公山, 齋沐而請之, 僧曰:
"此畵滿九十日乃成. 吾處於佛殿內, 隱身而爲之, 愼毋或被人覘視, 塗其四壁,

---

24) 爾: 원문에는 '余'로 되어 있음.

使無空隙, 只存納飯一穴, 而一日一納, 納時亦無得斜睨." 惟政依其言, 飭徒
弟毋敢窺視. 時值壬辰, 倭寇猝至, 惟政倡率僧軍, 方赴戰陣, 別擇一僧, 托以
畫事. 畫至八十九日, 有一癡僧自料日子, 雖未滿一日, 畫必已成, 暫從壁隙偷
覰, 畫師大驚, 擲筆起立曰: "畫不就矣, 眞所謂'爲山九仞功虧一簣'也." 卽有黃
雀, 出自飯孔而飛去, 影響寂然. 諸僧大哄, 入視之, 畫佛已成, 而一足未就,
仍畫着鳥迹而去. 卽以其幀掛桐華寺梵宇, 是歲倭奴焚勦時, 竊此佛而去. 及
丁酉再倭擧兵敗, 請成朝廷, 以惟政假使命, 往探賊情. 惟政杖劍渡海, 意氣軒
昂, 倭奴素重其名, 欲試其節, 脅之使降, 政曰: "吾奉吾王之命, 通使于隣國,
爾等不宜侵凌, 吾膝豈可爲汝屈乎?" 倭奴大熾炭火烈若洪爐, 使政投入火中,
政不動顏色, 直向火邊, 將若躍入, 天忽下雨暴注, 火自滅. 倭奴以爲之神, 遂
羅拜曰: "天佑如此, 大師眞生佛也." 卽以金轎舁之, 自是雖如厠時, 輒舁奉之.
淸正問曰: "貴國有何寶?" 政曰: "我國無他寶, 惟以汝頭爲寶." 淸正曰: "何謂
也?" 答曰: "我國購汝頭金千斤邑萬戶, 非寶而何?" 淸正勃然, 拔劍而進, 政顏
色不變, 坐不移席, 淸正退而謝. 政將返, 關白問曰: "大師所欲, 吾必敬承, 試
言之." 政曰: "山人本無所欲, 惟願還我畫佛一幀." 關白曰: "弊邦雖小, 尙多重
寶, 何捨此而取彼?" 政曰: "此卽漢明帝夢金人長丈六尺頭有光明, 遣使天竺,
問佛道法, 繪其形像者, 此佛甚靈, 可以祈風禱雨, 可以禳灾致祥, 故願還也."
關白以下齊聲言曰: "大師亦能呼風喚雨, 何必求還佛幀?" 政曰: "此是貧道之
積功處, 若不過海, 而不尋此畫, 則未可以超九劫而脫六道, 故寧死於此, 不欲
以空手還耳." 倭不敢相持, 竟歸畫幀. 惟政還, 掛于桐華寺, 凡有水旱疾癘祈
禱, 神驗如響云. 惟政常帶一沙彌而行, 至一川, 捨橋取水, 褰裳而涉, 沙彌怪
之曰: "師何捨橋取水?" 政曰: "爾不知也. 此橋化主, 托以作橋多鳩錢穀, 太半
私用, 只以些少物財搆此橋, 故受其報, 化作異物, 守此橋也. 爾欲睄之, 吾當
使現本形." 因誦『楞嚴經』一遍, 俄有一大蟒從橋下蜿蜒而出, 掛腰於橋上, 長
可數十尺. 又有衆小蛇蠕蠕隨出, 騈首於其側. 沙彌曰: "小蛇, 何爲也?" 政曰:

“彼類搬運錢穀之時, 從中竊食, 故有此報也.” 沙彌驚歎, 叉手而問: “將用何道, 濟度此物也?” 政曰: “若設水陸於川邊, 燒其見身, 可還度矣.” 沙彌曰: “若此, 則弟子當盡力辨之耳.” 遂廣設齋於橋邊, 三晝夜積柴而燔之, 蟒乃復出, 植立 於炎火中, 衆蛇亦簇立自焚, 環橋而觀者, 莫不歎異之. 外史氏曰: “自古神法 奇術多在於僧, 雖以我東言之, 道詵·無學, 爲國辨一大事, 留名千載, 豈可以 異端而藐視哉? 惟政之臨難效誠, 其功不在武臣之下, 尤稀且奇者也. 昔宋李 肇有言曰: “天堂無則已, 有則君子登, 地獄無則已, 有則小人入.” 燔蜿雖近誕, 而若果有報應之理, 則世之貪官污吏, 死不爲倉庫之蟒者, 幾希矣. 此言亦可 以激貪夫耶?”(『東野彙輯』(天理大본) 권竹, 〈海島覓畫愲狡酋〉)

## 은혜 갚은 풍수중 2

韓安東光近, 世居西郊, 其祖父生時, 家産稍饒, 婢僕之侈盛, 甲於一邑矣. 有一悍僕侵辱其韓安東祖父, 則其爲上典者, 寧不憤切哉? 當其打殺之際, 厥 漢逃走, 移其憤於厥漢之婦, 囚之於內庫中. 此時方其子婦聘禮之日也, 如是 吉日, 不得用刑, 姑俟之, 經禮後, 打殺厥婢爲計. 新婦初來, 夜長更深, 自外 聞之, 有涕泣硬咽之聲, 數夜不絶. 雖以三日新婦樣子, 心甚爲訝, 追尋則自庫 中出矣. 牢鎖堅閉, 不可闖入, 乃親拔鎖鑰, 開門而入, 則厥婢急驚畏縮曰: “小 人不知死而暫泣, 知罪知罪.” 新婦曰: “汝是何人, 連夜爲此悲泣於庫中也?” 答 曰: “小人之夫, 某也, 日前大辱老生員, 卽地逃躱, 故老生員主, 移夫之罪, 反 囚小人於庫中, 以待阿只氏聘禮經過, 卽爲打殺爲敎, 姑爲待命, 此小人則已 矣. 不以爲痛, 而第所悲者, 所抱孩子, 今經二七日, 若小人死, 則可憐此生, 亦從而死, 故如此情景思之, 不覺硬咽之泣, 自然出矣. 如斯之外, 更無他罪 矣.” 新婦聞來, 藹然之端, 隨感而發, 於是謂厥女曰: “吾昨日新來新婦也, 吾 今出送汝矣, 汝須遠逃, 保生云云.” 厥女曰: “小人則生出好矣, 阿只氏罪責, 想不少矣, 不敢云云.” 新婦卽曰: “吾自有防塞之道, 汝勿爲多言而出去也.” 厥

女於是出去. 及其數日, 聘禮已經, 而老生員宿憤, 尙存于中, 大坐高軒, 捉出
所囚之婢, 則仍無形迹, 空鎖庫門耳. 老生員大鬧一場, 渾室將至生死, 新婦於
是唐突自現, 具道其出送之端, 老生員聞, 雖憤矣, 事旣至此, 亦無奈何. 伊後
幾許年, 家計漸消[25], 老人已爲謝世. 其後新婦有子二人, 俱有才華, 家則甚
貧. 昔之新婦, 今當老死, 方其擧哀, 發喪之日, 忽有一箇僧漢, 呼哭而入, 直
伏場內, 哀哭深切. 一室以爲怪恍, 厥僧哭訖, 二棘人問曰: "汝是何僧, 敢入哭
於士夫家喪事乎?" 厥漢涕泣而道之曰: "小人某也之子, 某婢之子也. 小人幸蒙
大夫人抹樓下德澤, 至今生存, 則當此之時, 敢不奔哭乎? 然則, 小人卽宅之奴
子也." 二棘聞之自幼, 有某奴之詬辱逃走, 則伊時庫中小兒, 乃是厥僧也, 相
顧默視而已. 後數日, 尙留廊下, 忽言曰: "喪制主當此巨創, 成服已過, 哀禮何
以拮据? 小人有所稟白者故耳." 二棘曰: "宅舊山, 更無餘麓之可占, 家計且貧,
難營新占, 此是吾之兄弟, 晝宵深慮也." 厥僧曰: "小人自庫中出後, 小人之母,
每抱哺撫育, 自解語時, 必以抹樓下主恩澤, 汝當報焉. 母死已久矣, 小人一聞
遺言以後, 落髮爲僧, 幸得神師, 揣宅之形勢, 求占於近三十里地. 勿聽他師之
指, 用之, 則宅之福力, 必如意矣, 小人之債, 庶可了矣." 二棘曰: "然則何處
耶?" 厥僧曰: "自此渡一江, 則仁川地也. 願與喪制主, 親往見之, 則自可辨[26]
矣." 其翌日, 二棘人與厥僧往見之, 則闕僧指一蓬科曰: "此是也." 喪人曰: "此
是古塚也, 豈可毀用耶?" 厥僧曰: "此乃古人之置標, 非塚也. 幸勿疑焉." 喪人
顧念, 勢貧從他求山, 有所窘迫, 仍從渠言葬之, 則果是麗朝埋標也. 伊時葬畢
後, 厥僧因爲告曰: "在小人之道, 今爲酬恩矣. 抹樓下主, 得入福地, 幸莫大
焉, 若過三霜, 則小喪制主, 文德稍優, 若至十年後, 則又登文科, 其後漸漸昌
大矣." 小喪制主, 卽韓光近也. 果闡癸巳文科, 屢經淸秩, 子孫繁赫. 壬辰間,
以安東倅, 逢嶺外地師, 見其親山, 則是非紛然, 將營緬禮, 卜日破[27]壙之時.

___________

25) 消: 원문엔 '鎖'로 되어 있음.
26) 辨: 원문엔 '辦'으로 되어 있음.

自山上見之, 則有一老禿僧, 手持白衲, 呼[28]山上曰: "勿毀少俟." 大段高聲而來, 韓安東止其後事, 而待其上來, 則乃是向日占山僧也. 先爲問安後曰: "此山所, 胡爲而緬禮乎?" 安東曰: "有災害云耳." 厥僧曰: "地中若安穩, 則令監放心乎?" 曰: "然也." 僧卽於左傍鑿穴, 令令監入手曰: "如何?" 安東曰: "果有吉氣, 似無災害." 厥僧曰: "必速封, 永爲放心, 勿營緬禮." 仍辭去曰: "今春夏間, 令監必有眼患, 以後則更勿望矣. 此山所, 若無毁破, 而穩過一紀, 其爲發蔭, 有不可量, 今至於此, 莫非宅之門運也." 其後厥僧之言, 果如左契. 安東以壬辰[29]秋運氣之後, 竟以眼疾廢明, 不久而死焉.(『溪西野談』 권2)

---

27) 破: 원문에는 '礦'으로 되어 있음.

28) 呼: 원문에는 '手'로 되어 있음.

29) 辰: 원문에는 '子'로 되어 있음.

# 참고 문헌

## 자료


『溪西野談』, 규장각본, 『한국문헌설화전집』 1, 동국대 한국문학연구소 편, 1981.(국역 참고-유화수 · 이은숙 역주, 국학자료원, 2003)
『記聞叢話』, 연대본, 『한국야담자료집성』 6, 정명기 편, 계명문화사, 1987.(국역 참고-김동욱 역, 아세아문화사, 1999)
『東野彙輯』, 서울대본(8권 8책), 『한국문헌설화전집』 3; 천리대본, 『한국야담자료집성』 16.
『於于野談』, 만종재본.(국역 참고-현혜경 외 역주, 전통문화연구회, 2003)
『慵齋叢話』, 고서간행회본.(국역 참고- 민족문화추진위원회 역, 1967)
『天倪錄』, 천리대본, 『한국야담자료집성』 8.
『靑邱野談』, 규장각본.(국역 참고-최 웅, 국학자료원, 1996)


## 저역서


김상현, 『한국 불교사 산책』, 우리출판사, 1995.
김상현 외, 『조선왕조실록과 한국불교』(학술세미나 자료집), 불교문화연구원, 2003.
김승호, 『한국승전문학의 연구』, 민족사, 1992.
김영태, 『한국불교사』, 경서원, 1997.
김태준 · 김승호 편, 『우리역사인물전승』 1, 집문당, 1994.
김현룡, 『한국문헌설화』 4 · 5, 건국대학교출판부, 2000.
민족문화추진회 역, 『(국역)동문선』, 민족문화추진회, 1989.
민족문화추진회 편, 『(국역)신증동국여지승람』, 민족문화추진회, 1989.
범해 찬, 『東師列傳』, 최각안 · 김윤세 역, 광제원, 1991.

불교신문사 편,『한국불교인물사상사』, 민족사, 1990.
사재동,『불교계 서사문학의 연구』, 중앙문화사, 1996.
서산휴정,『淸虛堂集』(박경훈 역), 동국대학교 역경원, 1987.
소재영·박용식 편,『한국 야담사화 집성』, 태동, 1989.
M. 엘리아데,『성과 속』(이은봉 역), 한길사, 1998.
이 　정,『한국불교인명사전』, 불교시대사, 1993.
이경우,『한국야담의 문학성 연구』, 국학자료원, 1997.
이능화,『조선불교통사』(윤재영 역), 박영사, 1980.
이재창,『한국불교사의 제문제』, 우리출판사, 1994.
인권환,『한국불교문학연구』, 고려대출판부, 1999.
일 　연,『三國遺事』(이민수 역), 을유문화사, 1983.
장덕순,『한국설화문학연구』, 서울대학교출판부, 1978.
정명기 편,『야담연구의 현단계』 1·2·3, 보고사, 2001.
제라르 즈네뜨,『서사담론』(권택영 역), 교보문고, 1992.
조동일,『인물전설의 의미와 기능』, 영남대 민족문화연구소, 1979.
조현설 외,『한국서사문학과 불교적 시각』, 역락, 2005.
조희웅,『조선후기 문헌설화의 연구』, 형설출판사, 1981.
한국정신문화연구원 편,『韓國口碑文學大系』, 1980-89.
한우근,『유교정치와 불교』, 일조각, 1993.
허흥식,『한국중세불교사연구』, 일조각, 1994.
황인규,『무학대사연구-여말선초 불교계의 혁신과 대응』, 혜안, 1999.
황인규,『고려말·조선전기 불교계와 고승 연구』, 혜안, 2005.

## 논문

강덕우,「조선중기 불교계의 동향- 명종대의 불교시책을 중심으로」,『국
　　　　사관논총』 56, 국사편찬위원회, 1994.
강석근,「무학전승의 특징과 그 의미」,『불교어문논집』 4, 한국불교어문

학회, 1999.

강중탁, 「도선설화의 연구」, 『임동권박사 송수기념논문집』, 1986.

권연웅, 「세조대의 불교정책」, 『한국고전 심포지엄』 4, 일조각, 1994.

권태을, 「동야휘집 소재 야담의 유형적 연구」, 영남대 석사논문, 1979.

김덕수, 「조선후기의 부역승군」, 『인문논총』 26, 부산대 인문대학, 1984.

김상영, 「보우의 불교부흥운동과 그 지원세력」, 『중앙승가대학 교수논문집』 3, 1994.

김상일, 「조선중기 사대부의 승려와의 교유시 연구」, 『한국어문학연구』 39, 한국어문학연구학회, 2002.

김상일, 「유몽인이 본 불교인과 불교」, 『한국불교학』 35, 한국불교학회, 2003.

김상조, 「계서야담계 연구」, 고려대 박사논문, 1991.

김순석, 「조선후기 불교사연구의 현황과 과제」, 『조선후기사연구의 현황과 과제』, 창작과비평사, 2000.

김승호, 「불교적 영웅고」, 『한국문학연구』 12, 동국대 한국문학연구소, 1989.

김승호, 「야담소재 승의 인물기능 분화」, 『불교민속학의 세계』, 집문당, 1996.

김승호, 「사명당 설화의 발생 환경과 수용 양상」, 『불교어문논집』 2, 한국불교문학사연구회, 1997.

김영태, 「조선 태종조의 불사와 척불」, 『동양학』 18, 단국대 동양학연구소, 1988.

김영태, 「조선초 기화의 염불정토관」, 『한국불교학』 15, 한국불교학회, 1990.

김영태, 「보우 순교의 역사성과 그 의의」, 『불교학보』 20, 동국대 불교문화연구원, 1993.

김영태, 「조선초기 선사들과 그 선문종통」, 『김갑주교수 화갑기념사학논총』, 1994.

김영태, 「조선전기의 度僧 및 赴役僧 문제」, 『불교학보』 32, 동국대 불교
　　　문화연구원, 1995.
김용국, 「서울 정도 초기의 불사 창건- 이태조의 숭불생활과 관련하여」,
　　　『향토서울』 5, 서울특별시사편찬위원회, 1959.
김용조, 「조선후기 유자의 불교관-반계·성호·다산의 경우」, 『논문집』
　　　22, 경상대학교, 1983.
김용조, 「허응당 보우의 불교부흥운동」, 『논문집』 25, 경상대학교, 1986.
김우기, 「16세기 척신정치기의 불교정책」, 『조선사연구』 3, 복현조선사연
　　　구회, 1994.
김우기, 「문정왕후의 중흥불사와 16세기 왕실발원 불화」, 『미술사학연구』
　　　231, 한국미술사학회, 2001.
김일렬, 「무학대사전설의 역사적 의미」, 『설화와 역사』, 집문당, 2000.
김정석, 「청구야담과 구전설화와의 관련양상」, 한국대학원 석사논문,
　　　1987.
김준혁, 「조선후기 정조의 불교인식과 정책」, 『중앙사론』 12·13, 중앙대
　　　사학연구회, 1999.
김현룡, 「조선초기 설화문학의 연구」, 『성곡논총』 16, 성곡학술문화재단,
　　　1985.
김현룡, 「임란기 문헌설화의 변천연구」, 『문학한글』 5, 한글학회, 1991.
나종면, 「계서야담 연구」, 성균관대 석사논문, 1991.
박경주, 「전환기 불교가요의 문학적 대응 양상 고찰-조선초기 기화의 작
　　　품을 대상으로」, 『고전문학연구』 11, 한국고전문학회, 1996.
박상란, 「조선후기 문헌설화에 나타난 완승의 의미」, 『불교어문논집』 9,
　　　한국불교어문학회, 2004.
박상란, 「조선시대 문헌 소재 불교설화의 양상과 의미」, 『불교학보』 43,
　　　동국대 불교문화연구원, 2005.
박용숙, 「조선조 후기의 승역에 관한 고찰」, 『논문집』 31, 부산대학교,
　　　1981.

박희병,「청구야담 연구」, 서울대 석사논문, 1981.

성기동,「이조후기 문헌설화의 장르 규정에 관한 시고」,『평사 민제선생 화갑기념논문집』, 1990.

성기동,「조선후기 야담연구」, 중앙대 박사논문, 1993.

신익철,「어우야담의 창작 정신과 서사 방식」,『고전문학연구』12, 한국고 전문학회, 1997.

여은경,「조선후기의 사원침탈과 승계」,『경북사학』9, 경북대사학과, 1986.

오경후,「조선후기 승전과 사지의 편찬」, 동국대 박사논문, 2003.

윤용출,「17세기 이후 승역의 강화와 그 동향」,『조선후기 요역제와 고용 노동』, 서울대출판부, 1998.

이강옥,「동야휘집의 세계관 연구」,『한국문화』13, 서울대 한국문화연구 소, 1992.

이강옥,「용재총화의 장르구성과 서술구조에 관한 연구」,『구비문학연구 』6, 한국구비문학회, 1998.

이강옥,「천예록의 야담사적 연구-서술방식과 서사의식을 중심으로」,『구 비문학연구』14, 한국구비문학회, 2002.

이경우,「어우야담연구」, 서울대 석사논문, 1976.

이광린,「이조후반기의 사찰제지업」,『역사학보』17·8, 역사학회, 1962.

이기영,「조선왕조 말기의 불교」,『민족문화연구』10, 고려대 민족문화연 구소, 1976.

이  만,「조선초기 불교계의 상황과 언해경전의 성격」,『불교문화연구』3, 영취불교문화연구원, 1992.

이봉춘,「조선초기 배불사연구」, 동국대 박사논문, 1990.

이봉춘,「조선 성종조의 유교정치와 배불정책」,『불교학보』28, 동국대 불 교문화연구원, 1991.

이봉춘,「중종대의 불교정책과 그 성격」,『한국불교학』23, 한국불교학회, 1997.

이상현,「추사의 불교관」,『민족문화』13, 민족문화추진회, 1990.

이정주,「여말선초 유학자의 불교관-정도전과 권근을 중심으로」, 고려대 박사논문, 1997.

이정주,「조선 태종·세종대의 억불정책과 사원건립」,『한국사학보』6, 고려대사학회, 1999.

이종익,「정도전의 벽불론 비판」,『불교학보』8, 동국대 불교문화연구원, 1983.

이지영,「용사설화의 측면에서 본 〈빈대절터〉설화」,『구비문학연구』1, 1994.

이진오,「여말선초 척불론과 함허당의 문학적 대응」,『불교어문논집』1, 한국불교문학사연구회, 1996.

이창식,「조선후기 구비문학의 불교적 성격-파계승 화소를 중심으로」,『대전어문학』11, 대전대국어국문학회, 1994.

이학주,「조선조 야담집 작가의 야담인식에 관한 연구」, 강원대 석사논문, 1991.

이호영,「승 신미에 대하여」,『사학지』10, 단국대 사학과, 1976.

인권환,「불교설화의 토착화와 한국적 변용」,『문화비평』3, 아산학회, 1969.

임철호,「문헌설화에 나타난 인간상」3,『문리논총』창간호, 전주대 문리학부, 1983.

정명기,「청구야담의 편자와 그 이원적 면모-小倉進平本을 통하여 본」,『연민 이가원선생 칠질송수기념논총』, 정음사, 1987.

정명기,「야담의 변이양상과 의미연구」, 연세대 박사논문, 1988.

정석종·박병선,「조선후기 불교정책과 원당(1)- 니승의 존재양상을 중심으로」,『민족문화논총』18·19, 영남대 민족문화연구소, 1998.

조성산,「19세기 전반 노론계 불교인식의 정치적 성격」,『한국사상사학』13, 한국사상사학회, 1992.

진경환,「야담의 사대부적 지향과 그 변개양상」, 고려대 석사논문, 1983.

채정수, 「권근의 불교관」, 『대학원논문집』8, 동아대학교 대학원, 1984.

최래옥, 「한국 불교설화의 양상」, 『한국문화연구』3, 경희대 민속학연구소, 2000.

한기두, 「행호의 천태활동」, 『한국선사상연구』, 일지사, 1991.

한기선, 「조선 세종의 억불과 신불에 대한 연구」, 『홍익사학』3, 홍익대학교, 1986.

한자경, 「정도전의 불교비판에 대한 비판적 고찰」, 『불교학연구』6호, 불교학연구회, 2003.

홍순석, 「용재총화 연구」, 『국어국문학』98집, 국어국문학회, 1987.

황인규, 「조선전기 불교계의 고승과 목우자 선풍」, 『보조사상』21, 보조사상연구원, 2004.

황인덕, 「불교계 한국민담 연구」, 충남대 박사학위논문, 1988.

**저자약력**

동국대학교 국어국문학과 졸업
동국대학교 문학석사
동국대학교 문학박사
현 동국대학교 문화학술원 연구교수


주요 논저
「여성화자 구연설화의 특징 – 자양동 딱따구리 할머니의 구연설화를 중심으로」
「구전설화에 나타나는 성적 주체로서의 여성캐릭터 – '목화 따는 노과부'를 중심으로」
「근대 불교잡지 동화의 형성과 계몽성 문제」
『신라와 가야의 건국신화』
『한국서사문학과 불교적 시각』(공저)


## 조선시대 문헌설화의 승상 僧像

2009년 10월 27일 인쇄
2009년 10월 30일 발행

박상란 著

발 행 : 한국학자료원
　　　　서울시 서대문구 홍제3동 285-18
　　　　전화 : 02-379-5356　팩스 : 02-391-4139


등록 제 312-1999-074호


ISBN　978-89-93025-25-5 (93810)　값 20,000원